福妻無雙

4

完

文創風 468

暖日晴雲 著

目錄

第八十五章 005
第八十六章 015
第八十七章 025
第八十八章 039
第八十九章 049
第九十章 059
第九十一章 071
第九十二章 081
第九十三章 091
第九十四章 105
第九十五章 113
第九十六章 125
第九十七章 133
第九十八章 145
第九十九章 157
第一百章 167
第一百零一章 179
第一百零二章 189
第一百零三章 199
第一百零四章 213
第一百零五章 223
第一百零六章 233
第一百零七章 243
第一百零八章 253
第一百零九章 265
第一百一十章 275
第一百一十一章 289
第一百一十二章 297
番外　原家三兄弟的小心願 305

第八十五章

一早醒來，寧念之就覺得有些喘不過氣，閉著眼睛摸了下，才發覺是身上多了條胳膊。

她剛抬手想將那胳膊給挪下來，耳邊即響起一道沙啞的聲音。「醒了？感覺如何？身上有沒有哪兒不舒服？」

話說著，那條胳膊動了動，非常自然地伸到寧念之身後，從上到下摸了一遍，然後一使勁，把她翻過來。本來並排睡著的兩個人，現在成了寧念之趴在原東良身上。

寧念之臉色爆紅，昨晚的事情，她可不是沒記憶，相反地，連細節都還記得清清楚楚呢！這會兒，明顯覺得下面……

咳，將雙手撐在原東良胸前，寧念之低聲喝道：「快放開我，一會兒得去請安呢。」

「沒事，祖母不會在意的。」原東良微微抬頭，在寧念之的脖子上落下細細密密的親吻。

懷裡這個人，他惦記了十來年，現在總算成親，剛剛開葷，若不是顧忌著她的身體，要他說，索性一個月別起床算了。

寧念之伸手，一巴掌呼在原東良臉上，強撐著痠軟的身子坐起來。

她本打算叫聽雪她們進房伺候，原東良卻很是小意，忙起身去拿衣服。「我幫妳穿！今兒穿這件粉色的？」

「嗯，就拿那一件吧。」

其實這衣服是昨晚映雪先準備好的，只放那麼一套，也沒別的了。

原東良有些手忙腳亂，他可沒幫姑娘穿過衣服，尤其寧念之是新嫁娘，這衣服繁瑣華麗，光帶子就有十來條，哪條和哪條繫在一起，拎著看半天也沒看懂。

「還是我來吧。」寧念之無奈，伸手拽了衣服，自己穿上。

她穿好，卻看見原東良仍裸著身子站在原地，忍不住疑惑。

「你不打算穿衣服？」

原東良傻笑。「我等著娘子給我穿呢！好念之，妳幫我穿好不好？」

寧念之抽了抽嘴角，但也沒反駁，拿了衣服過來，比劃一下，就開始幫原東良穿，正要先套褲子，便忍不住紅了臉。

原東良身為男人，那地方還是很有分量的，這會兒光看著，就讓人臉紅心跳。

原東良也夠不要臉，只是被看著，就忍不住變身了。

寧念之索性把手一甩，直接將衣服砸在他臉上。

「你自己穿！」

原東良忍不住哈哈笑，一邊穿衣服，一邊看寧念之。「念之，等會兒吃了飯，我們去看看岳父他們？」

「嗯，如果祖母這邊沒什麼吩咐，我們就去看看爹和弟弟；如果祖母有事要說，咱們晚些再去。」

接著，寧念之揚聲叫聽雪她們進來伺候。原本她身邊有四個大丫鬟，但這次嫁過來，能近身服侍的只剩聽雪和映雪。念雪和飛雪已經嫁了人，作為陪房，這會兒只能在外院等著，暫時不能進內院。

現在，寧念之身邊得用的人僅有唐嬤嬤、聽雪和映雪了。這次馬嬤嬤雖然跟來，但她的家人都在京城，寧家送嫁的人回去時，她也要跟著走。

「不然，咱們明日再去見爹，從祖母那兒回來後，先見見院子裡伺候的人。」原東良見聽雪和映雪拎著水壺進來，身後還跟著兩個小丫鬟，才忽然想起這件事。「妳先看看，以後咱們的院子由妳管，看著哪個好，直接提拔上來，和聽雪她們作伴吧。」

聽雪聽了，一邊麻利地給寧念之梳頭，一邊笑著說道：「大少爺，等會兒得忙別的，大少奶奶的嫁妝還擱在外面呢。」

「對，還有嫁妝，這個也很重要。」原東良忙道。「看來事情挺多啊。我還想著，若沒事，咱們能出去走走。妳第一次來雲城，這裡可是和京城很不一樣。」

寧念之忍不住笑道：「急什麼？我又不是只在這兒待一天就回去，總有機會到外面轉轉。倒是你，這幾天不用去衙門嗎？」

現在原東良已經不單單是原家的繼承人，還是朝廷親封的三品將軍。若原丁坤退下來，雲城的軍隊，就要全部由他接管。

大戰剛過沒多久，雲城的官員非常忙碌，原東良身為將軍，不應該沒事做。

「不用。」沒想到，原東良居然搖頭。「現下最重要的是安撫百姓，減免賦稅與徭役，有知府管著，我不好插手。正好咱們成親，索性多休息一段時日。」

看寧念之梳洗好，原東良也不嫌棄那洗臉水是用過的，直接捧水在臉上揉了揉，隨意用布巾擦乾淨，轉身就帶寧念之出門了。

原東良牽著寧念之，一邊走，一邊為她介紹自家府邸。

「咱們這邊的房子，不講究對稱，都是散落的院子。祖父和祖母住在最中間的主院，咱們的院子是除了主院之外最大的。妳不是比較喜歡寬敞些的院子嗎？我才特意選了這裡。回頭妳若改變主意，想住小巧的院子，那邊有個落櫻院，挺精緻的，或者，給妳改成書房用？」

「離這兒遠嗎？」寧念之問道。

原東良搖頭。「不遠，一刻鐘就能走到了。再往東邊走一會兒，便是外院，我和祖父的書房都在那邊，兩個院子是挨著的。以後妳想找我，就從這邊走，這條路能直接到我的書房。

「後面有座大花園，祖母最喜歡花花草草，妳要是也喜歡，回頭我讓人多買些種上。閒暇時，可以和祖母去花園轉轉，有亭子、有鞦韆、有暖房，妳肯定會喜歡的。」

雲城和京城的宅子確實有差別。京城的屋宇房舍風格莊重，青磚黑瓦，一眼看過去即有厚重感；雲城這邊則活潑很多，雖然有青磚，但紅磚不少，加上黑瓦與琉璃瓦、翹起來的屋簷、畫風活潑的影壁，一眼望過去，就生出靈動的感覺。

而寧念之以前在白水城住過；白水城那邊，又是另一種風格了。

這會兒走在院子裡，聽著原東良講解，寧念之興致勃勃，也好奇起來。

「家裡有池塘嗎？池塘裡有沒有荷花？這邊冬天不會冷，那夏天會不會特別熱？」

「是比京城要熱一些。」原東良笑著說道，抬手指了個方向。「那邊有池塘。既然妳喜歡，我們的院子也挺大，不如回頭再挖個小一點的？」

「有一個就行了，要那麼多，反而壞了風水。」寧念之趕緊擺手。「對了，練武場在哪邊？」

「在前院，書房前面就是了。一會兒見過祖父、祖母，我帶妳去看看。」原東良又點了個方向。「那是馬房，妳的馬兒送到那邊了。等會兒過去，先安撫安撫牠，免得剛到新地方，馬兒不習慣。」

寧念之的馬兒雖不是珍貴品種，卻是陪著她長大的，她嫁到西疆，馬兒也跟過來。

「不還有你的馬兒陪著嗎？」寧念之笑道。不熟悉地方沒關係，只要有熟悉的小夥伴在就行了。

兩個人一邊走，一邊說話，就到了正院。

小夫妻倆走進正院，原丁坤和周氏已經在等著了。二房的閨女，臉上雖然掛著笑，但說出來的話卻帶了幾分惡意。「大堂哥和大堂嫂來了啊？祖父和祖母都等好一會兒了。」

周氏皺了皺眉，掃她一眼，並不理會，招手示意寧念之到身邊來。

「昨兒睡得可好？早上起來有沒有先吃點心墊墊肚子？妳比較習慣京城的口味，這邊的飯菜，怕是還吃不慣。等會兒，我讓人給你們弄個小廚房，做點京城的吃食解解饞。要還有什麼不習慣的，只管對我說。」

「多謝祖母。只是，我想天天過來陪祖父、祖母用飯，祖母是不是嫌棄我，不想讓我來，所以才要給我小廚房？」寧念之笑嘻嘻地問道。

周氏伸手捏捏她的臉頰。「調皮，如果妳能天天來，我老婆子高興還來不及呢，哪裡會嫌棄。不過，我不是老頑固，各人口味不一樣，我上了年紀，就喜歡軟軟爛爛的飯菜，你們年輕人，還是多吃些有嚼勁的東西才行。」

她說著，壓低了聲音。「我問過大夫，以後你們要是有了孩子，妳得多吃魚、多吃肉，有小廚房比較方便。」

寧念之臉色一紅，害羞地喊了聲祖母，不敢說話了。

周氏哈哈大笑，又叫原東良。「念之是個好姑娘，離鄉背井，從京城千里迢迢嫁過來，你得好好珍惜這番付出，對念之好些。要是敢讓念之受委屈，我可饒不了你，知道嗎？」

原東良忙笑道：「祖母，您放心吧，我寧願委屈自己，也不會委屈了念之。我定會和念之好好過日子，過不了兩年，就讓您抱上重孫子。」

周氏聞言，更是笑得合不攏嘴，拽著原丁坤道：「以後若有了重孫子，你可得將珍藏的好東西全拿出來，不能虧待了我們的重孫子。」

原丁坤無奈，卻還是笑著說好。

四個人說說笑笑，看著就是一家人，下面坐著的另外三房插不進話，被周氏故意忽略，倒像不存在一樣。

二夫人苗氏的性子不好，之前一直以為將軍府是二房的，以將軍府的主母自居。沒想到，竟橫空出來個黃毛小兒，硬生生把他們從那位置上趕下來！

原東良越是有出息，苗氏越是憤憤不平，心裡一天能詛咒原東良幾百遍，恨不得他立刻歸天，將原家的一切還給他們。

而三老爺原平全則是坐山觀虎鬥，看著二房鬧騰，偶爾火上澆油，讓他們吵得更厲害，最後漁翁得利。

四房倒是挺安生的，大約是以前就距離原家家主的位置很遠，現在還是那麼遠，從來沒到手過，所以不怎麼想要。這會兒雖然被當成不存在，四房的人也只安安分分地坐著，並不開口。

三夫人趙氏壓低聲音和苗氏說話。「我瞧著咱們府裡開始準備冬裝了，以前這事不是妳管著嗎？今年還是要找徐記布莊？」

她雖然也姓趙，但身家可比不得京城的鎮國公府老夫人，手上握不了權，周氏又不喜歡她，事事便以苗氏為主。

苗氏聽了，臉色變了變。以前確實是她管著，後來遇上打仗，周氏決定和士兵百姓同甘共苦，府裡不曾添置什麼東西。現在是戰後頭一年，按理說，應該大肆慶祝一番的。

但看周氏的樣子，是要把管家的事情交給這黃毛丫頭。

就算寧念之是京城來的又怎麼樣？年紀輕輕，怕連帳本都沒看過吧？孤身來雲城，連雲城的規矩都還沒弄懂，就想插手原家的事，野心倒是不小啊。

還有周氏那死老太婆，過河拆橋、卸磨殺驢這種事情，做得真順手。身子不好時，讓她做牛做馬地管家理事；身子好了，便想把她踢走，這世上有那麼好的事情嗎？

苗氏越想，越是不滿，表情都扭曲起來，卻聽周氏說道——

「……今兒妳先歇著，和東良在家裡轉轉，熟悉一下咱們家的院子。明兒準備回門禮，後天東良帶妳去和妳祖父、妳爹說說話，要他們別擔心。有我老婆子在，肯定不會讓妳吃苦。

「過了這幾天，我把咱們府裡的帳本、庫房的鑰匙交給妳，以後妳就要立起來，當咱們家的主母了。」

寧念之還沒來得及張口，便聽苗氏尖銳地說：「娘，這樣不妥吧？寧姑娘才剛進門，便直接管家理事，知道的說您疼孫媳婦兒，不知道的，還以為寧姑娘掐尖要強，進門就奪了管家權呢！寧姑娘也是京城出來的名門閨秀，這樣迫不及待，不怕人看了笑話？」

周氏不屑和苗氏說話，只抬眼瞥了下二老爺原平周。

原平周看了，忙斥道：「閉嘴，妳不說話，沒人當妳是啞巴！」

苗氏還想開口，周氏卻直接轉頭看原丁坤。「要我說，咱們還是早早分家吧。我年紀大了，這兩年，你的身子也有些虧損，這樣吵吵鬧鬧的，我可是受不住，早些分家，還能享幾天好福氣。你看怎麼樣？」

原丁坤微微皺眉。周氏把幾個庶子厭惡到骨子裡了，能不看就不看，恨不得一個個全死在外面才好；可對他來說，那都是親骨肉。人越是上了年紀，越是想讓兒孫繞膝，親兒子、親孫子，卻要一個個趕出去，著實有些捨不得。

可老婆子說得也有道理，天天吵吵鬧鬧，確實傷感情。

人說遠香近臭，本來他們兄弟幾個就和原東良形同陌路，如果最後一點情分也磨盡，等他百年之後，原東良不會對這些叔叔們心軟。要真容不下他們，幾個兒子以後便沒什麼前途了。

他這邊還在猶豫，那邊原平周卻以為他真把周氏的話聽進去，正考慮分家，又驚又怕，趕緊起身行禮賠罪。

「母親，您別生氣，這婦人是豬油蒙了心，實在不會說話。如果您不想看到她，回頭我把人關起來，絕不會讓您瞧見。東良，你別和你二嬸計較，她現在腦子有些不對勁……」

苗氏跳起來。「原平周，你胡說什麼呢……」話沒說完，就被原平周捂住了嘴。

原平周抬起空著的手，點了門口的兩個婆子。「苗氏發病了，妳們快把人送回去。」

二房的嫡子和嫡女都是苗氏所出，兄妹倆正要開口，原平周卻陰沈著臉掃過他們。

「還不趕緊去陪你們母親？」

對著自家親爹，兩個人不敢反抗，趕緊站起來。

周氏直接擺手。「算了算了，你們先走吧，看著就心煩。回頭自己想想，真想分家就繼續鬧；不想分家，便安安分分地消停。看在老爺子的分上，我也不會虧待了你們。」

看周氏不耐煩了，其他幾房的人起身行禮，也告辭出去了。

第八十六章

屋裡只剩下原丁坤與小夫妻倆，周氏才露出笑臉，拉了寧念之說道：「就剩咱們一家四口了，這才清靜。快坐下，昨兒晚上可累著了？」

寧念之臉色通紅，完全沒想到，上一刻周氏還在發火呢，這會兒就來打趣她了。

原東良護著寧念之，忙道：「祖母，時候不早了，咱們是不是先吃飯？」

周氏一拍手。「對，還是東良惦記著自家媳婦兒，知道累了一晚上，這會兒肚子該餓了，是祖母沒想周到。」說著又叫丫鬟：「快，讓人擺膳。」

早飯端上來，寧念之打算先伺候周氏，但周氏連連擺手，說原家不興這個，讓寧念之在她身邊坐下吃飯。其中有兩、三盤，還是寧念之喜歡的菜色。

周氏也不在乎什麼食不言的規矩，一邊吃飯，一邊和寧念之說話。

「這些菜是我特意讓他們去學的，妳嚐嚐，和京城那邊的口味一不一樣？若不合口味，回頭讓妳的丫鬟去提點一下，別客氣委屈了自己才是。這兒以後就是妳的家，想吃什麼、想穿什麼，全都隨心，不要怕惹誰生氣。有什麼事情，祖母給妳撐腰。」

原丁坤插不進她們倆的話，埋頭吃得差不多，就端著茶杯和原東良說話。

「你打算什麼時候去衙門？」

「過幾天吧。念之剛來，我怕她不習慣，想多陪她兩天，送走岳父他們之後，打算帶著她在城裡轉轉。」原東良笑道。

周氏聽了，在旁邊點頭。「這是應當的。」又轉頭對寧念之說：「城西那邊多是賣胭脂水粉、首飾布料的，妳想買什麼，祖母全買給妳！回頭祖母給妳錢，千萬別省著，看中什麼就買下。」

原丁坤聞言，抽了抽嘴角，繼續和原東良說話。「也行，那你多休息幾天。只是不可懈怠了，功夫一天不練就要生疏，還是得早起練功才行。」

等周氏這邊也吃完，便直接擺手趕人了。

「昨晚累著了，回去多休息，中午不用過來。你們自己吃了飯，在府裡多轉轉，晚上再來和我說話吧。」

原東良聽了，笑著領寧念之行禮，牽她出去了。

見小夫妻倆走遠，原丁坤才對周氏說道：「哎，妳呀，這兩天的性子怎麼那樣爆呢？要是真不喜歡老二媳婦，回頭別讓她過來請安不就是了？何必要在念之面前跟她鬧騰？」

周氏冷哼一聲。「你是想說，我都忍了這麼些年，這兩天怎麼就忍不下去了是嗎？我告訴你，還真是忍不下去了。

「我有孫媳婦兒了，以後還會有胖重孫，不指望那幾個庶子給我養老，自然是怎麼開心怎麼過。別再跟我說那些唧唧歪歪的話，要真捨不得你那幾個兒子，回頭我和東良他們搬出去住。我孫子的本事那麼好，難不成連棟宅子都買不起？」

她頓了頓，又道：「大不了先租個院子，等你百年後，我們還是能搬回來的。」

原丁坤氣得哭笑不得。「妳就這麼盼著我死啊？」

周氏沈默一會兒，嘆氣了。「都說少年夫妻老來伴，我也不想你早早歸天，但老二家的著實不是東西，看見她就煩。如果你真心疼我，趕緊分家吧。」

「哪能這麼容易就分家，父母在，不分家……」原丁坤說道。

周氏又哼了兩聲。「都是胡扯。算了，不分就不分吧。正好，這些年老二媳婦吃了不少，回頭我讓她全吐出來，心疼死她！」

原丁坤無語了，半天沒吭聲。

周氏倒是興致勃勃。「說起來，孫媳婦兒長得好，我的嫁妝裡還有好幾套首飾，都是年輕姑娘喜歡的款式，回頭我找出來，拿去讓人炸得新新的，全送給孫媳婦兒。」

原丁坤聽了，更是說不出話。周氏的嫁妝不少，原本這些都要分給兒孫們，但周氏不喜歡幾個庶子，把東西抓得死死地，除了給原東良的，剩下的都在她自己的庫房裡。這些可是價值不菲，若真全給寧念之，家裡又要鬧騰了。

但看周氏挺高興地在那兒盤算什麼東西適合送、什麼東西不適合送，他也著實說不出勸阻的話來。

這些年，自家老伴，確實受委屈了。

算了，反正兒媳不是親生的，被為難就當代替自家相公盡孝了。自家老伴也不是無理取鬧的人，若像老四媳婦一樣安分，自然不會被為難。

原丁坤想明白了，索性不去管，背著手起身。

「我去找寧博說說話，回頭帶他們去外面吃飯。中午不用等我了，妳自己先吃吧。」

周氏連頭都不抬，直接擺擺手。

嗯……只給首飾太少了，她還有好多布料呢，反正放著也是放著，不如都拿出來做衣服？新媳婦麼，該穿得漂漂亮亮才是。回頭先讓針線房幫孫媳婦兒量量身子，早些開始做，馬上就要天冷了呢。

唔，得讓小夫妻倆多相處相處，說不定，明年春天，自家孫媳婦兒肚裡就能懷個孩子？

周氏越想越樂，恨不得趕緊開了庫房，將好東西一股腦兒地全給寧念之送去才好。

出了正院，寧念之才覺得，這時一副精神奕奕的樣子，是沒什麼意義的。

她知道自己的身體很好，就算晚上……咳，有點激烈，但也不至於下不了床，這會兒甚至還能繞著院子跑兩圈呢，卻架不住別人那種看她身嬌體弱、累了一晚、應該回去好好休息的眼神。

一個、兩個，她還能厚著臉皮當沒看見，可連自己的貼身丫鬟都湊過來問是不是要回房休息一會兒，就有些無語了。再說，她也不想在園子裡轉著給人當猴子看，索性點頭同意。

「那先回去休息吧，正好見見咱們院子裡的人，妳們也好有個印象。」

原東良捨不得和媳婦兒分開，亦步亦趨地跟著，連寧念之見院子裡的下人，他也搬凳子來坐，跟著湊熱鬧。

除了寧念之帶來的唐嬤嬤、聽雪、映雪之外，這院子裡的人都是原家的，總共有四個二等丫鬟、八個小丫鬟、四個粗使婆子、四個看門婆子。

所有人站成兩排，規規矩矩地等著寧念之問話。

「以後呢，這院子裡的事情都歸唐嬤嬤管，妳們有什麼事情，只管找唐嬤嬤。」

原東良從小不在原家長大，回來時已經十多歲，所以沒有奶娘或教養嬤嬤，倒讓寧念之省事了。

新媳婦最怕的就是院子裡有兩個管事嬤嬤，不利於管家。

「我身邊的大丫鬟還缺兩個，回頭從妳們幾個裡提拔上來。妳們叫什麼名字？」

寧念之說著，打量那幾個二等丫鬟，都是十五、六歲的樣子，看著水靈靈的。大約是周氏親自安排的人，看來挺安分。

「奴婢春花、秋月、夏荷、冬霜，給大少奶奶請安。」幾個丫鬟忙行禮。

寧念之一聽這名字就想笑，轉頭問原東良：「名字是你取的？」

「不是，祖母取的，說這樣唸著順口，又好記。妳不喜歡，回頭改掉就行。」原東良笑道。

寧念之搖搖頭，忍不住笑了。「既然是祖母取的，那就這樣吧，不改了。雖說挺普通，卻是上口，好唸得很。」

接著，寧念之讓唐嬤嬤出來訓話。畢竟，她不可能什麼事情都過問，總得有個人幫忙管著。

等唐嬤嬤說完，原東良便湊過去，問寧念之：「累不累？不如回房歇著？」

寧念之想了下，初來乍到，確實不能著急。反正，原東良已經在皇帝心裡有了位置，自家老爹也在京城，若有什麼事，也能請皇帝作主，不用擔心二房鬧起來。

畢竟，原家並非一般的有錢人家，乃朝廷重臣，家主得鎮守西疆，除了原丁坤的意願，以及個人的本事外，就得看朝廷的態度了。

現在很明顯，原丁坤是偏向原東良的，原東良自己也有本事，而朝廷看中的也是原東良，幾乎萬無一失，自然不用太過擔心。

而且，管家這種事，不能貿然就接手，得先打探清楚，摸摸底再說。

於是，寧念之發話了。「都散了吧。以後好好做事，我和大少爺自然不會虧待妳們。另外，最重要的一條，不許將主子的事情往外說，要是被我知道有哪個吃裡扒外……」

寧念之笑了下，做出抹脖子的動作，然後起身，拉了拉原東良。「走吧。」和他進了屋。

「念之，過幾天，咱們去莊子住一段日子？」房裡沒別人，原東良索性抱起寧念之，讓她坐在自己的腿上，一臉期盼地看著她。「我特意讓人布置的，裡面的東西跟擺設，都和京城的芙蓉院一模一樣。」

寧念之頓了下，搖搖頭。「先不去。祖母上了年紀，應該希望咱們能常常陪伴在身邊，咱們剛成親就去了莊子，祖母會覺得是我引著你出門的。等過段時日，或者年後，咱們帶上祖母一塊兒去住幾天。」

寧念之想得周到，原東良也只有點頭的分，伸手捏了捏寧念之的腰。「得吃胖點才行啊，要不然，摸起來都是骨頭。」

午飯後，寧念之有些坐不住了。「咱們不如在府裡轉轉？」

原東良點頭，起身拉寧念之。「好，到處走走也行，正好消消食。」

出了院門，寧念之回頭看一下，發現院門上掛著匾額，上面寫著「陶然居」三個大字，這才知道自己住的院子叫什麼名字。

「祖父、祖母的院子叫什麼？」寧念之一邊走，一邊問原東良。

原東良笑著回答：「聽濤堂。原本想叫觀海苑呢，後來覺得這正院也沒那麼大，才換成聽濤堂。二房的院子叫錦華堂，三房是墨韻堂，四房則是棲雲軒。」

寧念之噗哧一聲笑出來。「光聽名字就知道，在你回來之前，祖父是不是打算把原家交給二叔？」

原東良點頭。「是啊，總不能繞過二叔給三叔，長幼不分了。」

有嫡子自然是給嫡子；沒有嫡子，就要給長子。

當然，原家情況比較特殊，當家主的必須要有好身體，將來方能上戰場。當初原康明沒能有副好身子，所以原丁坤才猶豫，這一猶豫，便給了庶子野心，給了嫡子惶恐。

原康明生怕被放棄，這才離家出走，打算做了一番事業再回來。姨娘因此生了野心，想辦法攛掇他出門，然後在路上伏擊，鬧出一連串的事情。

這裡面，原丁坤有錯，但值得理解，他畢竟是一家之主，就算不為兒子著想，也要為宗族著想。祖輩的功勞、家族的榮耀，還有後世子孫的榮華富貴，都要給出保證才行。

原康明的身子不好，勉強當了家主，以後上戰場怎麼辦？即便不顧惜那些士兵，原丁坤也要為兒子擔憂。但原康明性子太過執拗，非得做出成績來，結果倒好，把自己的性命賠進去了。

但歸根結柢，當初若不是原丁坤讓姨娘懷了身子，誤以為自己能生下繼承原家的人，也不會有這麼多事了。

寧念之想了想，道：「內宅不平，就是禍家之源。哪有女人真能高高興興地接受自家相公三妻四妾，除非，她是不喜歡自家男人，不願意和他相守，才會把男人推給別人。」

原東良忙舉手發誓。「娘子儘管放心，我以後定不會弄出那麼多事來。我對妳真心實意，天地可鑑！」

寧念之忍不住笑著把他的胳膊拍下。「好話誰都會說，不是聽你現在說什麼，而是看你以後怎麼做。」

說著話，兩人從院落的小徑中出來，進了花園。

原府的花園和寧家的大不相同，一片全是花、一片全是草、一片全是樹，界線分明，偶爾冒出一、兩座假山，或者一片湖水，非常整齊，看著就有種在軍營的感覺。

「這個……是祖母打理的？」寧念之抽了抽嘴角，轉頭問原東良。

原東良搖頭。「祖母哪有心思打理這個，她雖然喜歡花花草草，但不過是這些年才有興趣的，以前都沒心情看。這些是祖父為了討祖母歡心，讓人弄的。妳若不喜歡，回頭再找人好好打理一番。」

寧念之忙擺手。「不用，剛看見時覺得挺亂的，但看久了，還挺好看。」

說著，兩人逛了一圈，直到有些累了，才回陶然居。

第八十七章

新婚前兩天，寧念之過得十分輕鬆。

原東良很體貼新媳婦兒，寧念之吃了睡，睡醒了逛園子，好不自在，每日都陪著原丁坤和周氏一塊兒用膳。

原平周看得清局勢，見周氏不喜歡自家媳婦兒，索性不讓苗氏出門。剩下的兩房也安安分分，不敢在這段時日惹怒周氏。

第三天是回門日，可寧家遠在京城，寧念之回不去，只能和原東良帶了回門禮，直接上莊子找寧博和寧震。

到了莊裡，寧震把原東良叫出來，翁婿倆自去說話，寧博則留下來看看寧念之。不過，到底男女有別，他也只能問問寧念之在原家過得好不好、原家的長輩們對她態度如何之類的。

然後，寧博語重心長地交代。「若是受了委屈，妳立刻寫信讓人送到京城，祖父親自過來給妳出頭。妳不用怕原家會欺負人，我瞧原丁坤倒是挺滿意妳，回頭妳和東良早點生個大胖兒子，站穩腳跟。妳過得好，妳爹娘才能放心。」

寧安成和寧安越也在一邊嘰嘰喳喳地給自家大姊撐腰。「如果大姊夫敢做對不起大姊的事，我們定會過來幫大姊揍他！將來有了小外甥，大姊一定要給我們畫張像寄來……哎，算了，還是寫信和我們說一聲，我們親自過來看小外甥吧。」

臨近中午，寧震才領著原東良回來，抬手揉了揉寧念之的頭髮，嘆口氣。

「妳過得好，我們才能放心，記得每個月一封信，不然，妳娘說不定就要找過來了。好事、壞事，都不許隱瞞，不許報喜不報憂，知道嗎？

「時候不早，你們趕緊回去，我們也該回京了。不用太想念我們，孩子長大了，總要有自己的家。別哭啊，大好日子的，哭什麼？」

寧震要寧念之別哭，卻跟著紅了眼圈。捧在手心裡長大的閨女，忽然變成別人家的，這兩天，他甚至翻來覆去睡不著，生怕自己的掌中寶在寧家過得不開心。

原家那麼多人，萬一哪個說了酸話，讓閨女不開心呢？萬一再和以前一樣使性子，被原家的人討厭了呢？萬一吃不慣原家的飯菜呢？萬一穿不慣西疆的衣服呢？恨不能靈魂出竅，跟到原家親眼看看。

今兒雖得了原東良的再三保證，寧震還是有些不放心。可不放心也沒辦法，孩子長大了，要成家立業。今兒是閨女嫁出去，明兒是兒子娶媳婦，他不可能一輩子把孩子攏在自己身邊。

時到今日，他才明白，為什麼馬欣榮原本贊同寧念之嫁給原東良，但等原東良回西疆後，轉頭卻又不贊同了。閨女遠嫁，對當父母的來說，真是一件痛事。

寧念之也想哭，從今以後，她就是原家的媳婦兒，受委屈了，不能撲到自家娘親懷裡撒嬌；不高興了，也不能讓自家爹爹陪著她練武；穿衣、吃飯什麼的，也不能完全按照自己的心意，是真的離開了不管她做什麼都會包容的寧家。

但她不能哭，若哭了，爹爹和祖父定以為她在原家受委屈，說不定要耽誤今兒的行程，就算走，也不能安心。所以，她得忍著。

「爹，您放心，我不會委屈自己的，要有什麼事，會派人送信。」寧念之使勁點頭，安慰寧震。「您回去了，和娘說一聲，讓她放心。原家的祖父、祖母對我特別好，每次吃飯，都讓廚房準備我喜歡的飯菜，住的也是合我心意的院子。東良對我也好，你們只管放心就是了。」

幾個人依依不捨，按照規矩，不是正經的回門，不能留下來吃飯，明知快到中午，該回去了，卻都捨不得先離開。

最後還是寧博發話，讓原東良把寧念之帶走了。

小夫妻倆出門後，寧家的人也收拾行李，準備出城回京。

回到原府，寧念之的心情有些低落，午飯都少吃了一半。

原東良端著一碗湯餵她。「又不是以後都見不著了，如果妳想念爹娘，咱們就去京城，或者派人送東西去，回頭給妳說說，不也行嗎？再過二、三十年，咱們回京城住著，到時候能天天見面。」

寧念之沒好氣地白他一眼。「再過二、三十年，爹娘已經老了，弟弟們也都娶媳婦兒、生孩子。到時候，寧家就不是我原先住的寧家了。」

即便親人還在，但管家的人肯定換了。

「沒關係，咱們可以買座大宅子，把爹娘接過來，住在咱們這兒。」原東良笑道。「妳的爹娘也是我的爹娘，將來為他們養老送終，是應該的。」

「爹娘還年輕呢。」寧念之搖頭，不喝他遞過來的湯。「實在沒胃口，不吃了。晚上陪祖母吃飯時，我再多吃些，定不會讓祖母擔心的。或者，等會兒讓廚房準備些點心也可以。」

原東良這才放下那碗湯，又生怕寧念之胡思亂想，遂出主意。「想不想到我的書房去看看？」

「我能進去？」寧念之疑惑地問。

原東良忍不住笑。「為什麼不能？就算是案卷，妳也可以看。回頭若是無聊了，想找本書翻翻，也只管去。」

寧念之聽了，真來了幾分興致，便跟著原東良去了前面的書房。

原家是西疆的統帥，書房自然是重地，院子門口守著四個士兵。進了院子，書房門口還站著四個士兵。
寧念之眨眨眼，忍不住湊到原東良身邊。「怎麼連個小廝都沒有？」
原東良搖頭。「用不著，有事可以吩咐身邊的親衛，回家了又有妳照顧著。」之前寧家給他準備的小廝，回西疆後，也全安插到軍隊裡去了。跑腿這種事情，親衛也能做，沒必要非得找個小廝。
站在門口，原東良輕咳一聲，指了指寧念之。「這位是你們的大少奶奶，以後，看見她等於看見我。若我不在，有事沒人拿主意，只管找大少奶奶。」
幾個士兵應了聲，給寧念之行禮。
寧念之趕緊抬手。「不用行禮，快起來吧。以後，還要請你們多照顧東良。」
原東良忍不住笑，拉了寧念之進門。
書房很大，和寧震的書房差不多，三面牆上擺著滿滿當當的書。
寧念之好奇地轉了圈，什麼書都有，大部分是兵書。此外，有一小半地方被騰出來，放了小箱子和畫筒。
寧念之轉頭看原東良，原東良點頭，她才伸手打開小箱子，只看一眼就知道裡面是什麼東西——這些年兩人來往的書信，全被收在這箱子裡了。
寧念之有些不好意思，把蓋子蓋好，又隨手抽了一卷畫，打開一看，更是不好意思。那畫上的人，赫然是她，雖是原東良憑空想像畫出來的，仍和真人一模一樣。

有她在樹下彈琴的、有她拿著書靠在窗前翻看的、有她拎著裙子從遠處跑來的、微笑的、大笑的、害羞的……一連抽了十幾張，全是她的畫像。

「都是妳……」

寧念之還想再看下去，卻被原東良從身後攬住，一隻手牢牢地圈在她的腰上，另一隻手幫她拿出一卷畫軸，展開來，果然還是她。

「你都不畫點別的嗎？」寧念之忍不住好奇。

原東良搖頭。「畫其他的太浪費工夫。只有妳，是我的生命。」

寧念之抽了抽嘴角，心裡十分甜蜜，側頭在原東良臉頰上親了一下。

但原東良可不是只親一下就能滿足的，迅速抓住機會，含住寧念之的唇瓣，加深了這個親吻。

新婚燕爾，兩人又是兩情相悅，這兩天時時刻刻膩在一起，捨不得分開，這一親上，就有些忘我了。等寧念之察覺到身上發涼，才反應過來，趕緊推開原東良，壓低了聲音，氣息不穩地說：「這是在書房呢，別鬧了。」

原東良親親她嘴角，把她的衣服拉好，也壓低聲音道：「晚上咱們吃完飯，早些回來，早些休息好不好？」

寧念之聽了，瞪原東良一眼，卻因剛才親得太厲害，臉頰泛紅、雙眼帶水，這一眼倒是更有風情，看得原東良越發覺得身子滾燙，渾身起火，恨不得到冰水裡游兩圈。

「好不好啊？」原東良這麼問，寧念之實在不好意思回答，就當沒聽見，轉身繼續看那些畫卷。

原東良仍不放棄，非逼著寧念之說話。咬她的臉頰一口，問一句好不好；親她的臉頰一下，問一句好不好。

他弄得寧念之煩不勝煩，一巴掌拍過去，耳邊總算清靜多了。

那股春意過了，兩個人就靠在一起，溫溫馨馨地說話。

「你看過這本書了？」寧念之抽出一本書問原東良。

原東良瞄一眼，點點頭。「看過了，挺好看的。不過，我倒覺得有不少地方誇大了，定是個十分崇拜孟將軍的人寫的。」

「回頭等你閒了，可以把自己打仗的事情寫下來，也能立傳了。」寧念之笑道。

原東良一臉嚴肅地道：「這個可以考慮一下。將來我們有了孩子，好讓孩子知道，當年他老子是多麼威風能幹。」

寧念之噗哧一聲笑出來。「還威風能幹呢，倒是要讓孩子們看看，他爹當年是多麼的厚臉皮。」

原東良摟著寧念之笑。「臉皮不厚，娶不到媳婦兒啊。男人麼，要想娶媳婦兒，臉皮得厚，這一點，他要好好學學才行。唔，若是女兒，我得好好看著，不能隨便讓野小子拐走了。」

「當年我爹肯定也是這麼想的。」寧念之挑眉。

原東良立刻諂媚地給寧念之捏肩膀。「爹實在有先見之明，知道我將來會娶妳進門，便先把我帶到身邊教養。我能有今天，都是爹的栽培。」

「你也算是少年英才了，這麼些年，難不成沒人幫你說親？」寧念之忽然想到這件事，瞇著眼睛問原東良。

原東良趕緊舉手發誓。「我一心只想著妳，就算有人說親，我連見都不曾見，直接讓祖母推掉了。」

寧念之露出笑容。「那就是說，真有人上門啊？」

原東良忙陪笑。「妳也知道嘛，西涼攻下雲城時，有不少人家被看管起來，不投降的就滅門。後來我們奪回雲城，當時投降的人便有些擔心，怕秋後算帳。」

什麼時候都不缺這種人，原家退守流曼城時，也有不少人擔心流曼城會被攻下，想換取庇佑。當然，帶女兒找上門的，原東良就堅決不說了。

反正，他是真的不曾見過那些人，周氏知道他的心意，全拒絕了，不怕寧念之回去翻舊帳。

寧念之倒不是想翻舊帳，好男兒多的是人惦記，寧家又遠在京城，這邊若沒人上門說親，才奇怪呢，不過是想看看原東良緊張的樣子，才問了兩句。這會兒察覺原東良身子都繃緊了，便噗哧一聲笑出來，伸手捏他鼻子。

「我還能不相信你嗎？不過呢，以前我不過問，以後要有這種事，你可不許腦袋糊塗，別說姨娘了，連個丫鬟都不許收，知道嗎？」

「謹遵娘子命令。」原東良忙說道，看著時候不早，天色暗淡下來，就和寧念之一起去聽濤堂請安了。

聽濤堂裡，周氏正倚在榻上翻看禮物冊子，見小夫妻倆進來，忙招手示意寧念之到她身邊。

「念之來得湊巧，過兩天，有個參將的兒子要成親，那參將跟著妳祖父多年，一直忠心耿耿，我正在看要送什麼賀禮呢，妳也來瞧瞧。以後啊，這些事情可都是要交給妳，妳得心裡有數才行。」

「我還年輕呢，祖母得多教教我呀。」寧念之笑著上前，倚在周氏身邊。「到時候，祖母可不要嫌我腦子笨。」

「妳要是笨，這世上就沒聰明的了。」周氏忍不住笑，點點寧念之的額頭。「祖母想著，妳要能早點把這些事情接過去，我就不用操心了，以後只管賞賞花兒、聽個曲兒，享享清福。所以啊妳得爭氣點。明兒妳過來，先看看帳本，有什麼不明白的，只管問我，別不好意思，知道嗎？」

寧念之也不矯情，見周氏是真心實意想把這些事情交給她，便點頭應下。

「只要祖母不嫌我煩，我恨不得天天來祖母身邊待著呢。明兒，祖母可得讓廚房準備些我喜歡吃的點心才是。」

「好好好，定少不了這些的。」周氏開懷笑道，心情十分舒暢。

孫媳婦兒進門了，重孫子還不是早晚的事嗎？讓孫媳婦兒多吃些好吃的，養好身子，將來生個白白胖胖的大小子。

原東良坐在下面，瞧她們倆說得開心，也忍不住彎了彎唇角，端著茶杯抿一口。聽見外面有腳步聲，轉頭見是原丁坤過來，忙起身行禮請安。

原丁坤早聽見周氏的笑聲了，進門便笑道：「有什麼高興事？也說出來讓我聽聽。」

「哪有什麼高興事，我們祖孫倆說幾句貼心話罷了。」周氏擺擺手，跟著起身，一邊吩咐丫鬟擺膳，一邊說道：「快吃飯吧，都這會兒了，可別餓著我孫子。」

原丁坤哭笑不得，卻也不再追問，反正這後宅的事情，自有老妻打理。

周氏說到做到，整理好手邊的帳本，等著明兒交給寧念之。但沒想到，夜裡她忽然身子不適，著了涼，又鬧起肚子，折騰一晚，實在沒力氣起床，教寧念之看帳的事只得作罷。

隔天，寧念之收到消息，立刻來聽濤堂伺候。

周氏躺在床上想了想，讓孫媳婦兒管家的事不能耽誤，乾脆和寧念之說好，派人把帳本送去陶然居，先給她看看。

寧念之應了，等周氏吃完藥歇下，才回陶然居看帳本。

寧念之進房，瞧了桌上成疊的冊子一眼，便先拿起府裡的帳本翻看。和寧家一樣，除了每天的花費，還有莊子和鋪子的盈利，另有一筆支出，是給從戰場上退下來的士兵。不過，這筆帳不能走明路，受傷或死亡的士兵，朝廷有撫卹的銀子，當將領的再來這麼一齣，倒像是收買人心，容易遭人忌諱。

之前寧念之也管過家，這些在她看來，都不是什麼難事。只是雲城這邊的日常花費，和京城的不大一樣，有些甚至差別挺大，不清楚是帳目有問題，還是真的差這麼多，便先記下有疑惑的地方，日後再來追究。

另外，大概是周氏想早點讓寧念之立起來，也送了節禮的帳本。這種帳本，代表著府裡的人脈，是最重要的東西。

寧念之翻看了兩、三本，便忍不住挑了挑眉——原家的人脈還挺廣的。

「大少奶奶，要不要喝點茶，歇會兒？」聽雪見她笑了一下，趕緊插話。「您都看了大半天，要愛惜眼睛，不能再看下去了。」

聽她一說，寧念之也覺得累了，伸個懶腰看沙漏。「什麼時辰了？」

「快午時了，映雪姊姊已經去廚房拿飯菜。大少奶奶先洗個手？」聽雪笑著問道，等寧念之點頭，便立刻去端水盆來。

寧念之剛洗完手，映雪就拎著食盒進房了。

吃完飯，唐嬤嬤來找寧念之。「上午大少奶奶看了帳本，有沒有什麼發現？」

「府裡的麼，有些亂，但祖母餘威尚在，不算太出格。」寧念之一邊說，一邊在屋裡走來走去，當作消食。「外面的，文臣武將果然有些井水不犯河水的意思，原家來往的多是軍中將領；知府那邊，幾乎沒有來往。」

唐嬤嬤點頭。「原家能鎮守西疆這麼些年，當家作主的肯定不是傻子，遠離京城，自然得讓皇帝放心才是。要不然，幾代人守衛兵權，到了最後，西疆是元朝皇帝的疆土，還是原家的地盤？」

皇帝之所以讓原家待在西疆幾十年，是因為原家對這邊熟悉，換了將領，沒有原家的本事，怕是站不穩腳跟。西疆和別的地方不一樣，民風彪悍，當地原住民也多，武將不光要守邊，還得壓著各個氏族，調解族群之間的紛爭。如果換個人來，怕是一不小心，就會引起民亂。

若西疆和北疆一樣，外面只有大草原跟騰特這個敵人，那原家便會跟寧家一樣，有了戰事才去邊疆待幾年，沒事就回京守著。

「依照老奴的意思，外面的事情，少奶奶先不要急著插手。」唐嬤嬤笑道。「瞧老爺子的身體，至少還有十年、八年的工夫，咱們貿然往外伸手，怕是會讓他不高興。」

在自家都沒站穩呢，便想著到外面去招搖，也不怕被大風給吹走了。

「再者，二房在外面經營多年，咱們這樣撞上去，也討不了好。」雖說，大家都知道朝廷是屬意原東良接手的，原丁坤也傾向原東良，但事情沒到最後一步，誰也不能有十足的把握。

萬一，原東良有個三長兩短呢？

萬一，寧念之沒能生下嫡子呢？

意外多了去，苗氏他們又在府裡經營好幾年，那些人原先是討好苗氏的，不可能忽然轉投寧念之這邊，牆頭草可是兩邊都不討好。除非，寧念之真正站穩腳跟，把原府捏在手裡，能對外宣佈，原府是她當家作主，這樣就不用親自出門找人結交，只要在家等人上門。

寧念之點點頭，唐嬤嬤又說道：「所以，這些帳本，大少奶奶只要記住明面上的來往就行；內裡的，以後老夫人大概會親自指點您。」

寧念之點頭，看著時候不早，也有些累，索性直接進房午睡了。

第八十八章

寧念之一覺睡醒，原東良已經回來，吃了酒，身上微微帶著酒氣。

見寧念之睜眼，他先笑了一下，然後俯身含住她的嘴唇，親了半天才放開。

「怎麼辦，我越來越捨不得妳，離開這一會兒，心裡就想得不行。不如，以後我都不去衙門了，只在家陪著妳？」今兒他去衙門，正是為了多告幾天假，想待在家裡陪媳婦兒，不料卻被同僚抓去喝酒。

寧念之無語，坐起身。「我剛睡醒，沒來得及漱口呢，你就親上來了。」

原東良愣了一下，忍不住哈哈大笑，抱住寧念之。

「放心，我不嫌棄，哪怕妳在泥塘裡滾兩圈，出來我照樣能親。不管妳是什麼樣子，都是我最喜歡的。」

「什麼時候了？」寧念之不搭理他，推開人，一邊下床，一邊問道。

聽雪在外面聽見問話，趕緊揚聲答了一句，然後拎著水壺進來，伺候寧念之洗臉梳妝。

「祖母的身子可好些了？」寧念之側頭問道。原東良去衙門時，知道周氏身子略有不適，回陶然居前，定會先去聽濤堂瞧瞧。

原東良起身，站在寧念之旁邊比劃兩下，幫她選了根簪子。

「我回來時去聽濤堂問了，祖母下午醒了一會兒，吃些白粥，這會兒已經好點了，還說等妳睡醒，要和妳一起到園子裡轉轉呢。」

「那你怎麼不早些叫我？」寧念之趕緊起身。

原東良忙把人按住。「別著急，祖父正陪著祖母呢，咱們等會兒過去也來得及。我瞧見桌上扔著帳本，妳今兒看帳了？」

「嗯，看了幾本。雲城日常用度的花費，是不是和京城差很多？」寧念之問道。

原東良眨眨眼。「不太清楚。」

寧念之抽了抽嘴角，但想想，不管在雲城還是京城，原東良都不曾親自上街買過菜，這些事估計他還真不知道。

「改天帶妳出去轉轉？」原東良問道。

寧念之點頭。「好，得了空就去。雲城有什麼好玩的東西嗎？」

「有，不少呢。」原東良絮絮叨叨地給寧念之介紹。「妳不是喜歡騎馬嗎？七月時有專門的馬市，喔，今年已經過了，不過明年還有，到時候我帶妳去，西疆也是有好馬的。還有蝴蝶會、棒棒節之類的，妳肯定會喜歡。」

說著話，寧念之喝完了一杯水，收拾妥當，夫妻倆便往聽濤堂去了。

周氏睡了一天，這會兒精神挺好，坐在軟榻上和原丁坤說話，見原東良帶寧念之進來，就抬手趕原丁坤出去。
「既然你有正事要辦，趕緊去吧，別耽誤了，有孫子和孫媳婦兒陪著我呢，你不用留下來礙眼了。晚上你自己在書房吃，我這邊沒什麼好吃的，只能吃白粥，省得還要給你擺飯，讓我看著嘴饞。」
原丁坤聽了，頗為無奈，起身拍了拍原東良的肩膀。
原東良忍不住笑。「祖父放心，我和念之會照顧好祖母的。」
周氏不再理原丁坤，招手道：「念之，來我這兒。」
寧念之忙過去，行了禮，在周氏身邊坐下。
周氏從軟榻上的抽屜裡拿出一本畫冊，十分珍惜地摸了摸，遞給寧念之。
「之前妳不是說想祭拜公婆嗎？回頭讓東良陪妳一起去。」
寧念之有些不解地翻開畫冊，裡面是各種小像，大多是一名男子，和原東良的長相有七、八分相似，說不是親父子都沒人相信。冊中又夾雜一名女子的畫像，看起來很溫婉。
「這個……」寧念之猜出畫中人物的身分，有些遲疑地看周氏。
周氏拍拍她的手。「是東良的爹娘。雖說我不喜歡東良的娘，但得承認，她是個才女，最擅長畫畫，妳看，這些是不是都跟真的一樣？東良的爹，因身子不好，從小看書，也是個有才華的人，兩個人成親之後，感情深厚。」
她說著，又看原東良。「可惜了，東良既沒有像他爹那樣學富五車，也沒有像他娘那樣才華橫溢。不過，這樣也好，書讀多了，就覺得天底下只有他們最聰明，沒有什麼是他們做不到的，早晚會闖大禍。」

原東良從未見過爹娘，之前也看過這畫冊，這會兒坐在旁邊，一言不發。時間能帶走一切，早些年，周氏一看這些畫像就哭，現在有了孫子，總算沒那麼難過了。

「妳好歹是東良的媳婦兒，總得曉得自家公婆長什麼樣子才行。」周氏又把話題拉回來。「至於他們兩個的屍骨……」

原丁坤找到他們時，屍體早已成了骨頭。西疆和北疆之間的荒地，除了野狼還有禿鷲，白骨累累，混在一起，根本分辨不出哪一根骨頭是誰的。

最後，無奈之下，只得將那一帶的骨頭全收拾了，重金請仵作拼出人形，一一安葬。

「回頭讓東良帶妳去祭拜。」周氏不想多說這件事，眼圈紅了紅，伸手將畫冊合上了。

「總不能一點印象都沒有，就是對著墓碑說話，都想不出臉是什麼樣子。」

生怕老人家心情又不好，寧念之忙給原東良使眼色，原東良便笑道：「祖母，您開始教念之看帳本了啊？之前不還讓我帶著念之出門玩耍，早點給您生個重孫子嗎？要是念之開始管家，就沒空跟我去玩了。」

周氏拍他腦袋。「又不是管了家就不能出門了。等念之上手，理事什麼的，也不過半天工夫，剩下那半天，不照樣能去玩嗎？你啊，是娶了媳婦兒忘了祖母，只想著帶媳婦兒出去轉轉，也不心疼心疼祖母。」

「祖母可不能冤枉我，我最心疼祖母了。」原東良忙叫屈。「我一個大男人家，生怕照顧不好祖母，所以特意娶來媳婦兒，幫我照顧您。這樣，就從我一個人孝順祖母，變成兩個人孝順，天底下再也找不到比我更惦記祖母的人了。」

周氏忍不住笑。「哪有這樣誇自己的，也不嫌臉皮厚！我瞧瞧，這臉皮是不是能掀下兩層當鼓面用了？」

「您看您看，我這臉皮薄著呢，是像了祖母的，白白淨淨是不是？」

原東良插科打諢，逗得周氏哈哈大笑，寧念之也憋得臉色通紅，她還真沒見過原東良這樣小孩子氣的時候。

玩鬧一會兒，見周氏放下了心裡的痛事，寧念之忙說出逛園子的話來，想陪她出去轉轉。

周氏聽了，便起身。「走，我躺了一天，骨頭快生鏽了，咱們去走走也好。」

於是，原東良和寧念之一人一邊扶著周氏，慢悠悠地去了園子。

十月底的雲城，還是有些暖和，負責花園的婆子照看得好，有不少花兒仍盛開著。

周氏看得高興，掐了花兒，往寧念之和自己的頭上戴，看著池面炫耀。

「想當年，我也是雲城一枝花，長得好看極了，四面八方來了不少人家提親，可我偏偏看中了東良祖父這個愣頭青。那會兒，他比你還小兩、三歲，是真木訥，連句好話都不會說，我還覺得是因為他老實呢。」

頓了頓，周氏又換了話題。「回頭咱們把這邊收拾收拾，翻新園子怎麼樣？」

原東良有些驚訝。「翻新？那這裡種的花花草草都不要了？還有這些假山，全要搬走啊？」

「哎，其實這兩年，我也不太喜歡這些花兒，看久便覺得沒意思了。」

周氏說著，拉寧念之的手。「念之，妳說，要是翻新園子，弄成什麼樣的比較好？妳喜歡哪樣的？蘇杭那邊的，還是京城，或是北疆的？別管別人怎麼看，妳喜歡什麼樣的，不如咱們就弄成什麼樣的？」

「祖母，我沒什麼特別喜歡的樣子。」寧念之忙說道。「您喜歡什麼樣的？」

「人老了，就喜歡熱熱鬧鬧，要不然，咱們蓋成京城那邊的樣子？」周氏揮舞胳膊，指點江山。「那裡弄座八角亭，這裡挖個池塘，要活水，種上荷花，放進魚苗，再蓋兩座小橋。那邊安兩座假山，選多孔的那種，另外種幾棵柳樹，放些石凳、石桌之類的，再擺上棋盤……」

接著，乾脆討論起圖紙來，派定人手，等春暖花開時就動工。

祖孫倆說得開心極了，一個更加疼愛孫媳婦兒、一個更加體貼長輩，這下子，感情越來越深厚了。

新婚燕爾，原東良倒是想天天守著寧念之，不去衙門，甚至連書房都不想去。

可惜，他只能想想，沒半個月，原丁坤就看不過去了，吃完早飯，親自將孫子拎走。

「男子漢大丈夫的，整天守在家裡，像個娘們一樣！再這樣下去，志氣要磨盡了，沒聽過『美人鄉，英雄塚』這句話嗎？」

原東良嘀咕道：「念之不是那種不知分寸的美人啊。」

「可你就是那不知進退的英雄。」原丁坤沒好氣地道。「我年紀大了，西疆軍早晚要交給你，不趁這會兒趕緊把事情接過去，難不成，以後念之懷孕，你不想陪在她身邊嗎？」

原東良聽了，眼睛一亮，忍不住摸摸下巴。「這個，祖父也不算上了年紀，等念之有身孕，定還能再幫幫我的……」

原丁坤更是生氣，一巴掌拍在原東良的後腦勺上。「你小子倒是想得美，難不成只有你想天天守著自己媳婦兒？」

頓了頓，原丁坤忽然嘆口氣。「說起來，這些年，是我愧對你祖母。當年你爹身子弱，我就想著，總得有個人繼承原家……既是為了原家，又是為了你祖母，沒少讓她忍著不痛快。」

他得為周氏考慮身後事。如果他能活得比周氏久，那就好，但就怕他比周氏先走一步。到時候，周氏的娘家不一定能為她撐腰，就算願意，可周氏終歸要跟庶子們生活在一起，現在把人得罪狠了，以後他死了，誰能保護她？

他不是不知道周氏過得憋屈，可現在憋屈些，總比以後被庶子媳婦折磨好。

原東良撇撇嘴。「祖父，您有這想法，只能說，是您不了解祖母。她那性子，您還看不出來嗎？是寧願這會兒出口氣，也不願意忍氣吞聲一輩子。之前祖母能忍著，可不一定是對您有感情。

「人這輩子，就短短幾十年。前二十年，祖母是為自己活，整天開開心心就行；中間二十年是為我爹活，我爹死了，她不願意再管外面的事情，不管您想寵著誰，都和她沒關係了。」

可是現在不一樣，周氏又有了堅持的理由，那就是原東良，和未出世的重孫子。有了想保護的人，自然不能再和以前一樣忍氣吞聲，原康明的結果，還在周氏心裡記著呢。退一步，不一定是海闊天空；相反地，可能是懸崖斷壁。

原東良頓了頓，毫不客氣地繼續說：「祖父不過是倚仗著祖母還願意對您有幾分期盼。要是哪天，祖母連您都不想要了，怕是連分家這樣的話也不會再提。」

周氏哪稀罕原家那點東西？直接領著孫子跟孫媳婦另外建府，反正有朝廷的支持，加上原丁坤早晚要死，還怕耗不死二房他們？

原丁坤張口想反駁，話到嘴邊，卻說不出來了。

他想說原東良說的都是歪理，可歪理也是帶個理字的。

他想說，原東良的話是無稽之談，他和周氏少年夫妻，將來必是老來伴。可周氏確實不像剛成親那會兒了，每天都和他親親密密。

他原以為，那是因為成了夫妻，相處久了，彼此習慣，太熟悉了。可一想到周氏將來會徹底把他當成陌生人，心裡就忍不住一陣陣恐慌。

他這樣的地位，身邊確實有不少女人，別說現在，哪怕再過十年，照樣有人願意送上年輕貌美的小娘子。可等哪天他手裡沒了錢財、身上沒了權勢，還會有人跟著他嗎？

再過十年，若他重病在床，伺候他的，除了丫鬟、婆子，還能有誰？久病床前無孝子，這話能流傳這麼久，不是沒道理。

這時，原東良伸手拍拍原丁坤的肩膀。「祖父，不是我不願意供養叔叔他們，只是，我養著他們，他們才沒有出頭之日。」

原丁坤正在感悟人生呢，被原東良一拍，差點沒往前撲倒，轉頭瞪他一眼。「你這個臭小子！」

「祖父，為了二叔他們，長遠地看，應該早些準備分家的事情才是。」

原東良才不怕原丁坤多想呢，他就是想分家，他就是不願意照應二房他們，不介意現在就讓原丁坤知道他的態度。

等什麼秋後算帳啊，他可不願讓自家媳婦兒去傷神。雖然，哪怕十個二嬸加起來，都不是一個寧念之的對手，但能讓媳婦兒少操心就少操心啊，開開心心地過日子，每天不要想太多，才能活更久，才能更年輕。

身為好男人，得先將前路掃平，讓跟在後面的媳婦兒過得逍遙自在才行。

原東良是完全不在乎原丁坤怎麼想的，說完這些話，便抬頭挺胸地進了衙門。

祖父說得也挺有道理，男人麼，要做出自己的事業才行。他現在成家了，得有自己的權勢、自己的家財，將來才能養得起媳婦兒跟孩子。

要給兒子攢錢娶媳婦兒，要給閨女準備嫁妝，不努力些不行啊。

爺兒倆各懷心思，原丁坤看卷宗時，有些心不在焉；原東良卻是精神奕奕，同僚見了都要打趣一聲。「這成了親，果然就是不一樣啊！瞧瞧現在這臉色，春風得意，恭喜恭喜了。」

和以往的面無表情不一樣，現下原東良嘴唇微微挑起，任誰看見，都是心情好得不得了的樣子，簡直判若兩人了。

第八十九章

這時，原家聽濤堂前的院子裡，周氏坐在後面，寧念之則坐在前面的藤椅上，再往前，是站成四排的僕婦，不管是前院還是後院的管事嬤嬤，一個不落，按照順序上前介紹自己。聽雪和映雪坐在旁邊，奮筆疾書記錄下來；唐嬤嬤則捧著名冊，一個個對照著認人。

寧念之一言不發，聽完了，只點點頭，示意下一個開口說話。

她有點冷淡的態度，倒讓下面的僕婦們更是忐忑，誰也不敢小瞧了這位新進門的大少奶奶。雖說她年紀小，初進門，但身後站著的可是原家老夫人。沒瞧見只是認個臉，周氏都生怕別人欺負了她，要在一邊照看著嗎？

「今兒就不說了，往日是怎麼樣，還是怎麼樣，只是從明兒開始，早上辰時之前，要到這兒回話，領對牌。」寧念之抬手點了點旁邊放著的對牌。「可都聽清楚了？」

「是，大少奶奶。」回答的聲音挺整齊。

寧念之擺擺手，眾人一起行禮，然後告退。

等那些僕婦走遠了，寧念之才轉頭，笑咪咪地看周氏。「祖母，我今兒的表現如何？可還好？」

周氏也笑，伸手揉揉寧念之的頭髮。「很不錯，該說的都說了，也表現出大家媳婦兒的氣勢。回頭聽兩天管家媳婦們的回話，差不多就能上手了。」

她說著，抬手拍了拍擱在旁邊的帳本。「之前的帳，可都理清楚了？」

寧念之點點頭。「都整理好了。不過，前幾年雲城在打仗，那時的帳有些亂，也不知是我算錯還是怎麼回事，有十萬兩銀子不見了。」

周氏微微皺眉。「十萬兩？出去時可是蓋了妳祖父的印信？」

寧念之搖頭。「沒有。若有祖父的印信，孫媳也不會說了。」

原家和寧家一樣，每年都有一筆不能記在明面上的帳目，但這不是誰都能領走的，得有原丁坤的印信才行。

周氏聞言，眉頭皺得更緊了。前兩年打仗時沒顧得上，後來忙著準備原東良成親的事，再來她生病，還真沒發現帳上有問題。

「是整筆沒了蹤影，還是帳目上有貓膩？」周氏問道。

寧念之忍不住笑，往周氏身邊靠了靠。「還是祖母英明睿智，一語中的。這筆錢，是從帳目上一點一點消失的。」

也就是說，不是被人領走，而是被人貪污掉的。

周氏嘆口氣，這事是誰幹出來的，根本不用猜，不是二房就是三房，或者兩人聯手。那時，她精力不濟，生怕二房獨大，便讓三房從旁協助，算是平衡。沒想到，反而招禍。

「祖母，這筆銀子，咱們要還是不要？」寧念之問道。

當初寧家的帳面上，消失的是五、六萬兩。寧震和寧霄雖然不是一個娘生的，卻是同一個爹，寧博又一向不偏不倚，從不覺得身為長子便應該讓著次子，所以，為了寧博，馬欣榮願意不追究這件事。

但放在原家，這事就不能一概而論了。

原平周和原平全可不是自家公爹的親兄弟，相反地，說不定公爹去世的事情，原平全的生母也插了手。不當仇敵看，就算原東良大方善良能容人，沒道理再將白花花的十萬兩銀子拱手送給他們。

所以，寧念之是偏向把這筆銀子要回來的。不過，她說了不算，得看周氏的意思。

於是，寧念之眼巴巴地看著周氏。「祖母，在雲城這裡，十萬兩銀子能買座宅子嗎？」

周氏本來還皺著眉呢，聽見這話，忍不住笑。「怎麼，想買宅子了？」

「不是。只是想著，那麼大的宅子，憑空沒有了，有些心疼。」寧念之倒是不掩飾自己的心思。

周氏看她不遮不掩，顯然是將自己當成可依靠之人，心裡越發喜歡，點頭道：「妳說得對，偌大的兩、三座宅子就這麼沒了，確實讓人心疼。妳且放心，這筆銀子，祖母幫妳要回來。」

寧念之一邊驚訝雲城的宅子便宜，一邊又有些擔憂。「祖母，咱們先好好合計合計？不然祖父那邊，怕是不好說。」

「這有什麼，咱們證據確鑿，捉賊拿贓，就算妳祖父不高興，也得忍著。要不然，這家裡，誰都能伸手撈一筆，日後誰還有辦法管家？原家怕是要亂了套。妳祖父雖然不是聰明人，卻也沒糊塗到家。」

周氏挺豪爽，寧念之卻忍不住笑，能駐守西疆幾十年，除卻之前生病，被西涼拿下雲城的事之外，原丁坤幾乎沒吃過大的敗仗，這樣還算不聰明？那自家親爹當初被騰特人生擒，算不算是他太蠢？

「內宅不穩，是管家大忌，妳祖父會明白的。」周氏拍拍她的手，起了身。「都這時辰了，今日他們祖孫倆怕是不能回來用膳了。就咱們倆，想吃什麼，只管吩咐廚房。」

她一邊拉寧念之進門，一邊絮絮叨叨地和寧念之說話。

「廚房的徐娘子，是咱們家的老人了，她娘、她祖母，都是灶上的掌勺娘子。當初她娘就是跟著她祖母學廚，這才姻緣聚合，嫁給了她爹。之後手藝傳下來，到了徐娘子，那廚藝已經沒人能及得上。不是我自誇，在雲城，想找個比徐娘子手藝更好的廚娘，是不可能的。」

周氏說著，壓低了聲音。「外面做得好的大廚，一個月要這個數！」伸手比劃一個數字。

寧念之做出吃驚的樣子。「這麼多?!」

「是啊，所以，咱們家給徐娘子的月俸也不能少。」周氏點頭，看似隨意地說些府裡的閒事，實際上，卻是透著指點的意思。「還有她娘，雖說年紀大了，不在咱們府裡做事，但逢年過節，也要給些賞賜。」

有功就要獎勵，徐娘子祖孫三代忠心耿耿，主家自然不能寒了她們的心。同時，周氏的意思，是說徐娘子可信，廚房裡的事盡可以託付給她。

寧念之忙點頭。「那真是太好了，孫媳也沒別的喜好，除卻偶爾騎馬練武之外，就喜歡吃點好吃的……」

話音剛落，周氏便忍不住笑。「說到這個，我還記得妳堂妹呢，身量不大，卻不知道哪來那麼大的胃口，吃多少都不見肚子撐起來，要不是怕傷了她身子，我還真想弄一桌大的筵席，好瞧瞧她能吃多少呢。說起來，妳堂妹也嫁人了對吧？」

「祖母記性好，堂妹比我早幾個月出門。」寧念之笑著回答。「她性子好，開朗活潑，心裡不存煩惱事。我出門時，正巧堂妹身邊的嬤嬤回家送信，說堂妹有了身孕，算算日子，明年四月左右就要生了。」

周氏這個年紀，很喜歡聽別人家的喜事，笑得合不攏嘴。「太好了。那小姑娘，我也喜歡得很，回頭妳記得提醒我，到時候，要送賀禮過去。」

「祖母放心吧，我定會提醒您的。」寧念之笑道，扶周氏進了正院。

到了正院，祖孫倆剛坐下，三房的原靜靜就帶著原秀過來了。

原靜靜是嫡女，性子活潑開朗；原秀是庶女，顯得有些膽小，跟在原靜靜身後，不怎麼敢抬頭。

「妳們兩個怎麼過來了？」周氏挺訝異。

原靜靜眉眼彎彎地上前，抱著周氏的胳膊撒嬌。「祖母真是有了新人就忘記舊人，自從大嫂進門，我們姊妹便成了那路邊的小草，再得不到祖母的憐惜了。沒辦法，我和妹妹呢，太想念祖母，只能厚著臉皮來看您，祖母這裡若有什麼好吃的午飯，可要捨給我們姊妹才是。」

本來這話聽著像在指責周氏偏心，但原靜靜長相甜美，說話帶著幾分嬌憨天真，聲音也含著甜意，倒更像是在撒嬌，讓人惱不起來。

周氏沒惱，只笑道：「妳這潑猴，轉眼都要訂親了，還和小孩子一樣喜歡吃醋！妳且放心，祖母這兒啊，定不會少了妳們姊妹一口飯吃，不管什麼時候來，都讓妳們吃得飽飽的。」

原靜靜聽了，笑得眼睛瞇起來。「那太好了，我想吃徐娘子做的金錢雲腿，中午就讓徐娘子做這個吧。」說著眼眸一轉，目光落到寧念之身上。「大嫂是京城人，怕是沒吃過正宗的金錢雲腿，今兒正好嚐嚐。」

寧念之笑著點頭，和周氏對視一眼，兩個人都沒掩住眼裡的笑意。以原東良的性子，恨不得什麼好東西都給寧念之送去，自然少不了雲城這邊的好吃食。

原靜靜只以為周氏喜歡她，覺得她說得對，也跟著笑，湊到寧念之身邊，眨巴著眼睛，好奇地問：「京城可有什麼好吃的？大嫂會不會做京城當地的名菜？這些天，我娘正打算教我下廚呢，如果大嫂能指點我一下就好了。」

不等寧念之開口，周氏就道：「妳大嫂忙著呢，府裡一大堆事等著她決斷，可沒空去指點妳的廚藝。前兩年，我沒空看咱們府裡的帳本，正好這段日子讓妳大嫂幫忙看看。」

周氏轉頭笑著看寧念之，寧念之反應也不慢，忙道：「祖母放心吧，別的我不敢說，看帳本可是沒問題。當年一邊上太學，一邊跟在我娘身邊，有整整兩年，都在學管家理事看帳本，而且，祖母也會指點我呀。您瞧著，這事兒我保證辦得妥妥當當。」

原靜靜滿臉驚喜。「我真羨慕大嫂，還能上太學唸書。可惜，雲城沒有女學，又距離京城太遠，我爹娘捨不得把我送到那麼遠的地方。哎，我也想去瞧瞧，哪怕只進太學看兩眼也好。」

瞧著倒不像知道帳目的事情。雖然她們來得有些湊巧，但寧念之和周氏說話時，身邊跟著的都是可靠之人，不會把消息傳出去。再者，這才多久，就算要送消息，也得一、兩個時辰吧？

剛才，周氏與寧念之的話，既是試探原靜靜，又是打算給趙氏帶個消息。若苗氏真和趙氏聯手，那從內部瓦解最簡單；若只是苗氏動的手，那趙氏說不定會有證據；若是趙氏，讓她慌亂起來，才能抓到馬腳。

中午，周氏果然讓徐娘子做了金錢雲腿，不得不說，哪怕是同一樣東西，不同地方的人來做，味道還真是不同。寧家的廚子也是頂好的，做出來的雲腿是鹹味；徐娘子做的，卻是帶著微甜。

寧念之一說出自己的感覺，周氏便忍不住笑。「若是想吃鹹味的，徐娘子也能做，不過這味道，大概比不上你們家廚娘做的。畢竟……那話怎麼說來著？自己熟悉的方式，才更能發揮自己的特長？」

原靜靜笑咪咪地接道：「祖母，是不是術業有專攻？」

周氏一拍手。「對，還是靜靜有學問，正是這句話。京城和西疆的口味本就不同，各有各的味道，若是換了人，做出來的口味就不道地了。」

原秀見狀，也鼓起勇氣道：「祖母說得對，橘生淮南則為橘，橘生淮北……」話沒說完，對上原靜靜的目光，便慢慢沈默了。

寧念之忍不住挑挑眉，原靜靜這麼可怕？看來，這小姑娘不像表面上看起來那麼甜美啊。不然，也不會把庶妹嚇得連話都不敢說。當然，也可能是這庶妹藏得太深。

不過，三房的事，和她沒多大關係。

於是，寧念之毫不在意地低頭，繼續吃飯。雖說和京城的口味不一樣，但確實挺好吃的。祖母沒誇張，這徐娘子，好手藝！

周氏打算要回這筆銀子，晚上便找了原丁坤，先試探一番。

晚飯過後，周氏一邊讓丫鬟伺候著解開頭髮，一邊隨口問道：「前幾天，我已經盤算好，等孫媳婦兒進門之後，就把府裡的事情全交給她。」

原丁坤靠在軟榻上點頭，自家老伴的心思，他心知肚明。

「在把事情交代給孫媳婦之前，我得準備妥當，給她明明白白、清清楚楚的帳本才行。」周氏接著說道。

「可是帳上出了什麼問題？」原丁坤人老成精，周氏說一句，他就能猜出後面的話，眉頭跟著皺起來。「是哪一年的帳本？」

「前年的。」周氏轉頭，看原丁坤一眼。「帳面上，有十萬兩銀子的出入。」

原丁坤沈默。「那會兒是誰管家？老二還是老三？」

「現下還不清楚。」周氏慢吞吞地說道：「我猜著，應當是老二家伸的手。那會兒，你身子不好，又忙著打仗的事情，我憂心你和東良，不耐煩管家，就交給老二媳婦兒和老三媳婦兒管著。」

原丁坤嘆氣。「這事該怎麼辦，就怎麼辦。無規矩不成方圓，若沒個規矩，以後不管誰管家，都照著這前例，那原家成什麼了？金庫還是銀山？想挖就能隨便挖？」

他說著，又有些心酸，想起原東良說過的話，周氏對他的感情，怕是已經消磨了不少。

以前若有這樣的事情，周氏何曾來問他，管家理事本就是後宅女人的活兒，帳本有問題，也是當家主母要過問的。如果對枕邊人有足夠的信任，還怕處置之後被責怪嗎？

原丁坤想著，忍不住起身，走到周氏身邊，抬手捏了捏她的肩膀。

「這些事情，妳拿主意就行，該打該罰，都不用問我，我信妳。若老二他們敢有什麼怨言，妳也不用搭理。」

周氏只笑了笑，沒接話，轉頭吩咐廖嬤嬤。「派人到二房、三房還有四房說一聲，明兒一早，讓幾位夫人全過來請安。」

廖嬤嬤忙應下，親自去傳話了。

第九十章

第二天一大早，原家的男人們出門後，女人們帶著孩子去聽濤堂請安。

寧念之來得早，正親手給周氏梳頭髮，動作輕柔，讓周氏笑得合不攏嘴。

「哎呀，念之就是孝順！以前我就羨慕你們家老太太，她有兩個乖巧可愛又孝順的孫女兒，這輩子是享福的命。現下，我得了最好的那個，該換妳祖母來羨慕我了。」

寧念之忍不住笑。「祖母，您再誇下去，我都不好意思出門見人了。」

她娘家祖母才不覺得兩個孫女兒有什麼好呢，不能嫁入高門幫襯家裡，就不算孝順。

兩個人說說笑笑，把剛進門的苗氏襯得跟外人一樣。大約是受了教訓，苗氏臉上雖然憤憤，卻沒敢開口說什麼。趙氏站在苗氏身後東張西望，董氏則和往常一樣，垂頭不言。

苗氏的長媳小苗氏是個嘴快的，和苗氏品性相似，見寧念之受寵，便陰陽怪氣地說：「到底不一樣啊，以前祖母瞧見我們，跟沒看見一樣。現下倒好，恨不得把大嫂當成親孫女呢，我們只有看著眼熱的分兒了。」

不等周氏開口，寧念之就笑道：「若是眼熱，以後二弟妹多向我學學，常常來討好祖母。只要讓祖母笑口常開，還怕祖母不給妳好東西嗎？」

小苗氏聞言，臉色馬上難看起來。

這時，寧念之將最後一支簪子給周氏插上，左右端詳一番，笑道：「果然還是我手巧。祖母瞧瞧，這樣一打扮，是不是比往日更年輕幾分？現下看著倒不像我祖母了，更像我伯母呢。」

旁邊伺候梳頭的大丫鬟也笑道：「大少奶奶心靈手巧，只聽奴婢說一句，就知道該怎麼弄了，梳好的頭髮，果然比奴婢弄出來的好看。現下奴婢只能盼著大少奶奶多多偷懶，不然，日後老太太用不著奴婢等人，到時候就領不到月例了。」

這話說得討巧，又捧了寧念之，又說到周氏心裡，周氏笑得臉上的皺紋都舒展開了。「就妳會說。妳別擔心，我可捨不得累著親親孫媳婦兒，日後啊，還是得用妳才行。」

大丫鬟聽了，忙做出放心的樣子，又逗得周氏合不攏嘴。

周氏瞧見站在旁邊的苗氏婆媳，心思一動，從自己的梳妝匣裡拿出一根步搖，伸手拉過寧念之，給她插在頭髮上，左右打量一下，笑道：「挺好看，就戴著吧。祖母年紀大了，用不著這樣顯眼的東西，妳年紀輕輕，正合用。」

步搖是點翠的，挺貴重，苗氏婆媳看得眼睛都紅了，又想起剛才寧念之說的話，臉色更不好看。

但周氏今兒的目的可不是教育她們要孝順才能得好東西，即便她們變孝順了，這好東西，她也不想給。今兒的要事是帳本，追討十萬兩銀子。

於是，周氏扶著寧念之的手起身，帶著人到前面正院去。

吃了早飯，周氏沒和以往一樣揮揮手讓人走，而是擺出有事要說的樣子。

「今兒讓妳們過來呢，是有件事要說的。」

三位夫人聞言，心裡立刻有些嘀咕了。尤其苗氏，更是忐忑，她可沒忘記之前周氏三番兩次威脅分家的事，若趁著這會兒原丁坤不在，舊事重提……不對，原丁坤不在，周氏就算要分家，也分不了啊。

這樣想著，苗氏心裡便安穩了些。

可趙氏就有些著急了，昨天只聽說寧念之陪著周氏逛園子，想藉閨女討好她們，卻沒想到，湊巧知道那麼一件事。

對於帳上的出入，她是有些心虛的。當初苗氏那樣伸手，大把大把將銀子往懷裡摟，她看著眼熱，忍不住動了心思，現下卻被周氏發現……

可心虛膽怯之餘，又忍不住生出期盼，前面有苗氏頂著，應當不會發現她做的那些手腳吧？畢竟，和苗氏比起來，她貪的那些，不過是小小數目。

「念之，把帳本拿過來。」周氏吩咐道。

董氏有些迷茫，抬頭看看，又低頭盯著腳底下的方寸之地了。

趙氏笑得有些勉強。「老太太，可是要說管家的事？前些日子，這帳本、鑰匙什麼的，不都已經給念之了嗎？」

苗氏見狀，笑不出來，心裡又驚又怕，又有些遲疑。萬一，周氏並沒有發現呢？

「等會兒妳們就知道了。」周氏看著苗氏，眼神冰冷，面無表情。

苗氏忍不住哆嗦一下，但馬上又抬頭挺胸——寧念之不過是個黃毛丫頭，她可是找了有經驗的老帳房做手腳，剛出閣的小姑娘能看出來才怪！

唐嬤嬤送上帳本，寧念之得周氏示意，直接翻開帳本，唸了起來。

「雞蛋二十五顆，二十五兩銀子。麻布三十疋，五十兩銀子。豬頭五十斤，一百五十兩銀子……」

苗氏臉色變了變，隨即笑道：「這個我有印象，念之唸的，可是兩年前的帳？」

周氏冷笑一聲。「妳確實應當知道。這一兩銀子一顆的雞蛋，咱們府裡上上下下，可是吃了整整一年。」

苗氏立刻回道：「說起來，這一兩銀子一顆，還是便宜了，是人家看咱們原家要買，才便宜地賣。要不然，那會兒打仗正亂著，家裡有雞蛋吃，才不會拿出來呢。」

說著，她轉頭問趙氏：「那會兒三弟妹也管著家，知道價錢，戰亂時，什麼東西都貴，不光雞蛋，還有老太太往日用的佛香、佛經之類的，可是有錢都買不到。」

趙氏被苗氏拽著，臉色頗為尷尬，但猶豫一下，對上寧念之和周氏的目光，還是點頭了。

「二嫂說得是，那會兒，打仗打得正激烈，有錢都難買到東西。這些價錢，這會兒聽著是挺嚇唬人的，但在那會兒，卻是再正常不過。」

周氏忍不住笑了笑。「妳們說的倒是挺有道理，可若沒半點證據，我老婆子是那種隨意給人安罪名的人嗎？既然妳們要跟我講道理，那咱們今兒就好好講講。廖嬤嬤，人來了嗎？」

廖嬤嬤忙上前回話。「我們家那口子正帶人在外面候著呢，只等老太太一句話，就進來了。」

周氏點頭，廖嬤嬤親自去外面叫人。沒多久，就見廖總管帶著幾個人進來。那些人看著都是老實巴交的，瞧見一屋子人，頗有些侷促，一個個連頭都不敢抬。

周氏見了，很是和善地開口問道：「聽說你們一直住在雲城，就是打仗那兩年，也未曾出城？」

幾個人你看看我、我看看你，過了一會兒，有人站出來回話。「回老太太的話，小的家裡確實未曾搬離雲城。打仗那兩年，雖然日子過得苦，但因西涼軍還在和朝廷的人周旋，只要躲著些，便沒有性命之憂。」

「那時候的日子可好過？你們吃的糧菜，都是從哪兒買的？」周氏又問道。

那人雖有些膽小，說話卻是十分有條理。「菜是不敢多吃的，真餓了，就偷偷去糧鋪買些，或者拜託守城軍，悄悄到鄉下去買，只是價錢貴。往年一兩銀子能吃一個月，那會兒，一兩銀子只夠買一天的米糧，雞蛋是一兩銀子五十顆，豬肉是半兩銀子一斤……」

苗氏聽了，臉色劇變。「哪來的土包子，真是信口開河！」

周氏厲聲斥道：「若是不想聽，就給我滾回去！」

苗氏被嚇住，又生出一股羞憤。屋裡可不光有外人，還有小輩呢，這下子，裡裡外外的面子全沒了。

但給她十個膽子，她也不敢站起來和周氏對罵，更不敢隨意起身離開。今兒她走了，先不說等會兒的罪名能不能辯解，光是不孝的名聲，便能讓周氏有足夠的理由把她趕出府，甚至休棄都可以。

趙氏沒苗氏那麼大的膽子，從廖總管帶著人進門後，臉色即變得一片慘白，臉上帶著虛汗，手裡的帕子都快擰成繩子，又是想說話、又是不敢開口。

旁邊的原靜靜看出端倪，眉頭微皺，看看寧念之，再打量苗氏，抿抿唇，撒嬌道：「祖母，您是想聽古嗎？不如改天咱們找幾個女先兒來說說？」

周氏沒搭理她，繼續問那幾個穿著普通的男人，一人說一段，足以將當年的用度說得清楚明瞭。糧食確實貴了不少，但布料卻便宜很多，像麻布，往日一疋要賣十五文，那兩年，十五文竟能買三疋。還有佛香之類的，價錢比往年的一半還低。

問完話，周氏讓廖總管送那些人出府，然後盯著苗氏不開口。

這會兒，苗氏不知道要說什麼了，辯解的話太牽強，周氏根本不會信；可要她承認貪污公中的銀子，也是做不到的。

周氏慢悠悠地轉著手裡的佛珠。「這就是雲城的日常花費。兩年前，咱們家只有東良待在雲城，剩下的女眷都在流曼城。」

那時，原東良率領西疆軍，已經開始反擊西涼，收復雲城。但原丁坤身子沒好，周氏自然待在流曼城伺候，而苗氏她們生怕回來遇上事，也跟著留下。

周氏這句話，又把苗氏給堵住了，原本就想不出辯解的話，這會兒更是張不開口。

周氏也不搭理她，轉頭看趙氏，又衝寧念之招手。

於是，寧念之繼續唸道：「中等胭脂，五兩銀子一盒。中等絹花，一兩銀子一朵……」

趙氏臉色大變，她比不得苗氏，事到臨頭，還要想辦法推託。周氏準備妥當，她本就有些心虛，這會兒見事情果然沒隱瞞過去，心驚膽戰下，居然撲通一聲跪到周氏面前。

「老太太饒命，我、我不是故意的，我發誓，我只拿走了二萬兩銀子，一點沒多，現在就還。請老太太看在兒媳是頭一次做這種事的分上，饒了兒媳！」一邊說，一邊哭。

原靜靜和原秀也不敢坐著了，趕緊起身，跟著跪在一邊。

趙氏可憐巴巴地討饒。「老太太，饒我這一次吧，我馬上讓人送銀子過來補上。」

趙氏這一認錯，苗氏像是抓到了救命稻草，立刻抬手指著她罵道：「原來是妳！我早看出來，妳不是個安生的，果然藉著管家的便宜，給自己撈了不少好處！這採買上的帳房，是何時被妳買通的？竟然連我這邊的帳都能作假，妳可真是有本事！」

她說著，轉頭看周氏。「老太太，您要相信兒媳，我可不是那種貪污公中錢財的人，不是那種眼皮子淺的。這些事，定然全是三弟妹找人做的！」

趙氏聞言急了，怒目瞪苗氏。「妳血口噴人！以為老太太會相信妳的一面之詞嗎？那時我雖然也管著家，但咱們井水不犯河水；誰的差事，誰讓人去拿對牌領銀子。二嫂可是威風凜凜的原家主母，我何德何能，竟能越過妳在帳本上做手腳？難不成二嫂是那種任由別人糊弄的糊塗鬼？」

苗氏死扛著不願意認罪，趙氏卻是十分識時務，一五一十將當初做的手腳說出來。那痛哭流涕的樣子，沒人可憐，只覺得有些噁心。

寧念之看著，忍不住往後退了一步，生怕趙氏將鼻涕、眼淚弄到她身上。

原靜靜和原秀頗為尷尬，但趙氏已經認罪，只能跟著求情，跪在旁邊抹眼淚，哭得倒是比趙氏好看多了。

「如果妳老老實實地認罪，我老婆子還能給條生路，可妳偏偏不知足。」

周氏冷冰冰地看著苗氏，把帳本摔在苗氏跟前。「現在我不和妳們說那麼多廢話，只給兩條路。頭一條，將吞進去的東西給我吐出來；第二條，我把這事告訴老爺子，咱們趁早分家！原家可沒那麼厚的家底，今兒妳貪十萬兩，明兒我拿十萬兩，沒個規矩，長久之後，原家還立得起來嗎？」

她說著，轉眼看趙氏。「老三家的，妳怎麼選？」

趙氏轉了轉眼珠子，立刻磕頭。「老太太仁慈，我選第一種，還請老太太給我機會，讓我贖罪。我願意長長久久在您跟前伺候，聆聽教誨，從此以後，只求能學得兩、三分為人處世的方法。」

周氏點頭，擺擺手。「但錯了就是錯了，不能不罰。念妳態度良好，除了那二萬兩銀子，另外再扣一年月例，並在一年之內抄寫《女誡》百遍。妳可願意？」

一百遍雖然多，但一年之內寫完，還是挺容易的。再者，誰家的夫人是當真用月例銀子過日子？那些不過是錦上添花的東西，有了就能多買些胭脂水粉，沒了，也不妨礙生活。

趙氏當即點頭應下，給周氏行了禮，急慌慌地起身，拽著原靜靜告退走人。

原秀偷偷瞄寧念之的神色一眼，連忙跟上，三房的人便走光了。

剩下的，就是二房和四房。

苗氏梗著脖子，想找藉口繼續辯解，董氏卻有些膽怯了。「那個……老太太，我忽然想起還有些事……」

周氏聽了，飽含深意地看她一眼，點頭道：「那妳先回去吧，什麼時候辦完事情，什麼時候再來給我請安。不過，我瞧著妳好像挺著急的，這事應當很重要，三、五個月辦不完吧？」

董氏不傻，忙張嘴否認。「也不著急。是我性子急，事情不做完，總覺得心裡惦記著。現在想想，這急性子不太好，還是要磨磨才行。這事且先放著吧，等以後再辦。」

周氏聞言，盯著董氏好一會兒，看得她臉色發白，額頭冒虛汗，手腳都不知道應該放在哪兒了。

接著，周氏轉頭看向苗氏，問道：「老二家的，我再問一次，妳願意選擇哪條路？」

苗氏忙道：「老太太，您真是冤枉了我，我沒那麼大的膽子，十萬兩呢，裝起來得好幾箱，我哪來那麼大本事貪走？您也知道，水至清則無魚，我想要府裡的人聽話，得先給銀子才行……」

這是推託不了罪名，想找人栽贓了。

周氏氣得往地上砸了一只杯子。「看來，妳是不見棺材不掉淚！既然如此，我也用不著和妳客氣了。廖嬤嬤，把苗氏送回去，等二老爺回來，讓二老爺到我這邊，咱們說說分家的事情。」吩咐完，又看苗氏。「妳為府裡操勞不少年，我不會虧待妳。這十萬兩銀子，就當是安家費了。」

周氏說完，擺擺手，廖嬤嬤立刻帶著四個五大三粗的婆子進來，也不知道她們在門口等了多久，進門便直奔苗氏而來，一個字都沒說，直接扭了苗氏的胳膊，把人拽起來往外走。

這會兒，苗氏才開始著急。「放開我！妳們這些骯髒婆子，給我鬆手！否則回頭我定要把妳們送到軍營受杖刑！老太太饒命，我錯了，但我真沒有拿那麼多銀子，頂多三萬兩！真的，我發誓，只有三萬兩！」

周氏冷笑，並不答話，廖嬤嬤等人的動作也不慢，見周氏不阻攔，一眨眼就出了院門。

二少夫人小苗氏和三少夫人何氏，妳看看我、我看看妳，都有些嚇著了，一會兒轉頭看看院門口，一會兒偷偷瞧周氏的神色，坐立不安，手裡的帕子都要揉爛了。

小苗氏生怕這火燒到自己身上，不敢出聲；何氏想著自家相公，不能就這麼扔下婆母不管，遂期期艾艾地開口：「祖母……」

周氏直接擺手。「時候不早了，我這兒可沒準備妳們的午膳，該回去就回去吧。不該妳們插手的事情，就多長點眼色。」

何氏的話被堵在肚子裡，小苗氏倒是懂得趨利避害，趕緊起身行禮。「是，祖母的話，孫媳定然記在心裡。時候是不早了，孫媳不在這裡打擾，先告退了，若祖母有事，只管讓人去叫孫媳一聲。」

看周氏閉眼不語，小苗氏便伸手拽著何氏出去了。

出了聽濤堂，何氏憂心忡忡地道：「二嫂，咱們該怎麼辦？前兩天公爹剛吩咐，讓婆母忍著，可現在……回頭公爹要是問起來，咱們怎麼說呢？」

小苗氏皺眉。「公爹就是生氣，難不成還能直接責罵咱們？這樣吧，妳去找寧念之求求情。我瞧這丫頭是個有心機的，才進門沒多久，就攛掇幾場事了，真真是個攪家精。當初若知道她是不安生的，我必要想辦法阻止這場婚事！竟讓這樣的人進門，祖父和祖母真是年紀大了，老糊塗……」

小苗氏沒說完，知道這話有些大逆不道，抿抿唇，又換了話頭。「寧念之得了祖母歡心，若能讓她幫忙求情，祖母看重她，定會鬆口。不如這樣，妳去試探試探，看她是什麼態度，如果偷偷給她一筆銀子，說不定這事便能抹平了。」

何氏有些沒主意，在她看來，周氏都說到分家了，這事情鬧得有些大，實在不敢胡亂插手。可婆母到底是生了相公的人，若婆母被公爹責罵，相公定然會憂心難過。若能打探出周氏的想法，回頭也好有話向自家相公交代，遂點頭應下。

小苗氏見何氏應了，便笑道：「怕這會兒婆母正難堪，我們過去，不僅安慰不了，說不定還讓她覺得我們是去看笑話的，心裡更難過。且多等一會兒，我們再去看婆母吧。」

第九十一章

處理完貪污銀子的事，寧念之陪周氏用過午膳，周氏便趕她回陶然居午睡了。

一覺醒來，寧念之覺得有些口渴，讓人倒水，卻見聽雪進來稟道：「三少夫人帶著丫鬟過來了，大少奶奶見不見？」

寧念之端著茶杯的手頓了頓，想了一會兒，點點頭。

她不可能一輩子都不和原家的人打交道，就算分家，也不能永遠不來往。傳出去，別人不會計較苗氏她們犯了錯，只會說她這個未來的當家主母「有本事」、「心狠手辣」。哪怕是為了原東良的名聲，也得留幾個能說話的。

原本她瞧著四房膽小懦弱，應該比較好說話，但今兒周氏的表現，可不像信任四房的樣子；二房的長媳小苗氏和苗氏不愧是一家人，性情脾氣一模一樣，完全不用考慮；這個何氏，說不定還能往回拉一把。

何氏進門，表情略有些侷促。「之前聽大嫂的丫鬟說，妳在午睡，不知道有沒有打擾到妳？」

「無妨，我也要起來了。若是三弟妹不介意，我先洗漱一番。」寧念之笑道。

何氏忙擺手。「我來得魯莽，大嫂不見怪，已經是寬宏大量，只怕大嫂會覺得我礙事。」

兩人說著話，聽雪和映雪端水進來。寧念之用清水洗過臉，拿柔軟布巾擦乾，然後塗上香脂，就算完了。她一向不喜歡在臉上多作文章，除了保養皮膚的香脂，連口脂都不怎麼塗。

何氏見寧念之弄得快，以為她是擔心冷落自己，忙道：「大嫂不用顧著我。說起來，自大嫂進門後，我尚未來拜訪，倒是我失禮了，還請大嫂見諒呢。」

寧念之笑了笑，端起廚房剛送來的銀耳羹，慢悠悠地品了一口。「我剛進門，就是三弟妹過來，怕也會招待得不周到，還不如這會兒來呢。三弟妹，今兒可是為了二嬸的事情來的？」

同樣是二嬸，寧念之覺得，自家那個，即便是不懂事的時候，看著都比原家這個可愛。

何氏臉色一紅，有些支支吾吾，將自己的來意說了一番，緊張地盯著寧念之，見她皺眉，心裡跟著一緊。

「可是祖母不願意饒過我婆母？」

「三弟妹所謂的饒過，是什麼意思？將這事揭過不提，權當沒發生過？還是把管家權拱手讓人，以後當個聾啞家翁，不聞不問府裡的事？」

寧念之問得不怎麼客氣，何氏也不是那種臉皮厚的，當即脹紅臉色，又羞又愧，吶吶不成言。

寧念之放下手裡的小碗。「三弟妹，我看妳也不是糊塗人，難不成連無規矩不成方圓的道理都不明白？

「今兒這十萬兩，祖母若是輕拿輕放，那明兒三嬸再來拿走十萬兩，祖母是不是還得輕拿輕放？再有一天，四嬸也要十萬兩銀子，或者二弟妹要，妳要，我也要，這原府，能有幾個十萬兩？」

何氏結結巴巴地搖頭。「我、我不要……」

寧念之挑眉。「大家都要了，能容下別人不要嗎？」

何氏又被噎住，要麼大家一起黑，要麼大家一起白；黑裡容不下白，白裡也容不下黑。她不是那種不知世事的人，還會天真地以為你黑你的，我白我的，井水不犯河水。早晚，不是白的淨化黑的，就是黑的污染了白的。

「依我看來，祖母的處置手段，已經太溫和了，甚至太過心軟，不過是將那些銀子拿回來而已。向別人借了十萬兩銀子，用完之後，難不成就不打算還了嗎？貪污公中的銀子，可是比借錢不還更難聽。」

寧念之轉頭看看外面。「我瞧著三弟妹對二嬸倒是一片孝心，可是，怕二弟妹比妳更聰明些，已經去了二嬸的院子。」

何氏眨眨眼，不大明白。

寧念之笑了一下。「這吃到肚子裡的東西，哪會有人捨得全吐出來，總得找個人幫著一起填補才是。三弟妹，這會兒妳不在二嬸跟前討巧賣乖，二嬸心裡怕是不高興啊。」

何氏瞪大眼睛，不敢相信寧念之的話。

寧念之也不在意。「再有兩個時辰就該用晚膳，祖父他們也要回府了，這事在男人們回來之前，總得有個定論才是。三弟妹，若妳不忙，不如在這兒和我下盤棋？」不回去，苗氏找不到人，應該就不會把主意打到何氏頭上了吧？

寧念之一番好意，何氏卻有些遲疑。

聽雪擺了棋盤，何氏捏著棋子，遲遲落不下來；落下的幾子，也明顯是沒經過大腦的。

下了幾步，寧念之忍不住搖頭，伸手把棋子全撿起來。

何氏這才回神，有些尷尬。「大嫂，我……」

「罷了，我剛進門沒多久，三弟妹不信我，也是正常的。」寧念之抬頭笑了笑。

好言難勸尋死的鬼，實在不行，除了原家這幾位庶子，隔房還有堂叔伯，總不會連個拉攏的人都沒有。說不定，等原東良接了家主之位，可靠的同盟就會自己找上門，用不著現在去找這些不可靠的。

「我不是這個意思……」何氏有些心虛。

寧念之擺擺手。「我忽然想起，等會兒有婆子要來回話，怕是沒空招待三弟妹了，還要請三弟妹見諒。」

這逐客令，何氏還是能聽懂的，狼狽地起身，又是尷尬，又是難堪。

「既然大嫂有事要忙，那我不打擾了。回頭大嫂得空，想要找人下棋，只管讓人去找我。」說完，便匆匆出了陶然居。

隔天，寧念之和周氏看著眼前的銀票，有些說不出話，妳看看我、我看看妳，忍不住扶額。

「老二家的，這次居然這麼機靈，竟然真送來十萬兩銀子。」

「大約不是二嬸一個人掏的。」寧念之搖頭道。

昨兒她雖然讓何氏走了，但因為好奇，還是讓唐嬤嬤打聽一下。小苗氏果然沒放過何氏，何氏剛回去，小苗氏便帶著人過去找她，然後，今兒就給周氏送來了十萬兩。

「祖母，等會兒祖父就回來，那這事怎麼辦？」寧念之有些無奈地問道。

周氏的意思，她也能猜到幾分，是想多鬧騰鬧騰，最好鬧得分家，各過各的，再不用看著不喜歡的人，讓心裡不爽快。

原家的情況和寧家不一樣，寧震和寧霄雖然不是一個娘親生的，但都是嫡子；老夫人趙氏雖為繼室，卻仍是正妻。再加上寧博乾脆俐落地將爵位跟家業傳下來，原因正是不想讓兩個兒子因這些東西鬧得分崩離析。

而原家，除了原東良這個嫡長孫，剩下的全是庶子。原丁坤不想虧待兒子，但周氏更不想虧待了孫子。

最重要的是，在原康明過世之後，原丁坤對這幾個兒子的感情日漸加深。理智上，原東良才是嫡長孫；但感情上，還是幾個兒子的分量更重一些。既然整個原家都要留給原東良，那原東良也得多多幫襯這幾個叔叔才行。

可是，周氏不願讓孫子幹這吃力不討好的活兒，所以想方設法，要把這幾個庶子趕出家門。

寧念之猜得出來，為著自家好，當然會盡力幫助周氏。

可現下，苗氏乾脆俐落地送來銀票，這個藉口就不大好使了。

「只能再等等了。」周氏也嘆氣，頓了頓，又笑道：「算了，好歹得了十萬兩銀子，我也沒想過一次能成功。妳且拿著，回頭買座大宅子，就算自己不住，也能租出去，賺個胭脂水粉錢。」

寧念之驚訝，趕緊把周氏的手推回去。

「祖母，這可要不得，到底是公中的銀子，不如置辦些產業什麼的……」

她的話沒說完，周氏便搖頭拒絕了。「置辦成產業，還不是要分給他們幾個，何必辛辛苦苦為人作嫁？讓我孫子養活他們，憑什麼？」

周氏說著，又把銀票塞到寧念之手裡。「妳別怕她們知道了會鬧事，這銀子是我給的，誰心裡不高興，回頭只管讓她們來找我說話！」

寧念之忙搖頭。「祖母，我不是這個意思。說些酸話，我是不會放在心上的，只怕祖父知道了……」
周氏擺手。「就算他知道了又如何？公中賺多少銀子，他何曾過問幾句？妳拿著，到時候老頭子來問，我就說是自己的私房錢，願意給誰就給誰。」
寧念之聽了，笑著把錢推回去。「那祖母留著，買些吃的、用的。」
周氏搖頭。「我這把年紀了，還用得著添什麼？吃的、用的，公中盡有，何必去花這些冤枉錢？」
將來公中留下的銀錢，可是要給自家孫子的，現下花了，將來小倆口怎麼過日子？
周氏想得深遠，寧念之卻是完全不明白，推辭半天推不掉，只好接了銀票，心裡卻是打定主意，回頭要用這筆銀子給周氏買些東西，吃的、用的、補身子的，把周氏養得長命百歲才行。
晚上全家一起吃飯，原本寧念之還以為，苗氏吃了大虧，大約會告狀，或者說幾句難聽話。沒想到，她竟安生得很，吃完了飯也不多話，低眉順眼地跟著原平周一起走了。
回了陶然居，寧念之忍不住把今兒的事情告訴原東良，順便說出自己的疑惑。
原東良卻是看得明白。「只要沒分家，不管我和二叔他們感情如何，他們都是將軍府的主子；若分家了，二叔不過是個五品武將。有時候，這個名頭帶來的好處，可是拿銀子都買不回來的。」

他頓了頓，問寧念之：「在京城，如果有人上門求爹辦事，少了會送多少銀子？多了會送多少？」

寧念之聽了，噗哧一聲笑出來。「這樣說，就明白多了。單看十萬兩銀子，確實不少，可若求人辦事，就不算太多了。二叔這主意打得好，只要不超過某條線，全忍下去，咬死了不分家對吧？」

原東良點頭。「二嬸那人，雖然不是很聰明，卻是最怕二叔，二叔說的話，她從來不敢陽奉陰違。別看只是十萬兩銀子，哪怕是二十萬兩，她裝病拖延，也會一文不少地拿出來。」

寧念之笑了一會兒，又忍不住嘆氣。「這麼看來，二叔是打定了主意不分家，那我和祖母怎麼鬧都不管用了？」

原平周的底線，想來也是原丁坤的底線。她是想和周氏聯手促成分家的事，但可不是要把原丁坤也分出去。現下，至少在原東良得了朝廷冊封之前、在他拿到鎮西大將軍的頭銜之前，有原丁坤在的地方，才能被稱為將軍府，才算是真正的原家。

「回頭妳勸勸祖母，分家的事，不是一朝一夕就能成，但現下不管分不分家，咱們都不用擔心原家會被二叔他們瓜分。」原東良撫摸寧念之柔軟的長髮，笑道。「再者，二嬸她們現在也囂張不起來了。若妳看她們不順眼，就不要見，且忍一忍。」

他頓了頓，補充道：「權當是府裡養了幾隻猴子，得了空，還能看看猴戲。」

寧念之聽了，又忍不住笑。

燭光正好，她將頭髮散下來，眉眼彎彎，看得原東良身子滾燙，幸好剛才已經讓丫鬟們出去了，這會兒只要一抬手，就能把寧念之攬在懷裡。

寧念之猛地被抱起來，忍不住驚呼一聲，趕緊抬手圈住原東良的脖子。

「快放我下來！」

原東良笑了下，又低頭親寧念之，笑聲悶在喉嚨裡，一顫一顫的動靜，弄得寧念之心裡癢了起來。

都是夫妻了，就算不好意思，也拒絕不了。況且，這事還挺舒服的。

於是，寧念之索性仰起脖子，把自己送到男人嘴邊……

第九十二章

早上醒來，外面已經灑滿了陽光。

寧念之剛起床，還有些發懵，被聽雪拿著毛巾揉了揉臉，才清醒過來。

「哎呀，什麼時候了？東良上衙門了是吧？給祖母請安要晚了，妳們怎麼不叫醒我?!」

聽雪忙回道：「大少爺交代了，讓大少奶奶安心睡著，請安的事，他親自去跟老太太說。廖嬤嬤已經來過了，說是老太太的意思，今兒不用去請安。」

不用說了，肯定是原東良先去了周氏那兒。周氏早想著抱重孫，巴不得見小夫妻倆感情好呢，哪會因為請安的事不高興，更是早早讓廖嬤嬤來說一聲，免得下面人怕被責怪，叫了寧念之起床。

既然周氏已經開口，寧念之就不著急了。昨晚鬧得太狠，身上還有些痠痛，往後一倒，重新躺下了。

「現在是什麼時辰了？」

「巳時初了。」聽雪笑道，轉身去桌邊端水。「大少奶奶先潤潤嗓子。映雪姊姊瞧見您起身，就去了廚房，等會兒該帶早膳回來了。您吃完飯再去請安，也來得及。」

寧念之躺在床上不想動。「好吧，吃了早飯再去，下午還有管家的事呢。早知道，我就先不接這攤子了。」

「如果大少奶奶不願意接，這府裡就沒人能管家理事了。」聽雪笑道，叫了春花過來，扶起寧念之，伺候她穿衣服。

這時，映雪拎了早膳進房，吃完早飯，寧念之便趕緊去向周氏請安了。

聽濤堂裡，周氏正靠在窗邊翻看畫冊，見寧念之進來，笑得促狹。

「昨晚累著了吧？不要急著來給我請安，我倒巴不得妳能睡到午時呢。下次便這樣，午時過來陪我吃飯就行，早上想睡到什麼時辰，就睡到什麼時辰。年輕人麼，早上不想起床，我老婆子是能理解的。」

寧念之被說得臉色通紅，又是羞澀，又是尷尬。

周氏打趣兩句，便換了話題，免得自家這個臉皮薄的孫媳婦真惱了。

「午膳想吃什麼？」

兩人正說著話，卻見廖嬤嬤急慌慌地進門。「外面有人，說是宮裡來的，是皇后娘娘身邊的傳旨太監，在門口等著呢。」

周氏聽了，忙拍拍寧念之的手。「別擔心，算著日子，應該是冊封誥命的聖旨下來了。」轉頭吩咐廖嬤嬤：「快請人進來，再讓丫鬟去叫老二家的。還有，把香案那些擺上來。」

寧念之扶起周氏。「祖母慢著些，既然人已經到門口，咱們就不用著急……」

周氏搖搖頭。「不能怠慢了這些大太監。到底是皇后娘娘身邊的人，若在皇后娘娘身邊說句話，咱們鞭長莫及，連補救都沒辦法。」

雲城不比京城，在京城，就是皇后娘娘不宣召，也能想辦法進宮晃一圈，到皇后娘娘跟前辯解兩句。可雲城天高皇帝遠的，宮裡發生的事，三、五個月都不一定能收到消息，所以對待這些貴人身邊的來使，還是多加小心才是。

說話間，整個原府的人都忙起來，有跑出去叫人的、有擺香案跟跪墊的，還有去廚房通知準備茶水點心的，周氏也趕緊帶著寧念之迎出去。

廖嬤嬤引著人進來，大太監劉公公笑哈哈地向周氏行禮。

「老夫人，好久不見，真是人逢喜事精神爽啊，看著比幾年前更有元氣了。當真是精神矍鑠、神采奕奕，看著更年輕了幾分。」

「哈哈哈，公公有句話可說對了，人逢喜事精神爽，我老婆子這輩子能看著孫子娶了心儀之人，心情好得很，整天笑著，精神怎麼能不好呢？」周氏笑道，抬手示意。「公公遠道而來，老身想著，定然累得很，不如先用飯菜，休息一會兒，有了精神再說別的？」

劉公公擺擺手。「還是先宣聖旨吧。」又轉頭看寧念之。「寧姑娘，不，現在應該叫大少奶奶，也不對，等會兒宣了聖旨，就是大少夫人了。您可還記得老奴？」

寧念之忙上前行禮。「哪兒不記得。六月時，我進宮找八公主玩耍，還是劉公公送點心給我們吃呢，半年不見，公公越發年輕了。皇后娘娘可還好？往年到了冬天，娘娘總是咳嗽，今年可好些？八公主也好嗎？我離京之前，她還拉著我的手，說捨不得呢。」

劉公公哈哈大笑。「皇后娘娘和八公主也惦記著大少奶奶，大少奶奶有心了。」

說著話，苗氏她們各自帶著人過來了，聽寧念之和來宣旨的公公言詞之間十分熱絡，臉上都有些不自在。

這些天，寧念之不提起，她們竟是忘了，寧念之來自京城，當然和宮裡的貴人熟悉些。

劉公公見人都到齊了，便笑著起身。「我先宣旨吧，有什麼事情，咱們等會兒再說。」

周氏聞言，忙帶著人跪下，對著京城方向行了三跪九叩之禮。

劉公公攤開聖旨，揚聲宣讀起來。

「寧氏女……賢良淑德……冊封為三品淑人……」

劉公公唸聖旨很有一套，音調抑揚頓挫。果然和周氏說的一樣，是冊封誥命的聖旨。滿打滿算，寧念之嫁來不過半個月，冊封的聖旨就下來了，可見皇后娘娘對這件事的看重。但更重要的是皇帝對寧家、對原東良的重視，所以才會惦記這麼點小事。

冊封誥命，一是看娘家地位，二是看夫婿態度。好比小苗氏的冊封，進門一年多，直到懷了孩子，朝廷的聖旨才下來。

寧念之這樣快便得到冊封，驚著了苗氏她們。若皇后娘娘當真惦記著，以後，她們萬萬不能得罪寧念之，那之前的事……

「臣婦謝主隆恩，謝皇后娘娘恩賜。」寧念之行了大禮，恭恭敬敬地接旨。

劉公公笑道：「這次皇后娘娘讓我過來，也是想讓我看看大少夫人在雲城過得習不習慣，如果有不習慣的地方，只管派人到京城說一聲，皇后娘娘定會想辦法給大少夫人作主。」這是願意給寧念之撐腰的意思。

寧念之聽了，心裡又是感動、又是高興，有皇后娘娘這句話，以後她在雲城橫著走都行了。

「讓娘娘惦記了，我實在受之有愧。」寧念之笑道，小心地把聖旨放在盒子裡，交給唐嬤嬤，又扶起周氏，帶劉公公往屋裡走。「公公回去定要告訴娘娘，我在這兒一切安好，祖母拿我當親孫女，吃的、穿的，全是最好的，每天什麼時候起身，都是憑我自己的心意來，再沒有比我過得更好的媳婦了，請娘娘不用為我操心。」

劉公公點頭。「大少夫人過得好，皇后娘娘和八公主便能放心了。」

「說起來，之前我就惦記著娘娘和八公主了，前幾天剛吩咐人買了些雲城的特產，其中有種花叫瓊明花，有潤喉之效，泡茶喝最好。這次劉公公回去，還要煩勞公公捎給娘娘。」寧念之笑道。

劉公公點頭。「大少夫人一片心意，我定會親自轉達給皇后娘娘。」

說了幾句客套話，廚房便送來飯菜，劉公公也是真累，吃完飯，就被人帶去休息。等原東良和原丁坤回來，招待的事就交給男人家了。

原東良特意把衙門的事情放下，陪劉公公在雲城轉了幾天，買了些特產。劉公公不是那等乘機勒索錢財的人，非得給原東良銀子，原東良卻是分文不要，兩個人推辭大半天，最後還是原東良勸住了劉公公。

三天後，劉公公帶著三車子東西離開雲城，有他自己帶的特產，還有寧念之給皇后娘娘和八公主準備的禮物。至於給寧家的，不差這一次。

冊封誥命的聖旨下來，原家上上下下跟著改口，從此，寧念之就是大少夫人了。

轉眼間進了十二月，在周氏的幫助下，管家的事，寧念之算是上了手。又有原平周在旁邊管著，苗氏不敢鬧騰，所以，接連換了四個管事嬤嬤後，整個原家，便全在寧念之的掌控中了。

這日，寧念之拿著單子來找周氏商量。

「以往的定例，過年時，家裡的下人是一人一身新衣服，我瞧著都是薄的，今年不如改成兩身，一身薄的、一身厚的。至於大年三十和大年初一還在府裡當差的，額外多賞一個月的月例。祖母覺得如何？」

周氏笑著點頭。「這主意好。妳剛進門，多賞些東西，讓那些人念著妳的好，額外的月例銀子，也能收攏人心。畢竟，戰亂初平，多拿一份月例，日子可以過得好些。」

「還有大年夜的飯菜，我定了十六道。這是菜單，祖母瞧瞧？」寧念之笑道。

周氏擺擺手。「這不是什麼大事，妳拿主意就行，不用和我商量了。只有一點，往年過年，軍營這邊，咱們家也要表示一下，這個妳可得上點心。」

「祖母放心吧，我已經讓人去問了幾家酒樓，要準備上萬籠包子，還有棉衣什麼的，定不會薄待了軍營裡的兄弟們。」寧念之忙說道。

這些人才是原家的根本，寧念之可不是那分不清輕重的，為著幾兩銀子去動了原家的根基。回頭原家倒了，銀子省著也沒地方用了。

「另外，還有糧食，每人三石。」寧念之笑著補充道。賞賜糧食，每年都是一大筆支出，西疆軍少說有二十萬人，一人三石，就是六十萬石，如果換個不會賺錢的當家主母來準備，還真是為難。

「妳心裡有數就行。」見寧念之安排得妥妥當當，周氏笑得眼睛都眯起來了。「就知道妳能幹，有妳啊，我可是等著享福了。還好東良那小子爭氣，早早看中妳，不然，這麼出息的姑娘，可是一家女百家求，不知要便宜了誰家。」

寧念之臉色通紅。「祖母……」

「好好好，不說了。」周氏擺擺手，又看寧念之的肚子一眼。「若是來年，妳……」說了半句又頓住了。孩子的事得看緣分，越是著急，孩子越是不願意來，不去問，說不定緣分就到了。

只是她不說，寧念之也能看出那眼神的意思，遂不點破，只笑著收拾放在桌上的幾張單子。

「祖母，昨兒我收了張家的帖子，說是家裡有盆花開了，今兒想邀幾位夫人欣賞，祖母要不要去湊湊熱鬧？」

周氏微微動了動身子。「是哪個張家？張守備？」

寧念之點頭。「就是他家。不知張夫人是個什麼性子？」

「張夫人那性子，倒是個活潑開朗的，妳要是去，說不定能和她交個朋友。」周氏笑道。「我這把老骨頭，就不跟著湊熱鬧了。」

之前，寧念之得了冊封誥命的聖旨，周氏便在自家辦了宴會，請了不少人過來，一來是正式帶寧念之認識雲城的上層女眷，二來是對外宣佈自己的態度和決定，當著眾人的面介紹未來的當家主母，以後原家的事就是寧念之作主了。

自此，寧念之便開始收到各處送來的請帖，張家的是第三張。前面兩張，寧念之都找藉口躲過去，要是再躲，怕是以後沒人敢送請帖來了。

「祖母可不老，我還盼著祖母能多指點我呢。」寧念之做出緊張的樣子。「頭一次應下這樣的邀請，穿著打扮、去了之後和誰交好、要說些什麼，心裡全沒底，祖母不能扔下我不管。」

寧念之抱著周氏的胳膊撒嬌，果然逗得周氏心情大好，拍著她的手笑道：「這有何難？回頭我讓廖嬤嬤跟著妳。既然是賞花宴，張夫人請的定然都是些年輕人，我這個老婆子去，倒是有些不合時宜。回頭妳和我說說賞花宴上的事情，我聽聽就可以了。」

她頓了頓，又說道：「我記得，妳不是有一身桃粉色的衣服嗎？就穿那件。賞花麼，穿得好看就行。張家和原家是老交情了，兩家往日多有走動，若妳有什麼拿不定主意的，也可以讓張夫人幫幫忙。」

寧念之一一應下，回頭果然穿了那身桃粉色的衣服，出門之前，特意來周氏跟前，讓她瞧瞧。

周氏上下打量她一番，笑著點頭。「我就說這身衣服不錯，妳穿著真好看。今天我孫媳婦兒肯定是最美的，人比花嬌。」

「祖母快別說了，咱們是自家人，您誇我兩句沒什麼，若到外人跟前還這樣，別人定要說原家自賣自誇，臉皮厚。」寧念之伸手在臉上點了點，逗得周氏又忍不住笑。

周氏笑完，抬手拔下寧念之頭上的一支金簪，換成自己梳妝盒裡的玉簪，點頭道：「這樣更好看了，清麗脫俗，更像千嬌萬寵的大家閨秀。」

這下，換寧念之忍不住笑了。「聽祖母說的，咱們原家和寧家，哪個不是大家？」

出門前是寧家，嫁人後是原家，如果這兩家的姑娘還不算大家閨秀，那是不是得從宮裡出來，才算高門大戶了？

周氏一拍手。「說得對，念之本來就是大家閨秀、大家媳婦，誰都比不上！」

廖嬤嬤也跟著湊趣誇讚寧念之幾句，周氏當即吩咐道：「等會兒妳跟著念之過去，她這是頭一次出門，若有什麼人不認識，妳在旁邊多提點一下。」

「大少夫人聰明絕頂，就算沒有老奴，也定然能鎮住場面的。」廖嬤嬤笑道。

周氏搖搖頭。「妳這老貨真糊塗了，咱們是去作客，不是請人來咱們家玩，要鎮住場面做什麼？」當客人得有當客人的態度，不能喧賓奪主。

廖嬤嬤忙點頭。「是，老奴說錯了。等會兒啊，還得讓大少夫人提點老奴才行。」

她又小小地捧了下寧念之，更讓周氏滿意，看著時辰差不多，便讓寧念之帶人出門了。

第九十三章

馬車到了張家門口，廖嬤嬤探出身子，遞了請帖，守門的小廝看過一眼，連忙放行。有婆子在二門處等著，見了馬車即過來行禮。「可是原家大少夫人？奴婢給原大少夫人請安了。」

寧念之在心裡默默數了自己的稱號，五個字，真是夠囉嗦的。

「老奴是我們夫人身邊伺候的，一早，我們夫人就惦記著原大少夫人了，吃了早飯，便讓老奴在這兒守著。常聽我們夫人說，原大少夫人是她見過最好看的人，今兒一瞧，我們夫人果然沒說錯，原大少夫人可真是仙女般的人物。」

那位嬤嬤說著，忙伸手請寧念之下車，一邊帶著人往裡面走，一邊喋喋不休地說話。誇讚完，也不等寧念之客氣兩句，又換了話頭。

「原大少夫人喜歡吃什麼茶？原本我們夫人想準備一些京城那邊的茶葉，後來一想，原大少夫人來自京城，怕是比我們夫人更了解，要是弄那個，倒是班門弄斧，索性換成雲城這邊的特產。

「可再一想，原老夫人那麼疼愛原大少夫人，還有原大少爺，恨不得將原大少夫人當自己的眼珠子疼了，這雲城的特產，說不定早就嚐過了。哎，可把我們夫人給難為的啊……」

寧念之抽了抽嘴角，從進門到現在，她連一句話都沒能插上呢，怎麼走到哪兒都能遇見話嘮？

不過，光看這個嬤嬤，就差不多能摸清張夫人的脾性了。當然，也有可能出錯，說不定張夫人是個自己不喜歡說話，但喜歡聽別人說話的人呢？

等見到張夫人，寧念之便明白了，什麼人還是跟什麼人在一起啊。有這樣一個嘮叨的嬤嬤，張夫人也不是不擅言詞的，見了面，就拉著寧念之，妹妹長、妹妹短地喊開了。

「我早想請妳來，又怕唐突了妳。初見妹妹，我就覺得，天底下竟然還有這麼好看的人，通身的氣派，站在那兒，就是天上的仙女下凡，不笑時冷冷清清，笑一下又溫柔嬌美，我看著都恨不得把人摟進懷裡，多親近親近呢。」

寧念之頗為尷尬，她這相貌，放到京城，根本是不起眼好嗎？以前也沒聽誰說她長得像仙女啊？難不成，雲城這邊誇人好看，來來回回都是這一套詞？找不到合適的話，所以才誇大一下？

「妳喜歡吃什麼點心？雲城的點心可多了，我一早就吩咐人，每樣都做了一些。妳嚐嚐，若有喜歡的，回頭我讓人裝起來，帶回去吃。」

「不用了……」寧念之笑著開口，話沒說完，就被張夫人打斷了。

「不用客氣，不過一些點心，算不得什麼，如果妹妹看得起我，便不要推辭了。咱們這樣的人家，難不成連點心都送不起嗎？若妳過意不去，回頭也送我一些點心好了。」

「那好，回頭我送妳京城那邊特有的點心。」寧念之不推辭了，和這樣的人說話，用不著太委婉客氣。這也對了她的脾氣，她就喜歡這樣爽快的人。

張夫人嘮叨起來，也讓她想念寧寶珠了。

兩人說著話，之前那個嬤嬤又來稟，有別的客人過來了，寧念之忙對張夫人道：「妳只管去，不用擔心我，我在這兒看看花。」

張夫人確實沒把寧念之當外人，吩咐丫鬟伺候著，便帶著嬤嬤去前面迎人了。

這場宴會，來的人多是與張夫人交好的，脾性雖然不一樣，但能得張夫人的認可，人品自然是很不錯的。

若寧念之願意，也能八面玲瓏，再加上有原家在後面撐腰，沒人敢怠慢她，幾乎不怎麼費工夫，就融進去了，揀些女人最感興趣的話題，胭脂水粉、衣服樣式，比較京城和雲城流行的不同，便能聊得熱絡。

女人之間的友情，有時候就是來得特別快。宴會結束，從張家離開時，已經有好幾個人對寧念之表達善意，約了下次聚會的日子。

寧念之笑吟吟地全應下，然後一轉身，就看見原東良拉著韁繩等在門口。

張夫人先笑道：「早聽說原大少爺對原大少夫人是恨不能含在嘴裡、捧在手心的，沒想到，當真是一時半會兒都離不開。罷了罷了，我們可不敢留著原大少夫人了，要不然，原大少爺等得著急，把我們府裡的大門拆了，那可如何是好？」

話音剛落，身邊幾位夫人忍不住笑起來，又打趣寧念之。「妳快走吧，下次若去了我們府裡，定要交代好去處，萬一原大少爺以為我們私藏了妳，家裡就要遭殃了。」

寧念之被取笑得臉色通紅，恨不能當鴕鳥，把自己給藏起來。

原東良倒是毫不避諱，上前來對眾人抱拳行禮。「我夫人初來雲城，日後還要請諸位多多照顧，原某在這裡先謝過了。」

張夫人看了，笑道：「要是真心想謝我們，哪天得空，就請我們吃頓好的。吃人嘴短，有了好吃的，我們自會照應原大少夫人。」

「小事一樁，擇日不如撞日，後天正是好日子，我在府裡擺下筵席，還請諸位給個面子，早早來吃酒。」原東良笑道。

寧念之忙跟著笑道：「確實是好日子，不如就去我們家聚聚？也省得各位再下帖子，另外擇日。家裡好酒好菜，可都等著了。」

張夫人是個爽快的，拍手應好，她一應，剩下的幾個人也不客氣，遂直接說定了。

原東良把馬車趕過來，張夫人見狀，擺手道：「時候不早了，我不留著你們，等後天再聚。寧妹妹，妳可要多準備些京城的好物，讓我們嚐嚐稀罕。」

寧念之笑著點頭，扶著原東良的手上馬車，向她們擺擺手，這才緩緩啟程。

馬車走了一段路，寧念之掀開車簾，只瞧了一眼，便驚訝地問原東良：「這不是回府的路啊。可是要去別的地方？」

原東良索性翻身下馬，把韁繩扔給身後的小廝，按著馬車前的車轅往上一躍，直接進了車廂。

「到外面走走。之前總說要帶妳出門轉轉，卻一直沒空，正好今兒出來，先到處逛逛再說。就是看看夜景，也比什麼都沒有強。」

寧念之笑著捏他的胳膊。「當真不用特意如此，若是沒空，我改天約張夫人她們出來走走也行。如果你忙，我不耽誤你……」

她的話沒說完，就被原東良堵住了。「怎麼能讓別人帶妳出門呢？頭一次，好歹得讓我領著妳摸熟了路才好。再者，半晚的工夫，我還是有的。妳再推辭，我可要以為，妳是嫌棄我不講信用了。」

寧念之無奈。「好吧，今天晚上，就拜託你了。」

看寧念之點頭了，原東良便開始介紹。「這裡是有名的文化街，兩邊的鋪子都是賣些和筆墨書畫有關的東西，也有書生寫了話本，或畫了畫兒，拿過來寄賣。往裡面走，則多是古董店，但這個考校眼力，一不小心，就容易買到假貨。」古董向來是貨物既出，概不退換，買到假貨，也只能怨自己看走了眼。

「若妳無聊了，就讓人來這邊買話本回去看。」原東良笑道。

寧念之卻有些疑惑。「既然是文化街，來往的書生不是很多嗎？這些人最講究了，肯讓女孩子過來？」

原東良眨眨眼，支支吾吾，答不出來。

寧念之冰雪聰明，眼珠子一轉，就明白過來了。「敢情前幾天沒空，不是真的沒空，而是抓緊工夫去打聽雲城有什麼好玩的地方了？」

被拆穿了，原東良也不尷尬。「我剛回來時，只顧著在原府站穩腳跟，再後來就是打仗，實在沒空，也沒心情到處玩耍。這些事還真是特意打聽出來的。」

寧念之忍不住笑。「沒關係，咱們一起到處轉轉。你沒來過，我也沒來過，正好一塊兒見識見識。」

「那先下馬車？」原東良挑眉，伸手捏了捏寧念之的手心，笑著問道。

這時，寧念之忽然發現，原東良怕是早有打算，今兒這身衣服，居然和她的是同一種布料，顏色又相似，兩人站在一起，一看就是夫妻。

雲城這邊，風氣比京城開放些，晚上若有人陪著，女孩子也能大大方方逛街。

現下天色還微微亮，街道兩邊的店鋪還開著，有經過小夫妻倆身邊的人，瞧兩個人手牽手，便忍不住露出了然與曖昧的笑容。原東良大大方方地點頭示意，拉著寧念之，看見有意思的鋪子，就進去轉轉。

看看牆上掛著的書畫，再翻翻架上放著的書本，撥動筆架上的毛筆，端著硯臺上下翻看一番。兩個人衣著不俗，倒沒有招人嫌棄，不過，他們也不好白讓小二忙活一通，看見中意的，便掏錢買下。

「這墨條是雲城的特產，磨開之後會有一股花香，夫人喜歡，可以磨開一點試試，用這個寫帖子最好，或者畫畫，留香持久。就是有一點不好，得買新墨，放久了，味道就變了。」掌櫃熱情地介紹道。

寧念之拿起墨條，放到鼻子下面聞了聞。「和梅花箋是同樣道理？」

「是。」掌櫃的挺老實，取了一盒出來讓寧念之看。「這盒是桃花香，夫人試試？」

原東良見她意動，相當大方。「還有什麼香味的？一樣來一盒。」

寧念之簡直無語。「就算我每天寫帖子，一年也用不了一盒啊。」

原東良笑著，抬手輕輕拍她的肩膀。「這有什麼，用不完，咱們磨開聞味道，只要妳喜歡就好。」

有錢也不是這麼花的，寧念之不和他廢話，直接轉頭吩咐掌櫃。「先拿一盒桃花香的吧，要是好用，以後再買；要是不好用……」

掌櫃忙笑道：「夫人放心，如果不好用，小的願意賠償夫人的花費。」

寧念之笑了笑，把裝好的盒子遞給身後的丫鬟。

兩個人才轉了一條街，馬車就裝滿了。

晚膳自然是要在外面用的，原東良準備充足，半點遲疑都沒有，直接帶寧念之去了最負盛名的酒樓。

酒樓外面，正對著湖水，推開窗戶，眼前一下子就寬闊起來。湖上，有小船晃晃蕩蕩地漂來漂去。

寧念之眼尖，一下子便望見有穿著小二衣服的人往船上送食盒，忙叫原東良看。

原東良瞧了瞧，便招手叫了小二。「你們可以把飯菜送到船上去？」

「可以，若是客官需要，送到府裡都行。」小二殷勤地說。「那湖上的船，也有我們酒樓的，只要多十兩銀子，就能用一個時辰。」

原東良看寧念之，寧念之有些心動，晚上的湖面，看著真是挺漂亮的。

於是，兩個人給了銀子，坐到船上。酒樓準備得挺妥當，桌子下有火盆，飯菜放在上面，半個時辰內都不會冷。

只是，不到半個時辰，寧念之就有些後悔了。

從酒樓裡往外看，坐在船上吃飯，確實挺有意思，但她完全沒想到——現在是冬天。雖說雲城的冬天不冷，但到了晚上，也沒多暖和。尤其是水面上，小風一吹，更是冷颼颼。為了賞景，船頭的布簾是掀開的，就算有火盆，身子也被寒氣吹得有些發麻。

見寧念之哆嗦一下，原東良立刻叫了前面伺候的人。「放下簾子吧，往岸邊去。」

撐船的人忙應了聲，原東良抓起寧念之的手搓了搓。「是我沒考慮周全，若妳喜歡，下次咱們正午時過來。或者，等春暖花開，湖面上會有魚呢，還有鴛鴦……」

這次寧念之沒忍住，問道：「這個是你打聽的，還是親眼瞧見的？」

原東良輕咳一聲。「這個倒是親眼瞧見的，之前有人請我吃飯，就是來這邊。本來想上船，只是我不會水，便拒絕了。不過，從上面看，這湖上的風景，也是挺不錯的。」

寧念之面無表情地看他一會兒，終於忍不住哈哈笑了起來。想來他們倆也真是傻，大冬天的，竟想著要到湖上詩情畫意一番，之前那小二想必也在心裡笑話他們兩個。

原東良愣一下，也跟著笑起來。雖然這事辦得好笑，但笑完了，卻又覺得挺有趣的。兩人都是聰明人，偶爾做一次這樣的傻事，怎麼說呢，有種覺得對方很可愛的感覺。

不過，這船上不是說話的地方，冷颼颼的，還是趕緊上岸才行。

在船上沒吃好，又上了酒樓，還是之前那小二招呼，大約是顧著他們的面子，沒敢問船上的事，只笑著報菜單。「我們家的招牌菜是霸王過江……」

寧念之側頭看原東良，原東良壓低聲音解釋：「就是水煮王八。」

小二的耳朵好使，聽見了，忍不住抽了抽嘴角。

寧念之也忍笑。「除了這個，還有別的嗎？這樣吧，揀清淡的招牌菜上六道，再加一碗湯、兩份主食，點心和乾果看著上就是了。」

小二應了聲，布巾往肩膀上一甩，趕緊出門傳菜去了。

不一會兒，菜便送上來了，原東良給寧念之挾菜。「若妳喜歡，回頭咱們再來。等會兒我想帶妳到夜市轉轉，那邊還有不少小吃呢，這會兒可別吃得太飽了。」想了想，又道：

「不過，也不能吃太少，那些小吃不能當正餐，不然對身子不好。來，嚐嚐這魚，我覺得味道不錯，就是有些淡。」

「剛才咱們是要清淡的菜，如果換成麻辣，肯定夠味。」寧念之笑著說，嚐了嚐，提議道：「這口味比起京城的百味居，也沒差多少。回頭可以問問，看他們做不做年夜飯的生意。」

原東良點頭記下，吃完飯，便帶了寧念之去夜市。

為了多相處，兩人把丫鬟、小廝扔在街口，手拉手地進了夜市。

說是夜市，其實就是小吃一條街，從頭到尾，不是吃的就是喝的，多數是寧念之沒見過的。

有些是她聽說過的，像烤蟲子、炸蟲子，以前只聽原東良提起，現下近看，真有些噁心，但禁不住原東良勸說，還是吃了一點。沒想到，看起來噁心的東西，吃到嘴裡，竟是別有一番滋味。

「味道還行吧？」原東良替寧念之端著盛放各色蟲子的盤子，笑著側頭問道。「還有一種百蟲宴，聽說味道極好，但要吃正宗的，得去流曼城。要是妳想試試，回頭咱們去流曼城轉轉？」

寧念之有些猶豫，一點點還能忍受，如果滿桌都是蟲，光想，都覺得身上發麻，趕緊搖頭。「還是不了，現在這個，我就覺得挺好吃了。」

小攤子上正炸蟲子的大嫂笑著唔哩哇啦地說了幾句，寧念之沒聽懂，這邊的話和京城官話相差太遠，就算說得慢，她聽著還是很費勁。在府裡，周氏體諒她，只讓人講官話。

她抬頭看原東良，原東良笑著解釋：「這位大嫂說，若妳想吃百蟲宴，她娘家嫂子會做，可以幫忙做一桌。」

寧念之趕緊擺手，那大嫂頗有些惋惜，原東良憋笑。「在這裡，訂親時吃百蟲宴，能收到老天爺的祝福，將來定是百子千孫。」

還百子千孫呢，多了能照顧得過來嗎？

寧念之抽了抽嘴角，再次擺擺手，趕緊拽了原東良，往下一個攤子去。

「雲城的人挺熱情的。」轉完整個夜市，寧念之忍不住感嘆道。素不相識的小攤販，哪怕是不買東西，都能和他們說個不停；不認識的人經過身邊，還會誇讚他們郎才女貌，和京城那邊完全不同。

「要是妳喜歡，日後多出來走走。」原東良笑道，又有些可惜。「今兒太晚了，如果是白天，咱們能去的地方就多了。再等幾日便是臘月二十三，就算祖父不答應，祖母都會說了，肯定要給我幾天假，到時候咱們親自出門買年貨。」

寧念之想想，這還真值得期盼，遂伸出小指道：「那咱們打勾勾。說定了啊，若你再食言，我就不等你了，直接約張夫人她們出門。」

原東良忙豎起手掌保證。「我發誓，這次絕對不食言。」

於是，兩人說笑著，走出夜市上了馬車，回原府去。

回到原府，周氏已經睡下了，小夫妻倆便直接回了陶然居。

一晚上吃了不少東西，這會兒肚子還有些脹。洗完澡，寧念之穿著褻衣，在房裡轉圈。

「吃太飽了，睡不著。你睏了就先睡，明兒不還得去衙門嗎？」

「沒關係，就算我三天不睡覺，第二天也能趕得上去衙門。」原東良說著，過來跟在寧念之旁邊，一手摟著她，一手按在她的肚子上揉著，還要跟著她的步子轉圈往前走。

走不到一圈，寧念之便無奈地停下了。任誰身後頂著個東西，還被迫貼在火熱的胸膛上，都沒辦法鎮定地繼續走。

「你不累嗎？」

原東良笑，把腦袋搭在寧念之的肩膀上，說話時故意把熱氣噴在她的脖子和耳朵。

「不累，吃太飽了。反正這會兒也睡不著，不如，咱們來……」

寧念之聽了，使勁捏他胳膊，那胳膊卻硬得跟石頭一樣，原東良完全不覺得不舒服，倒是她的手指累得慌。

「媳婦兒，妳今天真漂亮。」原東良已經開始在寧念之的脖子上啃啃舔舔，靈巧地解開褻衣的帶子，把人往自己懷裡帶。

寧念之被親得有些喘，卻還有心思和原東良鬥嘴。「難不成我以前就不漂亮了，只有今兒漂亮？」

「當然不是，媳婦兒不管什麼時候都是最漂亮的，就是今天特別特別漂亮。」

生怕寧念之再問什麼讓人為難的話，原東良忙把她的嘴巴堵上。這漂亮的小嘴，在這種時候，只要發出更好聽的聲音就行了。

第九十四章

隔天早上，毫無疑問地，寧念之又起晚了。

她去聽濤堂給周氏請安，周氏反而高興道：「你們夫妻倆感情好，和和睦睦，我就開心了。大冬天的，早上不好起床，不如這樣，以後早上別來請安，中午過來就行了。」

話音剛落，便聽苗氏道：「還是大姪子媳婦有福氣啊，才進門沒多久，就不用來請安了。想當年，我們當媳婦兒的時候，可是要伺候婆婆的……」

周氏不耐煩地打斷她的話。「妳的意思是，當年我苛待妳，讓妳伺候婆婆了，折磨妳這個媳婦兒？」

苗氏臉色一僵，只顧著擠對寧念之，卻把周氏扯出來，這下可好，又被她抓住把柄。連小苗氏都忍不住低下頭，做出凶狠的表情——自家婆婆怎麼越發不會說話了呢？

「若是不會說話，就別來請安，我看見妳，別說高興，氣都要氣死。為了能多活幾年，妳行行好，別在我眼前出現了。」周氏沒好氣地擺手。

苗氏聽了，臉色青青白白，難看得很。她這樣的人，一向不覺得自己有什麼錯處，只覺得是寧念之太過分。若非周氏偏寵寧念之，要免了請安的規矩，她會被氣著，然後口不擇言說出不應該說的話嗎？

對著周氏，苗氏不敢露出怨懟的表情，但對著寧念之，卻是不用遮掩，那眼神，恨不得把寧念之直接撕了。

寧念之卻滿不在乎，做凶狠的表情，誰不會啊？她還能做出更凶狠的呢。

她轉頭，對周氏笑道：「祖母，張夫人熱情好客，我瞧見她便喜歡得很，盤算著明兒回請她們。這次辦宴會，就要顯顯我的身手了，祖母等著看吧，我定會辦得妥妥當當。」

周氏不耐煩看苗氏等人，擺擺手讓她們先走，又對寧念之眉開眼笑。

「好，那我等著了。要請幾個人？吃大宴還是小宴？」

大宴就是正規酒席，要求比較嚴格，幾道熱菜、幾道冷菜、什麼湯水，須撐得起面子；小宴是朋友聚會用的，不須太豐盛，但要有特點，讓大家喜歡。

「小宴即可。」寧念之忙說道，略有些自得。「祖母，您孫媳婦兒長得漂亮，為人大方開朗，人見人愛，現下可是有了好朋友。朋友之間，自然是要小宴了。」

張夫人來的那天，帶了自家閨女，寧念之不小器，除了原靜靜，也讓原秀跟另一個庶女出來見客。且不說她們的性子如何，長得還算端正，只要不說話，也能得個穩重的名聲。

寧念之有舉辦宴會的經驗，這次宴會當然沒出什麼差池，圓滿地結束了。

宴會後，轉眼就是小年。小年一過，便算進入過年了。

寧念之忙碌起來，每日都有婆子來回話，年貨繁瑣零碎，今兒覺得買夠，明兒就發現還少一樣。

雲城的習俗和京城不一樣，寧念之還要找周氏問過年的規矩。於是，就換了過來，之前是原東良沒空，現在是寧念之沒空，兩個人說好一起出門逛街的事，就這麼一拖再拖，直到年前，竟是沒能兌現。

吃年夜飯時，原東良有些惋惜地說起這事，周氏忍不住笑道：「這有什麼難的，年前沒空，年後再出去也一樣。正月十五，咱們雲城多的是好玩的，不光城裡有燈會，城外也有不少慶典。初十那天，城東白水寨舉辦水上燈會，還有苗依族，二月十五正是茶花節。到時候，你陪念之去。」

她說著，看了原丁坤一眼。想當初，他們兩個剛成親的時候……

原丁坤也正好想起那段日子，臉上的笑容帶了幾分溫情。「明年看不完，就等後年，後年看不完，還有大後年。年年都看，一輩子的工夫呢，總能看完的。」

話是對原東良說的，眼神卻定在周氏臉上。那股溫情，連原東良和寧念之都能看出來。

原平周見狀，臉色不怎麼好，低頭端起酒杯遮掩過去；原平全只沈默地吃菜；原平志就當沒瞧見廳堂裡的一切，摸著鬍子看外面，嘴裡念念叨叨，不知在醞釀什麼好詩句。

寧念之微微側頭，對某個情深意重，總要辜負另外一個，最省事的，其實是只有一個。

偏偏，男人娶三妻四妾才是正常的。這年頭，想找個一心一意、從始至終唯有一個女人的男人，不亞於大海撈針，就算沒姨娘，也有通房；就算沒通房，還有書房裡的紅袖添香呢。

想著，寧念之覺得自己夠幸運，小時候撿到原東良，養到大，完全按照她理想中的男人來長，樣樣都是她喜歡的，又正好是喜歡她的，身邊更是沒有別人。至於以後麼，以後的事情以後說，難不成因為擔心吃飯會噎著，就永遠不吃飯了？

「祖母也去看看啊。」寧念之忙說道，衝原東良使了個眼色。

原東良木木地接話。「祖父，您好久沒陪著祖母到處轉轉了吧？不如年後咱們一起出去走走？」

原丁坤去不去，其實他不怎麼在意，他在意的是，原丁坤去了，他就能多放幾天假，有更多工夫陪寧念之了。

苗氏蠢蠢欲動，想插話，卻被原平周按著，忍了大半天，再也忍不下去了，忙臉上帶笑，諂媚地給周氏挾菜。

「老太太，您看，年後老爺子要陪著您出門，衙門的事情，總不好全丟下不管是不是？正好，這段日子繼祖閒著……」

二房長子原承宗聞言，使勁咳嗽一聲，看原繼祖一眼。

原繼祖忙道：「祖父，您別聽我娘亂說，我才不願意管這些事，只想和您一樣，在家多陪陪媳婦兒。再說，我有自己的事情做，衙門的事，可插不上手，不如讓大哥去幫襯。」

小苗氏聽了，笑得見牙不見眼。「不是我自誇，相公確實有本事，以前公爹的事，有很多都是承宗幫忙的呢。」

坐在一旁的何氏，不自在地動了動身子，有心想為相公說幾句話，卻礙於婆母苗氏的威嚴，不敢隨意岔開她的話。

現下，她剛拿出幾萬兩銀子，替婆母補了十萬兩的坑，手上實在沒有多餘的閒錢，連去大廚房叫份點心都不敢隨著心意來。若自家相公能多個賺錢的門路，好歹能過得寬鬆些。

聽著二房幾個人說話，原平全忍不住譏諷地笑了笑。

二哥是不傻，但有這麼個拎不清的媳婦兒，這輩子也就這樣了。明知道爹跟母親的心思是要把原家給原東良的，現下爹不正是把原東良時時刻刻帶在身邊教導嗎？這會兒二嫂想讓兩個兒子去分權，除非爹昏了頭，否則，這事二哥一家可討不了好。

他正想著，就見原丁坤皺起眉頭，周氏也不說話了，只低頭盯著手裡的茶杯看。

趙氏倒是聰明，看出形勢，忍不住幸災樂禍道：「二嫂說得倒是輕巧……」

她的話沒說完，原丁坤便擺手了。「既然不想安安生生地過年，各自回去吧，不用在這兒守著了。」

原平周兄弟三個立刻變了臉色，原丁坤卻是不留半分情面。

「不用當著我老頭子的面教訓人，這堂前教子、枕邊教妻，自回去理自家事。」

話說到這分兒上，原平周等人不敢再說什麼，只好領著妻兒走了。

寧念之和原東良怕氣到周氏，正要出口安慰，就見周氏笑道：「沒事，為這些人氣壞身子不值得。我可不傻，還打算養好身子，等來年抱大胖重孫呢。要是孫子，就照規矩，取個賤名當小名；要是孫女兒，便取個花花草草的小名。」

周氏說得輕鬆隨意，原丁坤卻是心情沈重，端著酒杯抿了一大口，沈吟半天，終於說道：「等明年天氣暖和，便分家吧。」

話一出口，幾個人全愣住了。

原丁坤疼愛孫子，但也疼愛兒子，手心手背都是肉，以前從不說分家的事，生怕分了家，兒子會吃苦；分了家，感情就淡薄了。所以，周氏只是想辦法挑撥二房鬧騰，卻沒想到，有一天竟是原丁坤親口說出分家兩個字。

原東良沈默一下，勸了句：「祖父，還沒到這一步……」

「分了吧。遠香近臭，說不定分家了，你二叔他們，才能看得更清楚些。」原丁坤擺擺手，嘆口氣，表情有些蕭索。「先不要急，年後再說這事。你們不用勸我了，我既然說出來，就是拿定主意。趁著我還在，免得誰說分得不公平。」

見原丁坤心意已決，眾人不好再勸，只得應下了。

過完年，原東良果然兌現自己的諾言，帶著寧念之到處轉轉。

雲城裡，雲城外，有不少的原住民，各有自己的習俗，直到三月底，幾乎天天有節日。這些原住民很熱情好客，原東良和寧念之換身衣服就能參加他們的慶典，要麼大吃一頓，要麼唱歌跳舞，難得逍遙自在。

寧念之真的開懷了，她嫁給原東良，雖說是自己願意的，可畢竟離鄉背井，以往寵著她的親人不在身邊，吃的、喝的、住的，都和以往有很大區別，也沒有熟悉的朋友、談心逛街的手帕交。她面上表現出不屑於這些，但心裡多少還是藏著連自己都沒發現的不安。

可原東良是誰啊，他打小就關注寧念之，可以說，寧念之只是皺皺眉，他都能猜出她在想什麼。他也擔心，早就想著帶她出門轉轉，兩個人多相處相處，偏偏沒工夫，這麼一拖再拖，便拖到這個時候了。

寧念之開心，原東良也就高興了。

兩人玩了將近兩個月，才打道回府。

回到原府，小夫妻倆先去給周氏請安。周氏心疼孫子與孫媳勞累，忙讓他們先回房洗漱，又讓廚房準備熱騰騰的飯菜，吃完飯才和他們閒話。

「你們小夫妻倆，這次可算玩得盡興了。」先是打趣他們幾句，又問了別地的風俗。有些地方，周氏早幾年也曾去過，笑道：「有個族歡迎外人的方式別具一格，必得吃了他們自家做的蜘蛛才行。若是吃了，他們會歡喜得很，願意和你們做朋友；若是不吃，雖說也會招待你們，卻是不冷不熱，不大願意搭理。這還是性子好的，性子差點的，不願意吃，就不會放人進去了，立刻趕走。

「還有個族，規矩也挺奇怪的，得唱歌好聽。嗓子好，就被奉為上賓；嗓子不好，就等著被人趕出去吧。」

「到底是祖母見多識廣。」寧念之笑道。「前兩天，祖父不是說，要帶祖母出去走走嗎？祖母可是又回了這些地方看看？」

周氏聽了，頗為嫌棄地擺手。「別提了，你們祖父年紀大了，好生無趣。說是陪我出去，到了城門口，又覺得別的地方太遠，不如就在城內轉轉。這城裡，我轉了幾十年，哪兒的街道什麼時候變了模樣，再沒人比我清楚，哪還用轉，就回來了。」說著，還有點生氣。

寧念之忙安慰道：「祖父是體恤祖母，生怕祖母趕路辛苦呢。東良和我趕了幾天的路，渾身上下就跟散了架一樣。」

這話說得好聽，周氏心裡歡喜，面上更是笑得燦爛，拉著寧念之的手，問在外面有沒有吃苦，又說原東良照顧得不周到，竟是又讓她瘦了一圈，逗得寧念之忍不住笑。

「祖母，真沒瘦，不信您捏捏，胳膊還是很有勁，就是看著瘦些，但還是挺壯的。」

說了一會兒話，苗氏、趙氏以及董氏，帶著各自的兒媳、閨女過來了。

寧念之笑哈哈地把給眾人帶來的禮物分下去後，藉口幾個月沒回來，積攢了一堆事等著處理，便向周氏行禮告退，和原東良回了陶然居。

寧念之一走，聽濤堂裡的人就跟著散了。

第九十五章

小夫妻倆回房，寧念之又對原東良笑道，祖母對她實在太好了些，沒見過誰家兒媳扔下管家的事，一玩就是兩個月。

原東良抬手捏捏她的臉頰。「若是想報答祖母，我有更好的主意，妳要不要聽聽？」

「什麼主意？」寧念之忙問道。

原東良摟著寧念之，摸摸她的肚子。「當然是早點生個大胖重孫給她抱啊，這還用我說嗎？媳婦兒，妳居然變笨了，是不是這些天在外面玩得太開心，不喜歡動腦子，所以才沒想到？」

寧念之無語。「是啊是啊，有你想著，所以我什麼都不用想了。」也忍不住抬手摸摸自己的肚子，心裡忽然有點說不清的感覺。

上個月，沒來癸水啊……那會兒只以為是在外面玩得太狠，所以推遲了。可到現在，又一個月沒動靜了……該不會是有了吧？

「咱們早些休息？」原東良摟著溫香軟玉，沒多久便心猿意馬，低下頭，在寧念之的脖子上啃來啃去，手也開始不老實了。

寧念之剛懷疑自己有了身子，哪有心思想這些，心裡著急，竟是一伸手，就把原東良推了個踉蹌。

看著原東良詫異的神情，寧念之心虛道：「那個，我不是故意的……」

原東良眨眨眼，有些擔憂。「念之，妳是不是不舒服？身上哪裡不對勁？」一邊說，一邊皺眉，表情夾雜了著急。「妳先坐下，我去請大夫，哪兒不舒服，可要說出來。」

寧念之忙拽住他。「別去。不是不舒服，就是、就是……」尷尬了一會兒，才不好意思地嘟囔道：「有一個多月沒來癸水了，我怕是……所以有些擔心……」

原東良先是瞪大眼睛，隨即有些欣喜。「真的？我真是該死，竟然沒想到這個。之前明明記著有一個多月沒來了，卻完全沒想到或許是妳有了身孕。真是太好了，妳等著，我去請大夫。」一說著，又要跑出去。

寧念之無奈道：「也不差這一晚，現下去請大夫，定會驚動祖母。若是有了，祖母大喜之下，定會睡不著；若是沒有，豈不是讓祖母失望？等明兒再去，就說我沒胃口，請大夫把把脈，確定了消息，再和祖母說。」

原東良卻是有些著急。「不要緊，我偷偷去請大夫，不會驚動祖母的，妳放心……」

但他拗不過寧念之，寧念之又拽著他，不讓他出門。這會兒，他不敢莽撞，怕磕著她，只得被迫留在屋裡，焦躁地圍著她轉圈。

寧念之也有些擔憂，若真有了，那是皆大歡喜，她也盼著這孩子很久了，可若是空歡喜一場……

「沒事，如果沒有，下次繼續努力。咱們都還年輕，多試試，總會有的。」原東良看出寧念之的心思，忙安慰道。「今年沒有等明年，明年沒有還能等後年，三年、五年、十年，若是一直沒有，大不了咱們收養個孩子，像當年爹娘收養我一樣。妳不用太放在心上了。」

寧念之嘆氣。收養？原丁坤肯定不會答應的。

原東良卻是爽朗一笑。「當初爹娘要是不收養我，天地間就沒原東良這個人，人都沒了，哪來的血脈傳承？若說原家的血脈，難道二叔、三叔、四叔都是死的嗎？有他們在，原家血脈早就傳下來了，哪還需要多我一個。這事真不算什麼，若是擔心祖母和祖父那邊，大不了，到時候假裝懷孕，到外面收養了孩子再回來。」

前幾句還說得挺正經，到後面就開始胡說八道了，寧念之沒忍住，噗哧一聲笑出來，伸手使勁捏了原東良一把。

「好吧好吧，你說得都對，但我覺得，咱們倆身子這麼好，將來定能有孩子。所以，你還是先別惦記收養的事情了。」

也不知道是不是原東良說的話太好聽，寧念之真沒了焦慮和擔憂，還是天色太晚，她洗了澡，躺上床，沒多久就睡著了。

但原東良卻睡不著了。要真有了孩子，會是兒子還是女兒？若是兒子，會不會長得像他？若是女兒，會不會長得像寧念之？小名要叫什麼呢？大名又要叫什麼？

想得太多，他作了夢，身邊圍著十來個小孩，往他身上蹦著喊——

「爹，我叫什麼？」

「我的名字不好聽，我要換一個！」

「我名字太難寫了，我要換一個！」

原東良嚇得滿頭汗，一挺身坐起來，見寧念之還睡著，趕緊放輕動作，一邊換衣服準備去衙門，一邊交代小丫鬟。「早膳準備得豐盛點，多做些大少夫人喜歡吃的。等會兒和唐嬤嬤交代一聲，讓她去請大夫來，給大少夫人把把脈。有了消息，趕緊讓人送口信給我。」

小丫鬟挺迷茫的，大少夫人身子不舒服？那依著大少爺疼愛大少夫人的性子，昨晚竟然沒請大夫，等到今天？但主子的事情，輪不到她開口，趕緊一迭連聲應下，恭恭敬敬送了原東良出門，回頭找唐嬤嬤去了。

唐嬤嬤以為寧念之身子不舒服，匆匆趕來，等聽完寧念之的解釋，又好笑、又驚喜，連早飯都來不及吃，便趕緊讓人請大夫過來。因周氏不讓寧念之早上去請安，倒是沒驚動她。

大夫是原家常用的，進門請安後，便伸手指搭在寧念之腕上，細細診脈。滑脈比較容易判斷，連半炷香的工夫都不到，就笑呵呵地收了手。

「恭喜大少夫人，確定是喜脈，快兩個月了。大少夫人身子強壯，不管大人還是孩子都很好，不用擔心。」

唐嬤嬤是從宮裡出來的，當年伺候過皇后娘娘，照應孕婦的本事自然是有的，但雲城這邊的飲食和京城多有不同，還是認認真真地問了不少問題。

問完，她封了大大的紅包給大夫，一邊派人好生送他出去，一邊派人去聽濤堂報喜，還要派人給原東良送口信。

周氏來得快，寧念之剛吃完早膳，廖嬤嬤就扶著周氏過來了，驚得寧念之趕緊起身相迎。

「祖母，您怎麼過來了？」

「我又不是外人，哪還需要妳到外面來迎？剛才妳身邊的聽雪來送信。大夫把過脈了？真是喜脈？」周氏笑得合不攏嘴，拉了寧念之往裡面走。

「早膳是不是還沒吃？先吃了早飯再說，可別餓著肚子。有什麼想吃的，只管吩咐廚房，除了徐娘子，還有別的灶上娘子呢，本事都是有的，不要嫌麻煩，吩咐一句話就行。」

寧念之忙點頭。「祖母還不知道我的性子嗎？最是不肯委屈自己的。再者，府裡的中饋由我管著，哪有人敢委屈了我？祖母真不用擔心。喜脈的事是真的，大夫剛走呢，只是，還不到三個月……」

周氏忙點頭。「對對對，不能說出去，不然我的重孫子會不高興的。妳這是頭一胎，更要小心，平日裡吃的、用的，得多加注意，不能不補身子，也不能補得太過。這些大夫可有交代？」

「嗯，大夫說了。祖母放心，我身邊的唐嬤嬤，以前可是伺候皇后娘娘平平安安生了太子殿下呢。」

皇宮裡的形勢，可比原家複雜得很。苗氏是個沒腦子的，原丁坤態度堅定，原東良又沒有其他親生兄弟，原家怕是連皇宮的三成危險都沒有。唐嬤嬤能在宮裡護住皇后娘娘，不可能護不住她。

這麼一說，周氏便鬆了口氣。以前只知道唐嬤嬤是皇后娘娘賞賜下來的人，沒想到，來頭竟然這樣大。

但也不能完全放心，周氏想了想，又說道：「過年時，妳祖父說要分家，但過了年，妳就和東良出門，這事便暫且放下了。回頭我再和他商量。」

寧念之對這事可有可無，分了家，肯定會少些麻煩，也不用見不喜歡的人；但不分家，也不至於活得艱難。她比較擔心的是，她剛懷孕，原家就分家，說出去不大好聽。

不過，只有千日做賊，可沒有千日防賊的。寧念之不是死板的人，為個好名聲，就把自己置身險地。所以，並不會反對分家的事。

「回頭我讓徐娘子給妳訂個菜單，雲城這邊，孕婦多會喝些湯湯水水，這樣生出來的孩子白白胖胖，十分健康。妳喜歡什麼口味的，只管和徐娘子說。」

周氏只說了那麼一、兩句，便又開始關注寧念之的肚子了。

「不管男孩女孩，都是我的心肝寶貝，將來我的東西都留給重孫，若是男孩子，將來能保護弟弟妹妹；若是女孩子，將來能幫妳照顧弟弟妹妹。先開花後結果，妳也別想太多，知道嗎？」

這和原東良說得差不多，寧念之有些感動，忙點頭道：「多謝祖母，有祖母這番話，我可是大大鬆了口氣。到時候，不管男孩、女孩，還得請祖母取小名呢。」

周氏樂呵呵地搖頭。「要是男孩，小名必須讓妳祖父或東良來取，到底是男孩，得擔負起責任，將來鵬程萬里才行；要是女孩子，就咱們兩個商量，定要給她取個貴重嬌嫩的小名才行。」

她頓了頓，又說道：「你們家好像沒取小名的習慣？」

寧念之點頭，寧家男子都是在戰場上討出身的人，殺伐決斷，不信鬼神，所以不講究取小名之類的事，等孩子過了周歲，就會正經八百地取名字上族譜。寧念之則是例外，她沒出生，寧震就上了戰場，馬欣榮與他夫妻情深，所以幫她取名「念」字，因為是女孩，才又綴個「之」字。

周氏絮絮叨叨地說了不少懷孕時應該注意的事，看著寧念之懷孕，忽然想起當年兒媳懷孕的事。

那會兒，她也是這麼期盼著孩子的出生，絞盡腦汁想取個好聽的小名，天天忙著做小衣服，還非得親手做，不讓針線房的人插手。可最後，卻還是沒能等到孩子出生……

她都不敢去想，當年，兒媳是怎麼生下原東良的？而原東良，又是怎麼被母狼叼走的？

現下孫媳有了身子，她是又歡喜、又擔憂，恨不能把自己知道的、所有懷孕應該注意的事都說清楚。

寧念之也不嫌煩，自家娘親不在身邊，有周氏這樣交代著，反而更安心。

周氏說了好一會兒，總算說得差不多，抬頭看見沙漏，忙道：「瞧我這記性，快中午了，竟說了這麼半天話。妳坐得累不累？我就在妳這兒吃午飯吧，也不用妳再陪我來回走了。妳想吃點什麼？」

「有點想吃酸甜的東西。」寧念之想了一下，說道。

周氏忙點頭。「好，那做糖醋魚，或者糖醋排骨？再做些酸湯如何？」都說酸兒辣女，難不成是個小子？但孕婦擇食，好像也不是這個時候，大約是她想多了。酸兒辣女的說法，未必可信。

寧念之聽了，點兩道菜，又說了幾道周氏喜歡的菜色，把周氏哄得眉開眼笑。

「不用惦記我這老婆子了，我是有吃的就行，不挑剔……」

兩人正說著話，便聽丫鬟進來稟報，原東良回來了。

周氏愣了一下。「東良那裡也送了消息？」

寧念之忙解釋道：「昨兒晚上，我有些懷疑，東良也知道，今兒一早，還是他囑咐人請了大夫，所以……」肯定瞞不下去啊。

周氏聞言，面色才好轉了些。倒不是她覺得小夫妻倆感情好是壞事，而是覺得，寧念之不該用這種事情去叫原東良回來，萬一原東良正忙著要緊事呢？想到原東良為寧念之耽誤正事，她總會忍不住憶起當年，若非是……

寧念之也知道周氏這個心結，忙道：「不過，到底是我魯莽了些，只是怕東良擔憂，絕不會有下次了。昨晚，他翻來覆去地沒睡好，又怕請大夫驚動您，只盼著能有好消息。」

周氏說道：「下次不用擔心會打擾到我。需要請大夫，儘管讓人去請，早點確定，我也能歡喜一番是不是？」

寧念之忙應下，正點著頭，就見原東良掀簾子進來，笑嘻嘻道：「可是準了吧？我昨兒就說，定是有了，妳卻怕白白讓人空歡喜一場，非得等到今兒才願意請大夫。」

他說著話，抬頭看見周氏，連忙行禮。「祖母怎麼過來了？可用過午膳？若是沒用，不如在這兒吃，也讓孫子孝順孝順您。雖然孫子不會做菜，還是能挾個菜、端個碗，祖母別嫌棄我手笨就是了。」

周氏被逗得忍不住笑。「你若是個手笨的，那這天下就沒有手巧的了。知道你媳婦兒懷孕，生怕你們小，年輕不知事，特意來囑咐幾句。」

她說著，忽然搖搖頭。「竟是沒想起一件重要的事情。念之這是頭一胎，很是重要，萬萬不能損了身子，所以，今兒起，你們小夫妻倆，得暫時分開住。」

她不等兩個人開口，繼續道：「等會兒讓人把前院書房收拾出來，這段時日，東良就住那兒。」

周氏吩咐完，生怕寧念之誤會，拍著她的手解釋道：「你們夫妻越是恩愛，我越是歡喜，可我擔心東良年紀不大，你們又是新婚燕爾，萬一沒忍住，到時候傷著的，就不是一個人了。」

寧念之臉色通紅，原東良卻是不想答應。「祖母，您也太小看我了，我定然能忍住，必不會讓念之受苦。那書房多久沒住人了，我實在不想去。」

「不行。」周氏白他一眼。這美人鄉、英雄塚，面對的又是自己最喜歡的女人，軟玉溫香在懷，再有個僥倖心思，那不是淨等著出事嗎？她年紀不小了，可是半點意外都受不起。

原東良還想辯解兩句，卻見寧念之一個勁兒對他使眼色，不想違背她的意思，只好敷衍地點頭，捂著肚子轉移話題。

「這都什麼時辰了，怎麼還沒送午膳來？餓著我沒關係，就怕餓著祖母和我兒子，那我可心疼死了。」

周氏聞言，呸呸呸了幾聲。「不要當著我重孫子的面說什麼死呀活呀的話。我早就吩咐準備午膳，這會兒該送到了。你先去淨手，等會兒就能用膳。」

等原東良洗完手回來，飯菜已經擺好，知道今兒周氏和原東良都在，廚房的廚娘使盡了渾身本事，燒出一桌色香味俱全的好菜，引得人都要流口水了。

見周氏已經動筷，寧念之便不忍著了，快準穩地用筷子挾起一塊魚肉，聞著那酸酸甜甜的味道，胃口大開。

周氏看著她胃口好，笑得連眼睛都快看不見，卻是沒讓寧念之著勁地吃。「這個嚐兩塊便行，換別的試試。可別吃太多，肚子有幾分飽了？九分就差不多，萬不能吃到肚子撐，太胖了也不好。」

原東良負責挾菜，一會兒給周氏挾，一會兒給寧念之挾，還得照顧自己，動作之快，都快有殘影了。

吃完午飯，周氏讓小倆口說說話，便帶著人回聽濤堂了。

第九十六章

周氏一走，原東良便趕緊抬手，把寧念之抱在懷裡。

「咱們有孩子了。以後，我就是要當爹的人了。」他一邊說，一邊摸寧念之的肚子。

寧念之噗哧一聲笑出來。「孩子他爹，以後你可得努力辦差，多多賺錢，將來咱們的孩子才能有個好前程。」

「放心吧，我定會把你們娘兒幾個養得白白胖胖，將來吃香的、喝辣的，絕不會讓你們受委屈。」原東良笑道，卻又有些委屈。「剛才，祖母要我搬出去住，妳怎麼讓我答應了？我發誓，我定能忍住自己，絕不會傷到妳和孩子。不如，我回頭和祖母商量，不搬出去？」

「千萬不要，到時候，祖母會遷怒於我的。」

雖說進門後，周氏對她十分和善，時不時給點首飾什麼的，還立刻放出管家權，但寧念之從沒忘記過自己的身分，她能得周氏寵愛，九成九是因為原東良。

因為她是原東良的媳婦兒，將來要為原東良操持家事，在外面交際；因為原東良喜歡她，所以周氏愛屋及烏。剩下的那一點點，是因為寧家，因為寧家能幫得上原東良，因為皇后娘娘喜歡她。

或許會有那麼一丁點原因，是因為她討人喜歡。但這麼一丁點的喜歡，在對上原東良之後，就變成了微不足道。原東良，以及原東良的子嗣，才是周氏心裡最重要的人。

如果原東良為了她違逆周氏一次，那不算什麼，可次數多了，周氏怕是要恨上她。

「反正就這幾個月的工夫。再說，你面上答應了，但晚上到底睡在哪兒，難道祖母能盯著你看不成？」寧念之笑咪咪地說道，伸手戳了戳原東良的胳膊。「以你的功夫，難不成連翻個牆都做不到嗎？」

原東良愣了下，忍不住哈哈大笑。「別說翻牆了，就是挖地道，我也能做到。既然如此，祖母吩咐下來的事，我便照做了。不過，晚上妳可要等我才是。」

寧念之聽了，佯裝打個哈欠。「我太睏，就不等你了。你回來只管睡就是，又不是客人，還得我準備飯菜迎接你不成？」

不知道是哪個字取悅了原東良，寧念之話音剛落，原東良便忍不住笑起來，胸腔震動著。寧念之往後靠了靠，感覺還挺舒服。

原東良笑完，忽然問道：「妳有了身孕的事，可寫信告訴爹娘了？當初妳出嫁時，娘親沒能送妳過來，不如這次請她過來照顧妳？」

寧念之搖頭。「又不是什麼大事，沒必要勞累娘親跑一趟。之前成親時，習俗就是那樣，不許女人送嫁，娘親想來也來不了啊。雲城的風俗、人情什麼的，都和京城不一樣，若娘親過來，倒不知是誰照顧誰了。你且放心吧，我身邊有唐嬤嬤呢，又有祖母提點，定不會委屈了你兒子。」

原東良忙解釋：「可不是為了孩子，而是怕委屈妳。今兒我找大夫打聽了，孕婦最容易多想，我怕妳思念爹娘，所以才打算請娘過來住一段日子。如果妳不願意，那就算了。」心裡卻打定主意，回頭要寫信問問娘親的意思。

兩個人嘀嘀咕咕說了一會兒話，因為原東良是偷空跑出來的，不好多待，親了寧念之一口，便趕緊走人了。

送走原東良，寧念之歇了個午覺，起床之後才想起來，今兒還沒見管事嬤嬤們，趕緊讓人去通知一聲，自己帶著聽雪去了前廳。

她忙忙碌碌大半天，總算把事情處理完，才回陶然居休息。

寧念之進房，剛坐下，唐嬤嬤忙端水過來。「京城來信了，大少夫人要先看看嗎？」

寧念之點頭，順手拆了信。「嗯，我懷孕的事，得告訴我娘。之前我娘說，安成在相看人家了，唐嬤嬤還有印象嗎？」

唐嬤嬤應道：「記得呢。那位姑娘倒是好的，小小年紀便十分端莊，就是沈靜了些，不知道大少爺會不會覺得無趣。」

寧念之忍不住笑道：「應該不會。弟弟性子安靜，這沈靜的，說不定就對了他的胃口。」

跟寧安成相看的姑娘，她是見過的，她唸完太學時，小姑娘剛進去。和她當年一樣，也是十歲考上太學。

既然能進太學，必定不是腹中空空的草包。弟弟最喜歡唸書，這姑娘有才華，就算弟弟不喜歡，也不會太討厭。再者，自家娘親的性子，難不成會不問弟弟的意思嗎？

現在些微的喜歡，等成了親，就能變成夫妻之間的情深了。

「那倒是，大少爺就喜歡有才華的。」唐嬤嬤應聲，又問道：「今兒的晚膳，大少夫人要去陪老太太用嗎？」

寧念之想了想，點點頭，見時辰差不多，就帶人去了聽濤堂。

聽濤堂裡，用完晚膳，原東良正想帶著寧念之回房，周氏忽然想起寧念之懷孕的事，剛要開口，寧念之馬上喊道：「祖母！」又伸手比劃了一下。

這下子，周氏有些為難了。胎沒坐穩三個月，不好說出來，可讓孫子去睡書房，別人一眼就能看穿。小夫妻倆感情那麼好，沒拌嘴的，忽然分房睡，說其中沒貓膩，誰相信啊？

但就這麼放原東良回去，萬一出了事呢？

「祖母，真不用擔心，這兩天念之不大有精神，我會好好照顧她的。」

原東良倒是狡猾，趁著周氏還沒想好藉口，轉頭拉著寧念之溜出去。剩下周氏白白擔憂，放心不下，只好給廖嬤嬤使個眼色，示意她跟去看看。

等人都散了，老夫妻倆回房歇下，原丁坤才好奇地問：「怎麼回事？東良媳婦兒生病了？」

周氏喜孜孜。「東良媳婦兒有孩子了。先不許說出去，知不知道？」

原丁坤挺高興。「真有了？」

「這事能有假？」周氏瞪他一眼，把被子往身上拽了拽。「我問你，之前不是說好分家嗎，怎麼說著說著就沒影兒了？是不是不打算分了？」

原丁坤有些含糊地說：「也不是，前些日子，東良不是不在嗎？」

「現在東良回來了。」周氏立刻接道。

原丁坤的聲音更含糊了。「這兩天瞧著像是要下雨，出去找宅子不方便……」

周氏忽地一下坐起來。「這都是藉口！你是存心找理由，就是不願意分家對不對？什麼下雨，買個宅子還要看下不下雨？你男子漢大丈夫，難道說話要不算數？還是大將軍呢，難道不該說到做到嗎？」

原丁坤無奈。「我沒說不分家啊，妳別著急……」

周氏冷笑。「我就著急。我可不想看著念之這孩子，像我當年那樣，活生生地被人害了，而我的重孫子再和康明一樣，明明能有個健康的身子，卻被拖累，成了病秧子！」

說起原康明，原丁坤的臉色瞬間就暗淡下來，嘴巴動了動，話說出來有些底氣不足。「不至於……」

周氏的聲音有些尖利。「怎麼不至於？利益動人心，當年原家就能引得一個姨娘做出這樣的事情，現下，你敢保證，你那幾個兒子心裡沒有妄想過嗎？在東良回來之前，老二、老三門得跟烏雞一樣，在你面前爭寵，陷害對方，你忘記那些事了是不是？老二家的向來沒腦子，你覺得她就不會動歪主意了是不是？」

周氏一邊說，一邊掀開被子，原丁坤忙按住她。「外面冷，可別凍著了。」

周氏繃著臉，臉色冰冷。「算了，我就知道不能指望你。既然你不願意分家，我也不願意將來念之出岔子，我的重孫子出差池，我帶東良和念之到外面住吧。」

她一邊說，一邊喊人。「廖嬷嬷，快讓人收拾東西，咱們明兒一早就走，到莊子去住，等我重孫子十五歲了再回來！」

原丁坤又著急、又好笑。「妳快躺下吧，就是明兒走，今兒也不用著急是不是？」

「怎麼不著急？我的東西難道不用收拾？我可不打算便宜了別人。」

周氏冷笑，掙扎不過原丁坤，索性一歪頭，在他的胳膊上使勁咬了一口。可惜，上了年紀，牙口不大好，牙齒差點崩斷，也沒能咬下肉來。

「好了好了，我沒說不分家，不過是想挑個日子，大家都休沐在家，也好馬上分了家業是不是？」原丁坤忙說道。

周氏盯著他，態度十分堅定。「擇日不如撞日，就明天，說了分家的事，讓他們三天之內搬出去！」

原丁坤無奈。「分家不是說說就算的，還有家產呢。庶子能分三成，他們三個再各自分，怎麼也得先將帳冊搬出來算一算，再分鋪子和田地，一時半會兒的，哪能弄清楚？」

周氏聽了，又想起身，原丁坤把被子扯過來，裹在她身上。「我沒說不分，再給我三天，讓我把帳冊整理出來好不好？不差這幾天是不是？」

「我已經整理好了。」周氏冷笑，拍開原丁坤的手。「我拿給你。」

原丁坤目瞪口呆，沒能按住周氏，眼睜睜地看著人下床，開了櫃子，拿出一疊帳本，摔在他面前。

原丁坤伸手拿了一本，翻開一看，十年以內的公中財產全記錄在冊，流動的銀子有多少、庫房裡的銀子有多少、珍貴的書畫有多少、名貴的古董有多少，甚至連庫房裡有多少套碗盤碟子都清清楚楚。只需一個時辰就能把這些東西分成好幾份，然後謄抄一遍，便分完家了。

「妳什麼時候準備的？」原丁坤驚訝地問道。

周氏耷拉著眼皮子，也不看他，回答道：「之前你說要分家，我就開始準備，大概花了三個月吧。」

過年時，原丁坤被迫說了分家，實是出於無奈，萬萬沒想到，自家老伴的動作這麼快。有心再找幾個藉口，但看著老伴抗拒的姿態，和前陣子孫子透露的意思，還真說不出反對的話來。

他咂咂嘴，終於開口了。「那行，擇日不如撞日，既然我早已作了決定，就得早點辦妥當。明兒我便分家，三天之內，必定能辦完。」

周氏抬眼看他，原丁坤連忙舉手發誓。「真的，我什麼時候騙過妳？我說明兒就是明兒，必會分家。若到時候沒分成，妳就帶著東良和念之到莊子住……」

周氏一巴掌拍在他胳膊上。「我們反倒成了被趕出門的人？你個老不死的，也太沒良心了吧！好好好，我真是錯看你，沒想到你竟是這樣狠心的人！」

原丁坤哭笑不得。「剛才不是妳說要帶著人去莊子住嗎？好了好了，既然不願意，那就不去，我絕不會把你們趕出去的，相信我好不好？快上來，天冷，別站在下面，凍著又得吃藥了。我保證，我發誓，絕對沒有敷衍妳，三天之內，定會讓他們搬走，再不讓妳看著生氣，別惱了好不好？」

哄勸半天，周氏勉強按下怒火，回床上睡下，原丁坤才鬆了口氣。

第九十七章

隔天，原丁坤將兒子跟孫子全喊來，說了分家的事。

「爹，您說什麼？」原平周不敢置信地盯著原丁坤，神情呆滯，不知道應該表現出什麼臉色了，原平全和原平志也是，張著嘴，呆愣地看著原丁坤。

原丁坤摸著鬍子，再次說道：「我說，你們年紀也不小了，都是抱孫子的人，咱們該說說分家的事情了。

「按照朝廷規定，繼承家業的嫡長子、嫡長孫，分家產的七成，庶子則分三成。我已經將咱們家的東西全登記在冊，按照價值的不同，分成十份，因東良是嫡長孫，所以得七份，剩下的，你們三個一人一份，每一份都有銀子、器皿、家什，以及鋪子、莊子，價值是一樣的。你們自己選，選好了，也別說我偏心。」

原平周聽完，立刻說道：「爹，父母在，不分家。」

原平全也跟著點頭。「是啊，爹，您把我們都分出去，以後我們想多伺候您和母親，怕是沒機會了，您就給我們孝順的機會吧。」

「就是，爹跟母親的身子還好得很，至少能再活五、六十年，難不成，這五、六十年，我們都不能就近伺候了嗎？」原平志也忙說道。

周氏繃著臉，只當自己沒聽見。

苗氏則是開始哭號了。「爹，您怎麼忽然說起分家的事呢？是不是有人在您耳邊說了什麼？您千萬別被小人矇騙啊！咱們一家子團團圓圓、和和睦睦地生活在一起不行嗎？非得分得七零八落，就是吃個飯，也冷冷清清，只剩下兩、三個人。您和老太太活了這麼大歲數，還沒享受兒孫繞膝的福氣，就先分家，說出去，咱們原家的臉面就沒有了！」

她一邊說，一邊瞪寧念之。「虧妳是京城過來的大家閨秀呢，以為妳多懂規矩，卻沒想到，竟是個攪家精！才進門多久，便讓爹說了分家的事。難道京城的姑娘都是這樣的？還是說，你們寧家的姑娘就是見不得老人享受天倫之樂？」

周氏聞言，頓時不高興了。「妳胡說八道什麼呢，分家這事和別人沒關係，就是我看妳不順眼，所以想分家。妳有空在這兒責備別人，不如在自己身上找找毛病，若把我伺候得舒舒坦坦，我想分家，也找不到藉口是不是？」

周氏話音一落，就見旁邊的原平周起身，一揮手，響起清脆的巴掌聲，然後苗氏便倒在地上了。

一屋子的人全愣住，連苗氏都傻了，呆呆地捂著自己的臉頰，驚愕地看原平周。

原平周撲通一聲跪在周氏跟前。「母親生氣，我就幫您出氣，這婦人不懂事，您別和她計較，要是不想看見她，回頭我把人關起來，再不讓她在您跟前礙眼。只求母親給我機會，讓我留在二老跟前盡孝心。」然後，二房全跪下了。

「就是，求您開恩，給兒子一個盡孝心的機會。」原平全得了提示，趕緊跟三房的人一起跪下。

嘩啦啦，屋子裡瞬間跪倒了一大片。

原東良看寧念之，寧念之有些猶豫，大家都跪著了，他倆若是站著，好像太顯眼；可跟著跪下吧，明明自家這邊是盼著分家的，這麼求情太虛偽了，也不甘心。但是不求情，會不會顯得太無情些？萬一將來原丁坤後悔，會不會覺得是原東良和她在後面攛掇著，才分家的？

她正猶豫呢，手背上卻被周氏掐了一下，滿臉茫然地轉頭，見周氏對她使眼色，腦袋一歪，眼睛一閉，做出暈倒的樣子。

寧念之這才恍然大悟，跟著周氏的動作學了一遍，剛閉上眼睛，便聽周氏驚呼一聲。「哎呀，念之怎麼暈倒了？定然是前兩天不舒服，還沒養好身子。東良，快將你媳婦兒扶進房。」

周氏也不想讓孫子跟孫媳婦兒牽扯進去，還是先讓小夫妻倆避一避算了。萬一老頭子哪天後悔了，要遷怒，也只管遷怒到她一個人身上。至於分家該得的東西，有她老婆子在，還擔心會少了自家孫子那一份嗎？

雖然原丁坤上了年紀，但身子好，眼睛也不瞎，自然沒錯過周氏的動作，不過沒辦法，當著這麼多人跟前，得給自家老伴面子，不能追究。於是，只能眼睜睜地看原東良彎腰，把寧念之抱走了。

而下面一群人，因為低頭盯著地面，便沒看見上面的眉眼官司了。

剛進隔壁暖閣，寧念之就睜開了眼，對原東良做個噤聲的動作，熟練地豎起耳朵，開始偷聽前面正堂的動靜。

「爹，現在不能分家啊，二哥一家還好，該娶媳婦兒的都娶了，該嫁出門的也都嫁了，可我們家這幾個，還沒著落呢。分了家，我們自己倒是不在意，但他們的身價便要跟著往下掉。爹，您就當是心疼兒子，暫且別提分家的事好不好？」

原平志平時看著蔫蔫地不說話，但這會兒，口齒竟然伶俐得很，一番話說得在情在理，不說自己，只提兒孫。

同樣是為兒孫計，原丁坤格外明白這種感情和打算。撫遠將軍府和五品將軍府的少爺、姑娘，完全不是一個等級的。一個說出去，是超一品將軍的孫子、孫女；一個說出去，只是五品武將的兒女，差別大著呢。

原平全機靈得很，二哥說得有道理，他跟著重複一遍；四弟說得有道理，馬上又跟著來一遍。

「就是，爹，好歹等我們家姑娘都嫁出去是不是？靜靜眼看著要出門了，忽然鬧出分家的事來，知道的說您偏疼孫子，不知道的，還以為我們家做錯了什麼事呢。要是跟著懷疑靜靜的品性，那靜靜的一輩子可就毀了。」

原丁坤沈著臉不說話，但了解他的周氏卻知道，大約是有些動搖了，忙說道：「只是分家，又不是一輩子不來往了。若靜靜的婆家敢虧待靜靜，這樣的人家，認清他們的面目，靜靜不嫁過去也行，將來還能找個更好的。有你爹親自出面說和，難不成還能被人挑刺？」

她又轉頭和原丁坤說道：「如果你不放心，大不了，以後帶著東良，輪流去他們幾個府裡吃飯。今兒老二家裡，明兒老三家裡，後天老四家裡，這樣輪著一個來月，誰還會胡亂猜測？」

原丁坤點頭，深以為然。

這時，董氏在自家小兒子手背上掐了一把，小子機靈得很，忙撲過來抱著原丁坤的大腿撒嬌。

「祖父，您不要我了嗎？我乖乖的，每天一定聽祖父的話，看書練武。祖父別趕我走好不好？」

小苗氏也狠下心，在五歲的胖兒子身上抓了下，小孩立刻哭起來。

苗氏忙在一邊安慰道：「乖孫兒，別哭別哭，你曾祖父不是不要你呢，以後若想念你曾祖父了，祖母就讓人送你過來，陪曾祖父住好不好？」

小孩哪懂這裡面的機鋒，只聽幾句話，就開始嚎：「曾祖父別不要我，我聽話，我乖，別趕我走。」

對周氏來說，哪怕這群人在她跟前哭死了，她都不會瞧一眼。這些人和她沒關係，原平周的娘還在原康明的事上摻了一腳，沒把二房當死敵，已經是她心腸好了。

可對原丁坤來說，這些是血脈親人、親骨肉，見孩子又哭又喊，自是心疼得不行，心裡更有幾分動搖了。

周氏正要開口，卻見原丁坤忽然神色堅定，一拍桌子，直接道：「你們不願意選，那我就幫你們選了，分完之後，各自回去收拾自己的東西，三天之內，離開原府。要是擔心日後被人低看，我帶著東良過去吃頓飯，或者你們帶著孩子來坐坐。如果三天後沒搬出去，就不要怪我不客氣了，被丟出去，和自己走出去，可是大不相同的。」

這話說得絕情，周氏半天沒反應過來，驚訝極了。這次老頭子居然沒心軟？堅持住了？難不成是作了噩夢，還是得到什麼提示了？

下面跪著的一群人也愣住，呆呆地看著原丁坤，半天找不回神志，更別提再找藉口拖延了。

原丁坤抬手拿起桌上的帳冊，裡面的紙張都是分開的，有的寫著銀子、有的寫著家什、有的寫著鋪子，都列了值多少錢，清清楚楚、明明白白。

原丁坤抽出幾張紙，開始唸道：「老二，你性子沈穩，素來勤勉，對吃喝不是太在意，所以，你這一份，紅木家什佔大數，金銀器皿多些，但零散銀子只有三千兩，鋪子兩間，莊子三個，另有僕人十房。將來你願意將人放了，還是想再多帶走幾個，只管打招呼，我讓人把賣身契準備好。」

原平周張張嘴想說話，但原丁坤不給他這個機會，直接換了下一個。

原平全一把鼻涕、一把淚的，逕自打斷原丁坤的話。「爹啊，我真是捨不得您，咱們不分家好不好？您要擔心我們仗著長輩的身分欺負大姪子，那回頭我給大姪子磕頭行不行？爹，您已經把原家交給大姪子了，我們都要看大姪子的臉色過日子，還有什麼不放心的？真要把我們全趕出去，您才放心？兒子是什麼樣的人，您還不清楚嗎？」

原平志也跟著哭。「兒子不成器，有爹照看著，才能養活一家老小，若離了爹跟前，將來怎麼過日子呢？我自己倒是不打緊，就怕餓著兒女啊。」

原丁坤卻是不為所動，繼續翻著手裡的東西說道：「至於宅子，我早幫你們買好了。前幾年，東良沒成親之前，我就想著分家的事情了，置了三套宅子，擔心你們離得太遠，有什麼事來不及，所以買在後面隔條街的地方，半個時辰就能走到。

「現成的宅子，兩套是三進的，一套是四進的。老二家人口多，所以四進的院子給你們，但多出來的銀錢，補貼給老三跟老四，各多給三千兩。

「至於孫子、孫女，我不偏不倚，東良、繼祖和承宗成親，都是公中準備的，二房的孫女嫁人，嫁妝也是公中出的。所以，按照這例子，以後靜靜成親的嫁妝，也是公中出，給一萬兩；庶女五千兩；嫡子娶親一萬兩，庶子五千兩。

「剩下的，你們還有什麼不滿意之處，只管說。」

原丁坤把帳本分成四份，擺在桌上，原東良那份明顯厚得多，幾個人眼睛都紅了，說不準是因為分家太傷感，還是看著那些東西眼紅了。

「爹，您怎麼能這樣狠心！」苗氏又開始哭，帕子在眼睛上一揉，哭得撕心裂肺。

小苗氏有樣學樣，孩子也跟著哭，聲音震天，連隔壁暖閣的寧念之都忍不住揉了揉耳朵。

原丁坤一拍桌子，怒氣勃發。「我主意已定，若你們乖乖拿著東西走人，咱們日後還和以前一樣，不過是換了院子住；若你們不願意走，晚一天，我就收回一成產業，三天之後，你們只帶著人滾吧！」說完，也不去看兒孫們的臉色，起身走了。

周氏譏誚地看原平周。「我知道你一向聰明，到底該怎麼做，心裡自然有數。現在走，還能留一分情面，將來上門，我也給你們好臉色看；若是不願意走，老爺子和我還有多少年好過？等我們走了，這宅子，你能住得下去？」

原平周不說話，周氏也不等他，瞧著原丁坤的身影已經消失，遂起身，卻是去了隔壁暖閣。

暖閣裡，原東良正坐在桌前喝茶，寧念之躺在軟榻上，蓋著小薄毯子休息，看見周氏，忙起身下榻，討好地扶她進來，給她揉肩膀、捏胳膊。

「祖母，祖父喜歡吃些什麼啊？分了家，祖父心裡定然難受得緊，午膳不如多準備幾道祖父喜歡吃的菜？」

周氏笑著拍寧念之的手。「瞧這機靈勁兒，我就知道妳是個體貼懂事的。好好好，咱們中午啊，就沾沾妳祖父的光，多讓廚房準備幾道菜。」

她說著，又看寧念之肚子。「今兒我重孫乖不乖啊？這會兒肚子餓不餓？」

寧念之哭笑不得，周氏每天要問三、四遍，不到三個月，都還沒顯懷呢，孩子能聽見才怪了，遂岔開話題。「祖母，這兩天二叔他們就要搬出去，搬家時定然亂，接著又要修園子，不如咱們到莊子住幾天？」

這主意挺好，周氏立刻來了興致。到莊子去住，一來讓老頭子看看她的堅決；二來，也避免那些人找上門哭訴，清清靜靜。

「正好，這都四月了，春暖花開，又有槐花、又有榆錢，還有各種野菜，咱們也能吃頓稀罕的。」周氏忙說道。「我在城東有座莊子，平日往府裡送糧食、送菜，也有些野味，一應俱全，咱們就去那裡住。」

原東良有些無奈。「祖母，那座莊子離衙門有些遠呢。」

衙門在城西，軍營也在城西，隔著雲城，光趕路就得一天了。如果他想去看看寧念之，清早摸黑出發，到的時候都天黑了。說不定，一天還到不了呢，雲城可不小。

周氏完全不在乎孫子的無奈，一擺手，很敷衍地說道：「你又不是小孩子了，難不成還離不開祖母嗎？喔，說錯了，離不開媳婦兒是不是？也就三、五個月的工夫，反正你和你媳婦兒也得分開住，我們去莊子，正好讓你習慣習慣。」

原東良瞬間瞪大了眼睛。「妳們要去三、五個月？」

周氏逗他。「若是住得舒服，就讓念之在莊子上生孩子算了，吃的、用的全都有，還清靜得很。我覺得這個主意挺好，念之，妳說呢？」

「我也覺得挺好的，就是擔心祖父誤會。再者，都分家了，咱們單留祖父在府裡，是不是不太好？」寧念之忙接道。

周氏點點她額頭。「妳啊，捨不得東良便直說，還要找藉口。行了行了，忙活了一上午，可別餓著我重孫才是。」

不管正堂裡的人是什麼心情，反正周氏挺高興，讓廖嬤嬤去廚房傳飯菜，自己和原東良、寧念之坐在一起聊天說笑。

原丁坤從外面進來時，看見的就是祖孫三個和和美美的情景，頓時不大高興了——我還傷心著呢，你們沒人來安慰我一句嗎？只想著達成目的，要慶賀了？

原東良瞧出原丁坤的不悅，忙起身扶原丁坤過來坐。

「剛才祖母還惦記著祖父呢，讓廚房準備祖父喜歡吃的菜，又聊起您年輕時的英勇事蹟，還說，等孩子出生後，就讓您教著，到時候祖父可別藏私啊。」

提到沒出世的重孫，原丁坤的神色緩和了些，伸手拍原東良一下。

「沒大沒小，和祖父說話是這樣說的？虧得是在我跟前呢。」

「是是是，祖父最寬宏大量，若非祖父疼愛我，我哪敢在您跟前放肆。」原東良說道。

這時，原平周領著兩個弟弟過來了，站在門口，看看原東良，再看看寧念之，又掃過周氏，垂下眼，袖子裡的拳頭捏得更緊了些，面上帶著難過與不捨。

「爹，既然您已經決定好，我也不想惹您生氣，這兩天，我讓苗氏收拾收拾，兩天之後就搬走。

「我搬走之後，爹可要多保重身子，該吃便吃、該喝便喝，您年紀大了，別吃那些辛辣油膩的東西，晚上早點睡，別操心太多事。東良長大了，該交給他的事，就交給他，別忙活了，多歇歇……」說著說著，就哽咽起來了。

原平全忙接著道：「您得了空，就去我們幾個府裡看看，吃頓飯，兒子還能招待得起，必讓廚房給您準備喜歡吃的菜。平日裡，您要多注意些，夏天別貪涼，冬天別貪火，您一定要好好的……」

原平志緊跟著又說了一通，周氏有些不耐煩。「怎麼，交代遺言呢？你們的爹還沒老到走不動路！我自會照顧他，儘管放心好了。」看了看原丁坤，不太情願地交代道：「晚上都過來，咱們吃一頓團圓飯。有我照顧著，定會讓你們的爹長命百歲！」

她說著，實在不想再看這些人的嘴臉，吩咐完，便讓他們散了。

第九十八章

晚上吃過團圓飯，回了房，周氏說起去莊子的事情，原丁坤很吃驚。「不是已經分家了嗎？怎麼還要去莊子？」

周氏愣了一下，才反應過來，想通原丁坤的意思，忙說道：「不是因為這個，是我和念之之前就想修整府裡的花園，正好呢，這兩天老二他們搬家鬧騰得很，接著又要整理園子，索性先避出去，一個月便回來了。」

原丁坤皺眉，有些不高興。「怎麼這樣多事呢？」

周氏虎著臉，反問道：「哪裡多事了？不就是修個園子嗎？早些年，我就想換個好看的花園，不過是活著沒奔頭，種了花也不想看，這才作罷。現在念之看出我的意思，孩子盡一番心意，怎麼到你嘴裡便成多事了？」

原本周氏就愛屋及烏，挺喜歡寧念之，現在懷了孕，更是成了她的心頭寶，僅次於原東良，連原丁坤都得往後退一步。

看周氏滿臉嚴肅地為寧念之辯解，原丁坤有些無奈。「好好好，是我誤會她了。也是我對妳的關注太少，竟沒注意到妳對府裡的園子不滿意。

「以後呢，我定會多問問妳，妳有什麼事，也別悶在心裡，該和我說，就和我說。老伴就是老來為伴，孩子們以後都有自己的路要走，有自己的孩子要養，有自己的媳婦兒關心，咱們兩個可只剩下彼此了。」

周氏撇撇嘴，嘟囔道：「你才是只剩下一個人呢。我還有東良，還有孫媳婦兒，以後還有重孫子。」

不過，她也明白原丁坤的意思，原東良心裡最重要的人，定是寧念之，將來還要加上他的子女；寧念之心裡最重要的人，是原東良，還有她的子女。子女之後，才是長輩。若原東良從小在她跟前長大，說不定就不一樣了。偏偏，原東良是在懂事之後才被帶回雲城，他心裡，早有了更重要的人。

「好了好了，時候不早，你還不打算睡覺嗎？都一把年紀了，不要和年輕人比，以為還是年輕的時候，在軍營三天三夜不閉眼也能熬過去？」周氏催促道。

雖然語氣不怎麼好，但原丁坤照樣能從裡面聽出軟化的態度，臉上露出了一絲笑容。

「我是有些捨不得妳。妳們這一去，至少得一個月，說不定兩個月也不回來，府裡便只剩下我和東良了。」

周氏一邊拍拍枕頭，一邊說道：「怎麼只剩下你和東良了？其他的丫鬟、婆子不是人啊？又不少你們吃的、穿的，實在想我們了，就去莊子，頂多兩天路程，若是住下，來來回回也就三天，或者讓人把案卷送到莊子看，不挺方便的嗎？」

「那可不行。要是把案卷送到莊子，將來人人有樣學樣，那衙門豈不是成了擺設？出了事情，到處找不到人。」原丁坤忙道。

為什麼要有衙門，不就是讓人待在一處，做事方便嗎？

原丁坤將上次西涼打下雲城的事情當成恥辱，這輩子絕不會再犯下同樣的錯誤，因此比以往更加謹慎，也連帶著嚴格要求原東良，當天的差事辦不完，連家都不能回。

周氏知道這事是原丁坤的心結，也不多勸，只笑道：「你也別多想我了，回頭我讓人給你送莊子上的吃食，趁著天氣不太熱，快馬加鞭送來，再熱一熱，還是挺好吃的。」

她頓了頓，又說道：「這都四月了，到了六月，天氣就要熱起來……」

話沒說完，原丁坤一拍腦袋。「妳們修園子，是不是還打算種花種樹來著？」

周氏有些摸不著頭腦，點頭道：「是啊，念之看著像是喜歡花草樹木，便訂了不少，有蘋果樹、桃樹之類的。結了果，還能當風景看呢。」

原丁坤忍不住笑。「可見妳們祖孫倆都是只吃過果子、沒種過果子的人了。這蘋果樹，是要秋天種才能活的；桃樹、棗樹呢，得冬天種。花花草草，不是秋天種就是初春種，這都要春末了，不一定能種活啊。」

周氏也愣了一下，卻絕不承認完全沒考慮到這件事，而是辯解道：「只說修園子，又沒說要馬上把花花草草種下去。等園子整理完，池塘挖好，小橋、假山也弄好，剩下的花花草草，看什麼時候適合種了，再放下去，不就行了嗎？」

她頓了頓，還是有些疑惑。「你說的什麼時候種什麼，好像不大對啊，之前念之問過園子裡養花草的，也沒這說法。」說完擺擺手。「算了算了，你也是個外行。我承認，領兵打仗，你是很有一手，但種花草什麼的，還是得找有經驗的人。你那些說法，不過是紙上談兵，到了要用的時候，還得隨機應變才行。」

原丁坤堅持自己說的有道理，得什麼時候種什麼花草，要不然活不了；周氏則秉持自己的想法，再說了，沒見誰家修園子都還在秋天或初春啊，難不成園子修好之後，連個花草也不種？

老倆口為著這問題，爭辯大半個時辰，最後還是周氏睏了，眼睛都快睜不開，原丁坤方讓一步，周氏才心滿意足地閉上了眼睛。

第二天一早，周氏就派廖嬤嬤去陶然居，說是去莊子的東西已經收拾完，問寧念之準備好沒有。

寧念之轉頭看唐嬤嬤，唐嬤嬤趕緊點頭。「都好了，現下就能出發。大少夫人，咱們先去聽濤堂等著？」

於是，寧念之帶人去周氏那裡，再一起到外院坐馬車。

車廂布置得十分舒服，裡面墊了七、八層褥子，又有好幾個軟綿綿的靠枕，還有小被子、小毯子。雲城的主要大街是用青石板鋪的，十分平坦，寧念之靠在車壁上，竟是完全不覺得顛簸。

「莊子很大，有咱們兩個府邸那麼大，周圍百里之內，都是咱們家的田地，佃戶也很多，足有一個大村子呢。前兩年，因為戰事，租子只收四成，明年年景好，就要提到五成了。

「我現在說這些，是讓妳心裡有個數，有些莊子收成好，咱們收的租子就高一些；另外，平時送到府裡的菜啊雞鴨什麼的，也是跟這個莊子的佃戶買，價錢比市面上貴一成，算是額外給他們補貼了。有些莊子收成差，是因為土質不好，咱們便只收三成租子。」

周氏生怕寧念之無聊，特意挑了不少莊子上的事情說。「若遇到天災人禍，再適當減免一些，咱們不缺這點兒銀子，沒必要苛待佃戶。但是，也不能縱容了他們，有貪污藏私的，可是要嚴懲。」

「咱們府裡的莊子，有好幾個在外地呢，每年都是怎麼查帳的？」寧念之好奇地問道。

周氏笑咪咪地伸手點了點外面。「有時候讓妳祖父親自去看看，有時候就我老婆子一個到外面散散心。以後，妳得了空，就和東良走一趟，當是小夫妻倆散散心，輕鬆輕鬆。」

這話說得寧念之又不好意思了，臉紅紅地趴在周氏胳膊上。

「還要帶上祖母，到時候祖母說去哪兒，我們就去哪兒。啊，祖父肯定不會放心的，所以，祖父也要去。」

「小丫頭，會打趣祖母了是不是？」周氏忍不住笑。

周氏心裡高興，在京城時，就聽說寧念之是個福星，寧家幾次因為她遇危轉安。希望老天保佑，有這麼個小福星守在自家孫子身邊，讓他也平平安安、福泰健康。

「將來啊，祖母的東西都留給我們家的小寶貝。若是女孩子，就給她當嫁妝；若是男孩子，就給他當聘禮。頭胎是女兒，將來下面的男孩子會聽話很多，不會太頑皮；頭胎是兒子，下面的妹妹最受寵。」

寧念之笑咪咪，聽了只管點頭。有這樣的太婆婆，她真是走運。說不定，上輩子沒能用到的福氣，全攢到了這輩子還給她呢。

原丁坤回到家，本想和以往一樣，和周氏說兩句外面的事，再聽她嘮叨家裡的小事，卻沒想到，進了正堂，竟是連一點聲音都沒聽到。

再一回頭，正對上原東良的臭臉。

原丁坤忍不住皺眉了。你媳婦兒不在就擺出這臉色，那我媳婦兒也不在，是不是也不用給你小子好臉色？

這麼一想，他立即擺手。「回去吧，看著你這張臉就吃不下飯！你說，你爹娘長得也不算醜，怎麼到你這兒，就成了這樣子呢？黑不溜丟的，傻大個兒。」

你不喜歡看我，我還不喜歡看你這老頭子呢！

原東良抽了抽嘴角，雲城本來就比京城熱，他又時常去軍營，風吹太陽曬，臉上不脫皮，都多虧寧念之每天一早給他塗的脂膏了。至於黑不溜丟，還不是託了這差事的福？

再說，自家媳婦兒都不嫌棄，他老頭子嫌棄什麼啊？又不是讓他天天看。還有，個子高怎麼了？不就是費了點布料嗎？又不要他給錢！

於是，原東良憋著氣，恭恭敬敬地行禮。「那我回去用飯了，若祖父有事，只管讓人去叫我。」說完，便逕自回了陶然居。

回了院子，原東良在屋裡站了一會兒，沒聽見以往寧念之來迎他的聲音，有些失望。外院的丫鬟來回話。「大少爺想吃點什麼？大少夫人臨走之前交代了，讓大少爺用晚膳時，多喝些湯水。」

丫鬟一邊說，一邊偷偷看原東良，臉色微紅，眼神帶情，站在他跟前，微微低頭，胸前的衣襟便有些滑落，正好露出一抹雪白的顏色。

原東良掃過，忍不住皺眉。「唐嬤嬤呢？」

「唐嬤嬤隨著大少夫人出門，聽雪姊姊和映雪姊姊也跟去了。」丫鬟忙說道，不然，也輪不到她們這樣的小丫鬟出頭啊。原先以為，大少夫人懷孕，按照慣例，應當從丫鬟裡選出一個人來伺候大少爺，沒想到大少夫人卻從不提這事。

但現下大少夫人出了府，機會就來了。

不管是不是大少夫人給的機會，一旦坐實了，回頭就算大少夫人生氣，還有大少爺和老太太在呢。

這樣想的，可不只一、兩個人，就是來大少爺跟前回話的事，也有好幾個人爭搶，虧得她長相不拔尖，才能趁人不注意時溜出來，搶先一步。

雖說她的長相不出挑，但這身皮膚，可是沒得說，不是她驕傲，說一句欺霜賽雪絕不誇張。天氣漸熱，穿得也單薄，動作稍微大一些，便能讓大少爺看見她的肌膚了。

小丫鬟越想越高興，見原東良不說話，還以為是看她看得入神，臉上帶了幾分嬌羞，雪白皮膚上浮起一抹紅，眼神含水，眉梢帶情，還真帶出幾分姿色。再動一動胳膊，衣袖往下滑了幾分，手腕上戴著一只碧玉鐲子，更是襯得皮膚如玉、瑩潤雪白。

她羞答答地悄悄往前挪了一小步，正打算再主動些，冷不防，下一刻卻飛了出去。

她的後背撞到桌子，桌角正好磕在骨頭上，瞬間疼得眼前發黑，眼淚立刻掉下來。

然後，原東良站在不遠處，冷聲喊道：「人呢?!」

外面有人急匆匆地進來，小丫鬟又羞又氣又痛，趴在地上，一動也不敢動。

進門的人忙行禮。「大少爺回來了？奴婢算著時辰，看大少爺快回來，便趕緊去廚房了。大少夫人臨走之前交代，大少爺回來後要立即用膳，還不能用冷的，所以才耽誤了些工夫。奴婢沒能盡到職責，竟讓人闖進來，還請大少爺恕罪。」

進來的是春花，之前寧念之雖嫌棄她們的名字太俗，但也沒改。現下春花和秋月已經被提拔成大丫鬟，寧念之出門，便留她們兩個在府裡守著。

原東良抬手點了點。「守門的婆子，扣六個月的月例；妳和秋葉，扣三個月的月例。這丫鬟是哪個院子的？打二十大板，打完後送回去，讓院子裡的管事來見我。」

春花抽了抽嘴角，另一個大丫鬟叫秋月，不叫秋葉。都快半年了，大少爺還沒能記住自己院裡丫鬟的名字嗎？但面上還是恭恭敬敬、一本正經。

「是，奴婢這就去。大少爺息怒，奴婢讓人來伺候大少爺更衣？」

能讓寧念之選中並提拔成大丫鬟的，都經過寧念之嚴密地觀察與偷聽，不說別的，至少對原東良沒有非分之想。春花和秋月平時絕不往原東良跟前湊，以往原東良更衣的事，都是寧念之親力親為，春花自然不會插手。

可若大少爺自己想要找人伺候，那就不關她的事了。她雖是寧念之的大丫鬟，但也是原家的家生子。

原東良擺擺手，示意春花退下，自己到內室換了衣服，出來就見秋月領著兩個小丫鬟擺膳。

原東良坐下，開口道：「妳和春花，就算是到廚房拿飯菜，一個人領著兩個小丫鬟去還不行嗎？非得兩個人一起？夫人留下妳們，不是要看家的？若連這點事都做不好，我看妳們還是儘早滾蛋吧，府裡可不少幾個丫鬟。正好，其他幾房都搬走了，伺候的人一抓一大把，自己不想幹，就換想幹的人來。」

春花和秋月臉色一白，撲通一聲跪下了。今兒這事，確實是她們失職，原以為大少夫人不在，兩個人偷偷懶，不是沒想到會有人摸進來，但男人麼，哪有不偷腥的，說不定這事能討好大少爺呢？卻沒想到，大少爺真是半分都不領情。

兩個人又後悔、又著急，惹怒大少爺，以後在府裡怕是沒出路了。要是大少爺再告訴大少夫人……

「罰三個月的月例還算少的，如果下次再有這樣的事，妳們便捲鋪蓋回家吧。」原東良冷冰冰地說道。

春花和秋月的額頭上全是冷汗，這懲罰不算重，但大少爺語氣陰森森，讓人膽寒。

「是，奴婢下次定不會再犯這樣的錯了。」兩個人異口同聲地回道。

原東良也不叫她們起來，抬手拿筷子挾菜，直到吃完飯，才揮揮手，示意她們上前收拾。

春花和秋月被晾了一會兒，不敢再出聲，躡手躡腳地收拾東西出門。

直到走出院門外，兩人才敢抬手擦擦冷汗，互相看一眼，心有餘悸。

「咱們日後得小心一些了，這段日子過得太安逸，竟是有些得意忘形，忘記大少爺對大少夫人有多看重了。虧得那賤蹄子沒得手，若是有個萬一，咱們怕是沒好下場。」

秋月猶豫一下。「大少夫人剛出門，大少爺現在惦記著呢，要是過幾天……大少夫人不是說，她這一去，少則一個月，多則三個月嗎？大少爺畢竟是男人……」

春花皺了皺眉。「妳可別犯傻，只要大少爺對大少夫人還有感情，就不會趁著這段時日做出什麼來。如果再有人找妳，妳要想明白自己的身分。大少爺剛才的意思，妳還不明白嗎？妳伺候的主子是誰？妳是誰的大丫鬟？」

秋月趕忙笑道：「春花姊，妳別生氣，我剛才有些糊塗，現下明白了，知道以後該怎麼做。大少爺對大少夫人情深似海，誰來都是白搭，咱們是大少夫人的人，自然該偏著大少夫人。」

兩個丫鬟嘀嘀咕咕地說話，原東良卻是聽不見的。

他剛吃了飯，不想動，就拿一本書靠在軟榻上翻看，翻兩頁便想起寧念之在家時的樣子了。

有時候，兩個人一起看一本書，她的手指點在書上，白白淨淨、纖長細嫩，看到有趣之處，就忍不住笑，偶爾唸出來給他聽，和他討論書中情節；有時候，他在看書，她就做針線。說實話，寧念之進門後，動針線的時候真不多，大半年了，也就給周氏做了件衣服，給他做了個荷包和扇套。

但府裡並不缺少針線房的人，不指望她做針線養家。所以，看見寧念之做針線，他就想方設法地搗亂，因為晚上做這個實在太傷眼了。親一口，抱一下，耍耍賴，兩人笑鬧成一團。

想多了，原東良忍不住嘆口氣，媳婦不在家，日子真難熬。算了，書也看不進去，索性洗洗睡吧。

第九十九章

第二天，府裡更安靜了，另外三房已經搬出去，感覺空空蕩蕩的。

剛開始，原丁坤還安慰自己，清靜多了。但兩天、三天、四、五天，原丁坤就覺得有些太安靜了，回府跟進了密室一樣，說個話都能聽見回音。

老婆子真是夠狠心的，自己帶著孫媳婦兒去逍遙自在，丟下他和孫子兩個人。

原丁坤看原東良一眼，恨他不機靈。以往看他和他媳婦兒親親密密，這都分開幾天了，不想念嗎？想了，就趕緊去把人接回來。孫媳婦兒回來了，老婆子肯定也會跟著回來啊。

原東良被瞪得莫名其妙，不知道老頭子哪根筋不對。前兩天，老頭子留了他一起吃飯，反正府裡就剩下他們兩個主子，分成兩邊也麻煩，索性一起。可老頭子總瞪他是怎麼回事，他好像也沒做錯什麼吧？

「走，去練練。」吃完飯，坐了一會兒，原丁坤起身道。

原東良有些無奈。「才剛吃了飯，若是動手，怕回頭肚子疼。不如下盤棋？」

原丁坤咂咂嘴，下棋就下棋吧，都是找事做，這個也能消磨時間。

又過半個月，祖孫倆習慣了，吃了飯下盤棋，到了睡覺的時辰，各自回去，睡一覺起來，又去衙門，晚上回來照舊。反正府裡沒人等著，也不在意回家早晚了。

不過，把事情攢在一塊兒處理了，也能空出一、兩天工夫，原東良就想著到莊子看看，問問媳婦兒什麼時候才會回府。

這天，他早早就回來了，打算早些睡覺，明兒清晨起床，快馬加鞭，後天早上說不定就能趕到莊子。

可大約是前幾天歇得太晚，好不容易早歇下一次，卻躺在床上翻來覆去地睡不著，索性起身去練武場。累得狠了，回頭便能睡著了。

他練了半天刀法，這才帶著一身臭汗回房。

春花和秋月還算盡職，馬上就吩咐人備好熱水。

原東良跨進浴桶，心想，明兒出門要帶點什麼呢？家裡的東西，寧念之不稀罕；外面買的吧，去哪家鋪子不用花費太多工夫？不然，去買東平街的肘子？這家鋪子正好在出城的路上，只要停頓一會兒就行。或者，苗記鋪子的點心？再或者，朱記燒餅？

他想得入神，竟沒發覺有人進了淨房，等肩上多了一雙手，才反應過來，一抬手，直接拎著人摔出去，直直砸在對面的牆上。

那人尖叫一聲，順著牆面往下滑，原東良才看出來，是個女人。

他立刻皺眉，這幾天，這樣的女人見多了。走路時，會有人忽然摔跤，正好衝著他懷裡摔；去書房時，明明不是書房伺候的人，卻會特意來送點心；練武時，會有人捧著毛巾等在外面，以前可都是小廝捧著的；吃飯時，會有人特意把袖子捲起來布菜。以前天氣也熱，就沒見誰這麼忍不住。

原東良不傻，以前他岳父，也是人中龍鳳、一表人才、文武雙全、長相英俊，地位高、有銀錢，剛回京那兩年，不光是家裡的丫鬟，還有找了藉口帶著庶女上門的人。這還只是其中兩種，外面還有同僚要送的小娘子。

原東良不耐地皺眉，這些人一個個都被富貴迷花了眼。從前，他剛從京城過來時，除了周氏的喜愛，再沒有別的了，二房恨不得他去死，祖父也尚未決定把原家交給他，那時候怎麼不見這些丫鬟們貼上來？

「大少爺，奴婢想幫您擦背……」

摔下來的女人還在垂死掙扎，原東良卻連身子都沒站起來，只衝著外面喊了一聲。

春花和秋月立刻進來，看見癱在牆角的女人，臉色立刻就變了。

不過只是一眨眼的工夫，竟然就讓人混進房，若大少爺以為是她們把人放進來的……不敢繼續往下想，兩個人趕緊賠罪。「奴婢疏忽，還請大少爺恕罪，奴婢這就將人拖出去。」

原東良擺擺手。「這個人，直接交給外院管家，明兒直接發賣。若是有家人，也一起賣了。」

穿著一身白衣服的女人驚了下，連忙求饒。「大少爺恕罪啊，奴婢真的只是想來幫大少爺擦背，奴婢一片忠心……」一邊說，一邊楚楚可憐地抬頭看原東良，眼睛裡兩汪水，在燭光下梨花帶雨的。

春花跟秋月看著，都覺得有些憐惜了，原東良卻是臉色不變，只沈聲說道：「沒聽見嗎？」

春花一哆嗦，趕緊拽秋月一下，上前就要抓那女人。那女人卻是掙扎不休，一邊扭著身子，將衣服蹭得更鬆散些，一邊看著原東良求饒。

原東良見狀，眉頭皺得更緊。「堵住她的嘴！」倒不是怕叫來了人，整個府邸都是他的，誰敢非議主子？就是覺得這聲音太難聽，像是烏鴉叫，讓人心煩得很，還是不要聽比較好。

外面尚有別的婆子守著，原東良都發話了，誰也不敢耽誤，春花跟秋月便將人綁了，送到前院去。

等原東良睡下，春花和秋月互相對視一眼，有些發愁。這次大少爺沒直接說她們要受什麼處罰，可依照大少爺的性子，當下說的，反而不嚴重；若是過後再說，那就嚴重了。

「真是的，那些人都是傻的嗎？這幾天，大少爺處置了多少人啊，一個個不長眼，還要往上撞！」春花難得地抱怨了幾句。

秋月也嘆氣。「都是心存僥倖，以為自己特別，結果呢，見了棺材才掉淚。現下，咱們可沒工夫替這些人操心了，只說咱們自己吧，回頭大少夫人若知道咱們失職，說不定這個月就是最後一次拿一等的月例了。」

春花和秋月在唉聲嘆氣，寧念之身邊的聽雪和映雪也有些憂心忡忡。早上，聽雪給寧念之梳頭髮，忍了又忍，還是沒忍住。「夫人，咱們就這樣住在莊子嗎？萬一大少爺……」

映雪掐了聽雪一把，寧念之笑道：「妳們兩個啊，跟著我這麼久了，還不知道妳們家姑娘是什麼性子嗎？若對東良半點信心也沒有，我怎麼敢離開這麼久？」

她頓了頓，又說道：「我現在離開，也是給府裡那些想爬床的人一個警告，大少爺可不是誰都能染指的。我不想懷著孩子還要為這些事操心，索性呢，讓妳們大少爺先解決了，再安安心心地回去養胎。」

她出手和原東良親自出手，可是兩種不同的結果。她出手，那些個不甘心的，會說她善妒不容人，說不定憋久了，還會動歪心思，把主意打到她和孩子身上。這種事，她是絕對不能忍的。

原東良出手呢，就是毫不留情了。男人守得住，那些想爬床的人才能死心。

說完，寧念之又問：「今兒祖母打算做什麼？」

之前周氏對種花產生了興趣，到了莊子，更來勁了，每天都能找到事做，不是找老農請教種地的事，就是打扮成農婦的樣子，親自學著餵雞、餵鴨什麼的。甚至，還跟著莊子上的婦人到附近鎮子趕集，卻不帶著寧念之，讓她很哀怨。

「剛才奴婢找廖嬤嬤打聽了，昨晚，老太太好像對做花餅有了幾分興致。」聽雪笑道。

這話的意思是，今兒大約不用去外面折騰了。

寧念之也笑。「咱們去瞧瞧，若是好吃，妳們也跟著學學。」

早飯比較清淡，寧念之胃口好，吃了一碗粥，兩個小饅頭，一些小菜，加上兩塊燉魚，這才起身去找周氏。

寧念之進門，看見周氏的一身打扮，便忍不住笑。「祖母，今兒您準備做什麼？」

周氏挺得意。「我這身衣服怎麼樣？看起來是不是很有精神啊？」

寧念之忙點頭。「是啊，祖母看著特別精神，還很索利呢。」

「今兒我打算親自去摘花，回頭給妳做些花餅，保證好吃。等我學會了，回頭能嚇妳祖父一大跳。」周氏笑呵呵地說道，挽著自己的小籃子往外走。「妳在莊子裡等我，若是想出去走走，身邊可要多帶些人，不許走到河邊知道嗎？我去去就來，妳不用操心。」

寧念之點頭。「祖母，要不，我跟您一起去吧？說不定我也能幫上忙。就算不能動手，也能看看稀罕嘛，好不好？」

周氏猶豫了一下，點點頭。「那妳可不能亂走，得跟好了。咱們一起去摘花吧。」說著，笑哈哈地領著寧念之出門。

原東良趕到莊子時，正是剛吃完晚飯的時候。

寧念之陪著周氏，桌上擺著一大盆榆錢菜，現在榆錢有些老了，不過還是挺甜，過了水用油拌拌，放一點點鹽就非常好吃了。

竹筐裡放著拳頭大的包子，用的是用槐花餡。今兒周氏剛學來，從挑選槐花到放進蒸籠，全是她親手做的。

寧念之是孕婦，有些菜得忌口，但看周氏高興，便也笑咪咪的。

這時，周氏看見原東良，忙起身，拉著人在她身邊坐下。「你怎麼來了？」

原東良先給周氏請安，又看寧念之，怎麼幾天沒見，好像胖了不少啊？

「你看你媳婦兒，這肚子是不是已經有些明顯了？」周氏笑咪咪地說道。「你媳婦兒胃口好，吃得好，孩子也就長得好，將來啊，定然和你一樣，是個英俊瀟灑的大將軍。」

「祖母，說不定是女孩呢。」寧念之笑道。

周氏一拍手。「女孩也好啊，小時候長得胖是福氣，將來必定和妳一樣，是個白白淨淨的漂亮小姑娘。」

「這幾天祖母心情好。」知道原東良還沒吃，寧念之一邊給他挾菜，一邊笑著解釋。

原東良點頭，伸手拿了個包子，一口啃下去，有些驚訝。「素的？」

周氏哈哈笑。「可不就是素的。不過，廚房有準備別的包子，你等等，廖嬤嬤已經去拿了。」

等原東良吃過飯，周氏就開始問家裡的事了。「你和你祖父在家還好吧？每天吃什麼？

他沒鬧什麼事吧？你二叔他們是不是已經搬走了？」

原東良坐在一邊，一五一十地回答。「前些日子，二叔他們搬走了，連帶著府裡的下人也少了很多，到家沒什麼嘰嘰喳喳的吵鬧，比以往清靜。剛開始還有些不習慣，後來習慣了，倒是覺得這樣更好。

「府裡空出不少院子，管家已經讓人收拾了，回頭祖母看看，若是用不著的院子，就先鎖上，用得著時再說。」原東良笑道。「或者改成別的用途，種些花，得了空，您和念之到裡面轉轉。

「這幾天，祖父挺想祖母，時不時就要提兩句，總是問您什麼時候才回去。要不是衙門那邊脫不開身，怕是會比我早來一步呢。」原東良也給原丁坤說了幾句好話。

當然，原丁坤的原話肯定不是這麼說的，但原東良能從裡面聽出他真正的意思。

「對了，我來的時候，特意買了祖母最喜歡吃的酥餅，但今兒不能吃了，太晚了，吃這個會積食。明兒祖母可別忘了讓人熱一下再吃。」原東良交代道。

周氏樂滋滋地點頭，孫子的一番心意，可不能浪費了。沒有娶媳婦兒就忘記祖母，更開心。

原東良又道：「祖母在莊子上過得如何？瞧我，問得太傻了點，光看祖母這笑咪咪的樣子，就知道定然是高興的。那身子還好吧？吃的、用的，可還習慣？若有什麼用不慣的，祖母告訴我一聲，我回頭讓人送來。

「咱們府裡的園子已經弄好一大半，五月底前能弄好，到時候我再來接祖母回家？」

周氏猶豫一下，點頭了。雖然莊子上住著輕鬆舒服，但到底不是家，原府才是她住了幾十年的地方，更熟悉、更自在。

祖孫倆說了一會兒話，周氏便擺手了。「這短短一盞茶工夫，你就看了念之五、六次，我也不是那惡婆婆，容不得小夫妻倆感情太好。這麼久沒見，想必你有不少話要和念之說，去吧去吧，你們自己說悄悄話去。」

寧念之的臉立刻紅了。「祖母，哪有啊，相公不過是看我照顧好您沒有。」

周氏笑而不語，擺擺手，示意他們回房去。

原東良忙起身。「那孫兒不打擾祖母了，這就先回去，明兒一早再來給祖母請安，陪您到處走走。」

「好，明兒去轉轉。」周氏笑著點頭。

看原東良和寧念之出門，周氏才轉頭對身邊的廖嬤嬤說道：「孩子長大了啊。」

廖嬤嬤忙道：「大少爺心裡還是惦記著您的，再怎麼變，您永遠是大少爺的親祖母。大少爺最重感情，老太太對他好，他心裡有數，將來必定會孝順您。

「您啊，別操那麼多心了，得空就和大少夫人到處走走，散散心。吃吃睡睡，再過幾個月，便能抱上重孫子了。以後看著小少爺慢慢長大，再看著小少爺娶妻生子……」

話沒說完，周氏便哈哈笑起來。「還看著重孫子娶妻哪，那我豈不是成了千年老妖？禍害遺千年是不是？」

「怎麼是千年老妖呢？那是長命百歲的菩薩！」廖嬤嬤忙說道。「我也得保重些，將來要長長久久地伺候老太太呢。」

於是，廖嬤嬤扶了周氏起身，笑著勸她。「要想身子健健康康，晚上就不能熬，趕緊歇下吧。明兒一早，大少爺可是等著來請安呢。」說著，便送周氏回房休息了。

第一百章

小夫妻倆進了房，寧念之有些心疼地問原東良：「這是趕路一天一夜都沒休息？」

原東良笑著握住她的手。「沒有，一早出來的，我一個人騎馬比較快，一天就能到。妳在莊子可想我了？」

寧念之臉色微紅，卻還是誠實地點點頭，喜歡的人不在身邊，肯定會想念啊。別看她在聽雪、映雪面前很自信，對原東良抱著十成十的信任，但暗地裡，仍是有些擔心。

不是怕原東良把持不住，而是擔心那些女人的手段層出不窮，生怕原東良中計。男人心思再怎麼細膩，有時候也想不到女人的手段，脫了衣服，那是最簡單、最粗暴的辦法。

「我也想妳了。」原東良低頭，在寧念之臉頰上親了一口，把人抱進懷裡，又伸手摸了摸寧念之的肚子。「這段日子，孩子還算聽話吧？沒有鬧妳吧？」

「他現在就是一團肉，哪能鬧我？」寧念之笑道，把原東良的手按在她的肚子上，又抬手捏了捏原東良的脖子。「你是喜歡我，還是喜歡孩子？」

「當然是喜歡妳，不是妳替我生的孩子，我不要。」原東良忙舉著手指，滿臉嚴肅地發誓。「我絕對不會讓別的女人替我生孩子，妳才是我最重要的人，爹娘在我心裡都比不過妳。」

寧念之噗哧一聲笑出來。「瞧你，我不過是隨口問問，你不用這麼認真。」

「不管妳想開玩笑還是想認真地問，我都是這個答案。這種事情，我絕對不會和妳開玩笑。」原東良說道，親親寧念之的額頭，細細問了這幾天她在莊子上都吃什麼、白天裡忙些什麼。

等他問完，寧念之接著問。小夫妻倆成親後第一次分開這麼久，見了面，只顧著說話，恨不得連對方一天吃幾口飯、喝幾口水都要問得清清楚楚。最後還是寧念之惦記著原東良趕路累，原東良也惦記寧念之有了身子不能熬夜，才沒說到三更天。

饒是如此，第二天，小夫妻倆還是起晚了。

周氏頗為擔憂地看看這個、看看那個，欲言又止。寧念之尷尬得很，簡直想掩面逃走了。

原東良倒是臉皮厚，笑著給周氏解釋。「昨兒晚上，念之擔心我，府裡只有我和祖父在，怕我們吃不好、穿不好，問我和祖父每日什麼時候吃飯？吃熱的還是涼的？是不是喜歡吃的？又問祖父是不是由著自己的性子，只吃喜歡的東西？祖父畢竟年紀大了，前兩年又大病過一場……」

周氏聽了，臉上便生出幾分擔憂。之前惱起來，恨不得老頭子早早去見閻王，但到了這年紀，能時時刻刻陪著她的，也只剩下老頭子，倒有幾分捨不得了。

「那你祖父是不是就由著自己的性子了？」周氏遲疑一會兒，還是問了出來。

原東良搖頭。「雖然祖母不在，但有我在旁邊勸著呢。只是，祖母早些回去才好，畢竟祖父是長輩，我說一句，祖父有兩、三句反駁在等著我，可不敢太管著他了。祖母，您看，您和念之是不是早點回家？」

周氏臉上有些不自在。「早回去做什麼？吃灰塵嗎？等園子弄好了再回去。」

「快了，再有十來天便弄好了。」原東良忙說道。雖然他盼著寧念之早些回家，但也捨不得讓她吃灰塵，等園子修完，沒那麼雜亂了，再回去就好。

「好，那再等幾天。」周氏笑道，頓了頓，又補充道：「回去之後，你多看著你祖父，別以為我不在家，他就能隨意吃喝玩樂了。若是回頭被我知道，我饒不了他。」

原東良忙點頭。「好，祖母的話，我一定會帶到。」

說著，三個人吃完飯，原東良便扶著周氏出門。「祖母，咱們出去看看？」

寧念之跟在一邊，興致勃勃地聽周氏講古。

「這莊子是我當閨女的時候，我爹買給我的。那時，我也不知道該種些什麼，想著和別人一樣，種糧食吧。可巧，遇上天災，頭一年是大雪，第二年是大暑，好不容易平順兩年，又是大雨，折騰得土地都薄了幾分，糧食長不好，所以才改種果樹，打算養養土地。這果子一種就是十來年，從我出嫁一直到……」

周氏忽然沒了聲音，能讓她瞬間失去興致的原因，除了原康明的事，就沒別的了。

原東良忙扯開話題。「有些什麼果樹？」

周氏嘆口氣，看在孫子的面上，暫且放下傷心，繼續興致勃勃地講莊子上的事情。

祖孫三人在莊子裡逛了逛，看著時辰差不多，原東良才依依不捨地回去。

十天後，原東良來接周氏和寧念之，因為有孕婦跟老人，行車緩慢，簡直能跟地上的蝸牛比了。

原東良在外面曬著，周氏有些心疼了。「快進來坐，可別曬傷了。男人黑點兒無妨，但曬傷就不好了，這種傷可是最容易留疤。」

寧念之也點頭道：「進來坐吧，咱們也能說說話、聊聊天。園子修整成什麼樣子了？」

原東良翻身下馬，一邊進車裡，一邊說道：「就是照著圖紙弄的。不過，有些邊角不好修，師傅們改了改，妳看看就知道了。」

周氏也點頭。「留點兒驚喜，回頭咱們自己看。」

她一邊說，一邊有些不滿意。「你祖父是不是還惦記著二房他們？怎麼只有你一個人過來？我就知道，他是盼著我這個老婆子不回去，永遠住在莊子上。」

原東良忙道：「祖母，您可冤枉祖父了。前幾天，祖父便念叨著要來接您回去，但我和祖父只能來一個，剩下那個得守著衙門。

「我太想念祖母了，所以，和祖父過招決定誰來時，一個沒留神，贏了祖父。願賭服輸，祖父就是想來，也來不了了。」
他說著，拱拳衝周氏作揖。「祖母別生氣，我比祖父更想念祖母呢。」
周氏哭笑不得，伸手拍原東良。「你真以為我不知道？你哪是惦記我，分明是惦記念之，順便來接我的是不是？我可有自知之明了。」
原東良討饒道：「我就知道祖母火眼金睛，但您不能無視我的一番心意嘛，我是真想早些來見祖母，給祖母請安。再者，我是體諒祖父，祖父畢竟上了年紀，這樣日夜奔波，以前沒問題，現在怕是會受不住。」
這倒是真的，周氏嘆口氣，老頭子的身子確實大不如前了。
說著話，周氏有些疲憊，反正車廂夠大，索性躺下休息。
寧念之服侍她睡了，伸手在茶几下摸出棋盤，擺上棋子，和原東良靜悄悄地廝殺。
過了三盤，寧念之忍不住壓低聲音嘆氣。
「人家說懷孕會變傻，我原先還不信，現在看來，果然是變傻了。這都三盤了，贏了一盤，還是你偷偷摸摸讓著的。」
原東良伸手撓撓臉頰。「其實也沒變傻啊，妳連我讓那麼一、兩步都看出來了……」
寧念之瞪他。「你的意思是，我的棋藝變差了？」
原東良在心裡衡量棋藝變差和腦子變傻哪個更讓寧念之不喜歡，然後果斷搖頭。
「當然不是。妳的棋藝一向高明，和我不相上下，現在定然是因為懷孕，那孩子不會下棋，才拖累妳。」

寧念之聽了，翹起嘴角，竟然相信了這個原因。

原東良暗自擦了把不存在的冷汗，別人是一孕傻三年，但他媳婦兒可不是，越來越不好糊弄了。

兩個人重整旗鼓，擺好棋盤繼續廝殺。

這次，原東良可是小心小心再小心，就算讓著媳婦兒，也得做到讓她看不出來才行，比贏她難多了，簡直都要抓掉兩、三把頭髮。

眼看著快到中午，原東良壓低聲音，指了指城門口的茶攤問道：「先吃點東西？在這兒吃，還能討點熱水喝。我讓人把飯菜拿過去，請店家熱一下？」

寧念之點頭，去莊子時也是這麼做的。

到城門口的茶攤上買了熱水，飯菜是自家帶的，這會兒天氣雖熱，但有些吃食不容易壞，冷一些也沒關係。

不過周氏和原東良惦記著寧念之懷孕，生怕她吃涼的會拉肚子，所以請了店家再熱一熱。

於是，寧念之輕聲叫起周氏，用帕子揉揉臉，坐一會兒，便醒過來了。

唐嬤嬤送來飯菜，原東良忙著照顧周氏和寧念之吃，又讓店家送上熱水，才再次啟程。

天色黑透，祖孫三人才趕到家。

原東良遠遠看見門口的燈籠下站著人，挑挑眉，扶了周氏的胳膊說道：「祖母，您瞧，祖父心裡定是非常惦記您的，不知在這兒等了多久呢，大晚上的，可別著涼了。」

周氏抿抿唇，笑了笑。「大概是剛出來。他那性子，才不會在外面白白等著。」

話音剛落，門口的人影便大踏步過來了。不等馬車停下，他即掀開車簾看了看，正對上周氏的目光，見周氏安好地坐在馬車裡，才發覺剛才的行為太著急了些，面上撐不住，有些不自在，輕咳一聲放下車簾，轉頭指揮原東良。

「快進去吧，天色這麼晚了，你媳婦兒還有身子，坐了一天的車，身子肯定不舒服。」

原丁坤頓了頓，又補充道：「你祖母也上了年紀，連晚飯都還沒用上呢。」

原東良抽了抽嘴角，給原丁坤行禮。「祖父，今兒天色已晚，我就不過去請安了，先帶念之回去？」

原丁坤求之不得，立刻點頭。「嗯，你照顧你媳婦兒，你祖母這裡不用擔心，我自會照顧。」

原丁坤跟著馬車進二門，等周氏跟寧念之下了車，看原東良扶寧念之走人，便轉頭問周氏：「妳累不累？要不要我讓人抬轎子過來？」

雖說周氏出門之前，解釋了不是因為分家的事躲出去，但這一個月來，府裡太清靜了，原丁坤一個人待著，就忍不住多想，越想越覺得自己和原東良沒辦法比。不知道那小子是像了誰，天生會討好女人，將寧家那丫頭照顧得妥妥當當，進門半年多，夫妻倆連一次爭吵都沒有。

相較之下，原丁坤越發覺得自己虧待了周氏，想要彌補，又擔心周氏對這次的分家不滿意，心裡忐忑，言行舉止便和以往有幾分不一樣。

周氏先是驚訝，隨即忍不住繃住臉，難道原丁坤又做了什麼對不住她的事情？

「累了？」原丁坤察覺周氏的臉色，有些摸不著頭腦，以為哪句話說錯了，眼巴巴地看著她，伸手道：「要不然，我揹妳回去？」

這句話，使兩個人同時想起年輕時的事。雲城南邊多山，剛成親沒多久，他們會到莊子避暑，往山裡走走，如果周氏累了，不想走，就讓原丁坤揹著。後來，原丁坤納了姨娘，兩個人的相處，便有幾分客氣了。

「不用，你愛揹誰就揹誰去吧。」周氏拍開原丁坤的手，抬頭挺胸地往前走。多大年紀了，還想揹人，真當自己還年輕，有無窮力氣啊？

「這輩子，除了妳，我再沒揹過別人。」原丁坤忙舉手發誓，頓了頓，想補充，又怕提起周氏的傷心事，更是不敢往下說。

周氏卻是不在意，再大的悲傷，有了新的期待，就會慢慢變淡。斜睨了原丁坤一眼，繼續往前走。

「分家的事，要是妳不滿意，回頭我再給東良添置幾份產業。我還年輕，幹得動。」原丁坤笑道。

周氏瞪他一眼。「我豈是那眼皮子淺的？若分得少了，他們三房徹底和東良撕破臉，以後東良想完全接管原家，也有些困難。不如像現在一樣，不冷不熱，不多不少，就這麼處著。」

「是是是，夫人說的都有道理，是小的輕看了您，小的有眼無珠。」

原丁坤忙賠罪，又要作揖，那滑稽的樣子，終於逗得周氏忍不住笑開了。

原丁坤這才鬆了口氣，又是感嘆、又是道歉。「這段日子，我想了很多，年輕時不覺得，只想著自己一個大男人，別人有的，我也要有，受不了被人說是懼內，現在才知道，是我對不住妳。我要面子，又開不了口，道歉的話就一直說不出來。」

兩人進了房，吩咐人擺晚膳，趁著周氏吃飯，原丁坤正兒八經地站直身子，認認真真向她鞠躬行禮。

「對不住，以前是我輕狂了，咱們夫妻一輩子，我做錯的事太多，怕是現在說對不起，妳也不願意原諒我。只是，咱們剩下的時日不多了，妳給我賠罪的機會好不好？」

這道歉來得太突然，周氏嚇得都忘記嚼嘴裡的飯菜了。

原丁坤認真地看她。「就算妳不原諒，這輩子，我也不會放妳一個人過的。白天吃飯散步，晚上睡覺捏腿，我都要陪著妳，妳不許拒絕。」

周氏瞪他。「既然我不能拒絕，你又何必問？」

「總得讓妳知道我的心意才是。」原丁坤笑道。反正已經老了，臉皮都皺了，還要臉面做什麼？再說，老夫老妻了，什麼都在她跟前做過，說兩句軟話而已，有什麼開不了口的？

原丁坤和周氏是其樂融融，那邊寧念之卻是太累，連晚飯都沒怎麼吃，洗澡也省了，直接躺下睡覺。

寧念之這一覺睡到大天明，聽雪端著盆子過來回話。「廖嬤嬤過來，說是和以往一樣，早上不用過去請安，等用午膳時再去。」

寧念之洗漱後，一邊吃早膳，一邊聽另一個小丫鬟回報事情。名義上，這丫鬟是二等的，卻是寧念之從京城帶過來的人，比春花、秋月更受信任。

「這幾天讓妳看著府裡的人，有那心思浮動的，可都記下來了？」寧念之想了一會兒，開口問道。

小丫鬟忙點頭，她說的可不是誰表現如何，空口無憑最難讓人信服，哪怕她是夫人的心腹，也不能胡亂開口，但憑喜好。否則，總有被人抓住把柄的時候，到時失去夫人的信任，一切就要成空了。

「二房的粗使婆子高家的往二房李嬤嬤那兒送了一百兩銀子，求什麼事，奴婢不知道，但高家的留在府裡了，原先高家男人是在外院看門的。」

「翠竹是三房的二等丫鬟，送了春花姊一根金簪子。現在翠竹留在府裡看三房原本的院子。」

「小苗氏身邊的陪房嬤嬤……」

一樁樁，一件件，小丫鬟都記得清清楚楚。

寧念之把這些人名記在心裡，她看了幾個月的名冊，對府裡僕人間的關係瞭若指掌，誰家和誰家是姻親、誰家和誰家走得近，再和這些人名一一對上，曲曲折折的事也單獨拎出來捋直了想，好判斷到底誰是真心留下來的、誰是找藉口的、誰是完全不能信任的、誰是能利用的。

寧念之想了大半天，再回神，便到了中午。看時辰差不多，就去給周氏請安，陪她吃飯了。

第一百零一章

聽濤堂裡，周氏正和廖嬤嬤說話，看見寧念之就招手。

「我正想著讓廖嬤嬤去看看妳到了沒呢。來來來，給妳商量件事。」

周氏一邊說，一邊拿出一個小盒子。「這裡面是廖嬤嬤一家子的賣身契，廖嬤嬤的相公是帳房上的，他們有三個兒子，兒媳也都在府裡。廖嬤嬤的大孫子從小聰明，是根好苗子，廖嬤嬤求了恩典，讓他在外面唸書。我瞧那小子有出息，想把廖嬤嬤一家子放了，免得那小子將來出頭，被人指摘出身。」

自己當官享清福，卻留著家裡長輩去伺候人，定會被御史參一本。

廖嬤嬤紅著眼眶，在旁邊念叨。「都是老太太的恩典，不然，那小子也沒有唸書的機會。老太太大恩大德，下輩子奴婢做牛做馬，照樣伺候老太太，到時候老太太可千萬不能嫌棄奴婢。」

周氏聽了，拍拍廖嬤嬤的手，又對寧念之說道：「廖嬤嬤伺候我一輩子，這一時半會兒的，我也離不開她。他們家不是在咱們家後巷買了院子嗎？之後妳讓人去請廖嬤嬤，有空就進府陪我說說話。」

寧念之忙點頭。「祖母放心，廖嬤嬤不來，還有孫媳呢，定不會讓祖母無聊的。這賣身契的事，回頭我就讓人去辦。對了，祖母，過幾天是您的大壽，不如咱們多放些人出去？也算是給您積福了。」

真是想什麼來什麼，她剛才還想著找藉口趕人出去呢，這會兒藉口就送上門來了。有廖嬤嬤領頭，那些不想出去的人，就是想鬧騰，也鬧騰不了。

論資歷，哪個人比廖嬤嬤伺候周氏的時日長？廖嬤嬤從小就在周氏身邊，後來當了陪嫁丫鬟，再後來升上管事嬤嬤，等於是跟周氏一起長大、一起變老的。

周氏挑挑眉，一臉了然，寧念之雖然厲害，卻也年輕，動動眼珠子，她就能猜出意思了。二房、三房、四房剛走，至於沒帶走的人，誰知道哪個是被留下來的眼線？

寧念之對上周氏的眼神，也有些不好意思，伸手摸摸鼻子，乾笑道：「咱們府裡只有四個主子，下人實在太多了，索性放出一些。萬一有讀書或習武的好苗子，也不耽誤了人家是不是？」

周氏點頭。「行，妳看著辦吧。既然我把府裡的事情都交給妳，就不反悔。妳管著，我不胡亂插手，免得一件差事出現兩個命令。

「只是，妳現在懷孕，我這壽辰也不是整壽，只放人就好，可別大辦了。再者，咱們剛分家便辦壽，傳出去並不好聽。」

寧念之有些猶豫，這事可不是她自己說了算的。

「祖母……」

不等寧念之說完，周氏一擺手。「我做壽，所以這事得聽我的。不是不辦，就咱們四個人吃頓好的，再放些人出去，往寺廟送米糧施粥，這可比大辦一場、把銀錢撒出去強，又給我積福、又給我沒出世的重孫子積德，再沒有比這更妥當的了。」

「這件事，我得和相公商量才行。祖母也知道，相公一向孝順，若我先應了祖母，回頭他要生我氣的。祖母心疼心疼我好不好？相公一生氣，我的日子就不好過了。」

寧念之抱著周氏的胳膊撒嬌，逗得周氏哈哈大笑。「妳這皮猴，東良捨得和妳生氣才奇怪。再者，就算生氣，難不成他還能打妳、罵妳？要真這樣，妳來祖母這兒，祖母給妳作主！」

話雖是這麼說，但一頓飯吃完，周氏也沒再提辦壽的事。

吃過午飯，寧念之提議去逛園子。「新的花園才修整好，圖紙和實際上的樣子定然不同，咱們正好散散步消消食，祖母說好不好？」

周氏聽了，哪有不願意的，當即和寧念之一起出門，去花園裡轉轉。

兩人走到花園，就察覺不一樣了。

以前花園的風格偏向莊重，規規矩矩，種的樹也十分講究，都挑選筆直高大的樹木，夏天確實涼快，但太過陰涼，人進去了，不敢大聲說話。

現在，高大的樹木依然挺立，但下面鋪了兩條花徑，五顏六色，點綴出幾分活潑。

剛進花園都有這樣的變化，那裡面更不用說，兩人的興致更高，期盼更大了些。

果然，進了花園，就覺得眼睛不夠用，真是看哪兒都好看。假山放的位置對，花兒開得夠美，石子路鋪得雅致有趣，池塘挖得好，亭子錦上添花，看得周氏心情大好，忍不住又讚了寧念之一番。

兩人高高興興地逛了一圈，細細欣賞一番，才心滿意足地回去午睡。

隔天早上，寧念之派人叫來府裡所有的僕人，等人到齊，便笑著彈了彈自己手裡的名冊。

「今兒叫你們過來，是有件好事要宣佈。過幾天就是老太太的壽辰，老太太心善，想放一批人出去，銷掉奴籍，恢復良民。

「你們正好趕上這機會了，平日勞苦功高，做活仔細，賞金銀什麼的太過俗氣，不如賞個出身。這賣身契，自己拿回去吧。」

話音一落，眾人全愣住了，片刻後，有人反應過來，撲倒在寧念之跟前，開始哭號。

「少夫人心善，還給我們一條活路啊！良民的出身雖好，但我們無親無故，就這樣被趕出府，怕是活不了多久。」

寧念之挑眉。「這話奇怪了，當今皇上聖明，知府大人也是清官，更不要說老將軍和大少爺了，從不做那欺壓百姓的事。我見外面的百姓過得挺好，怎麼輪到你們，就成了沒有活路？」

那人有些語塞，但立刻又找到藉口。「不是怕被人欺負，只是我們不懂怎麼在外面討生活。奴婢一家老老小小都在府裡，打小學的就是怎麼伺候主子，忽然被放出去，不管種地或經商，沒有經驗，怕是做不好。一時半會兒，有府裡主子賞下來的銀兩還能過，但天長地久的，可怎麼辦？」

寧念之笑了下。「這不是什麼大問題，如果有不懂的，村子裡不都有長壽的老人嗎？或者經驗豐富的行商，多請教一番，總能學點東西。再者，上了年紀的學不會，小孩子正是學東西的時候，上手最快，難道你們願意耽誤了自家孩子？要是好好唸書，將來說不定能改換門庭呢。」

那人還想說話，寧念之卻擺擺手。「昨兒廖嬤嬤已經帶著家人回去了，日後再上咱們府裡，就成了正正經經、來拜訪的老封君。難不成，你們竟是半點也不羨慕？」

這話一說出來，本來想哭喊自己伺候主子多久、捨不得主子的人，馬上被噎住了，瞪著眼半天，才苦笑道：「少夫人真是開玩笑，若家裡小子有這個天賦，哪怕砸鍋賣鐵，老奴也……可惜他沒福氣，這輩子只會伺候人了。還請少夫人看在老奴祖上三代都是府裡的家生子，留下老奴一家吧。」

一個求情開了頭，剩下的便忍不住，一時之間，哭喊的聲音、求饒的聲音，亂七八糟。

寧念之揉揉額頭，原本想要和平解決這事呢，現在看來，大概是和平不了了。

「你們看看這些東西。」寧念之朝後面伸手，聽雪立刻抱著一疊紙出來，唸著名字，讓他們上來瞧。遇到不識字的，還要好心地給唸給他們聽。

兩、三個人過去，一群人跟著變了臉色，再看寧念之，便不像以前那樣不放在眼裡了，而是帶著幾分驚懼。這些證據，足以將他們一家子全送到大牢裡待著，都能判死刑了。

「若你們安安分分地走，我這兒準備了送行的銀兩；若是不願意走……」

寧念之掀開蓋在左右兩邊盤子上的布，左邊盤子裡擺著閃著青光的銀錠，右邊盤子裡則盤著一條鞭子。

只看一眼，眾人的目光就跟著偏移了。

寧念之滿意地笑了笑，看看聽雪，聽雪拿出賣身契，一個個唸，被點到名字的，乖乖上前領了自家的賣身契，順便拿聽雪遞過來的銀子，安安靜靜給寧念之行了禮，然後告退走人。

寧念之則閉起眼睛，聚精會神地聽起來。越是忙亂的時候，人心越是浮動，越是容易出岔子，暴露自己的身分。

聽雪也湊過來，看了寧念之一眼，有些擔憂地壓低聲音。「大少夫人？」

寧念之抬眼，聽雪把名冊遞給她。「府裡只剩下兩百多個下人了，夠不夠用？」

寧念之伸手在名冊上彈了一下。「這府裡總共才四個主子，難道兩百多個人還不夠用？」

「話不是這麼說的。看大門的至少得有六個，老爺子身邊要八個，大少爺身邊六個；老太太院子裡的管事嬤嬤得有兩個，大丫鬟四個，二等丫鬟四個，三等丫鬟八個，粗使婆子四個。這都多少了啊，還有您院子裡的。

「另外，針線房、茶水房、車馬房、帳房，哪邊不要人？採買、廚房、花園裡都要的。每個空院子，就算鎖起來，也得有人去打掃是不是？一個院子至少需要四個人，小院子不算，府裡可是有八個大院子呢。」

聽雪絮絮叨叨地扳著手指算給寧念之聽，算完了又說：「這邊剛趕人出去，那邊馬上買人，傳出去，定會有人議論之前的事情有貓膩。您看，咱們是不是先等等？」

寧念之捏著名冊沒說話。剛才聽了半天，沒聽見什麼有用的線索，大約剩下的釘子沒多少了？或者，剩下的是藏得很深，抑或很聰明的？藏得深的，不是一、兩句話就能分辨出來；很聰明的，說不定能化為己用。

她思量了一會兒，點點頭，把名冊交給聽雪。「下午管事嬤嬤們來回話時，帶著名冊過去。剩下的人，也得安撫幾句才行。」

聽雪忙應下來，扶寧念之起身。「到吃午飯的時辰了，是不是去聽濤堂？」

寧念之點頭，帶著人過去了。

主僕倆到了聽濤堂前，就見有個胖胖的嬤嬤守在門口，一見寧念之就笑道：「大少夫人過來了？老太太已經在裡面等著了，請進去吧。」

隨即，她又壓低聲音說道：「一早，老太太便讓老奴在這兒守著，除了大少夫人，不管誰來，都被攔在外面。」

寧念之聽了，臉上露出笑容。「還是祖母疼我，也多謝平嬤嬤了。」

那些拿了銀子的人，不一定是願意走的，這邊應了寧念之，那邊就來找周氏告狀。有些老人，在周氏和原丁坤跟前伺候多年，說些以往的話，最容易讓老人家心軟動搖。萬一有這樣的事，找不找寧念之求情？

找吧，那寧念之的威信往哪兒放；不找吧，上了年紀，還有幾天活頭，又著實心軟，總想著積福積德，能饒過便饒過，若連陪著追憶往事的人都沒了，豈不淒涼？想來想去，索性直接派人守門，誰也不見。

寧念之心思通透，自然明白周氏的意思，心裡很感動。能遇上這樣的太婆婆，也是她這輩子有福氣了。

說起來，這輩子，從出生開始，她就太有福氣了。不光有老天爺的恩賜，爹娘活著，還能嫁給喜歡的人，而喜歡的人恰好也喜歡她。婆家的人通情達理，現在又分家了，說出去，怕是天底下所有當媳婦的人都要羨慕她了。

吃穿不愁、有錢有權、當家作主；不用立規矩，每天睡到自然醒；沒有姨娘、通房鬧心，兩輩子的運氣全用在這場婚事上了。

因著太感動，進了屋，寧念之便抱著周氏撒嬌。「祖母對我實在太好了，我都不知道應該怎麼報答您了。要不然，讓我當祖母跟前的小丫鬟吧，幫祖母端碗挾菜、倒茶遞水、捶背捏肩。」

周氏聽了，忍不住笑。「妳別搶了小丫鬟的活兒，別人該以為咱們家連個小丫鬟都養不起了。這還是輕的，最重要的是，可別累著我的重孫子。若妳真想感謝我，就好好養身體，年底給我生個白白胖胖的大小子。」

寧念之臉一紅，把腦袋埋在周氏的胳膊上。「到時候，祖母會不會只心疼那小子，不再疼愛我了？」

周氏又笑。「多大的人了，還惦記著和小孩子吃醋！妳這心啊，就放在肚子裡吧，不管有幾個小子，我只疼愛妳，妳才是我心尖上的人。」

她剛說完，寧念之就做出誠惶誠恐的樣子來。「那可不敢，回頭祖父得看我不順眼了。我不貪心，祖母還是把我放在第二位吧，不，第三位，不然，相公該吃醋了。」

「妳個促狹鬼！」周氏戳寧念之的額頭，祖孫倆說笑一番，周氏才問起攆人的事。

寧念之也不隱瞞，連名冊都讓周氏看。「我想著，府裡剩下的人不多了，那些位在邊角的院子，是不是暫時鎖上？剩下大的，多種些花花草草，換個名字，比如說芙蓉園啊，裡面就種上芙蓉花；百合園啊，就種百合花，還有合歡花、木槿花之類的。花草多了，除了平時賞景，也能換錢，一座院子安排兩、三個婆子管著就行。祖母覺得如何？」

花花草草，賣給做胭脂的，或者做香料的，都是一筆銀錢。蚊子腿雖小，那也是肉。

周氏擺手。「我不管這些事，妳自己看著安排。來來來，坐著，中午想吃點什麼？」

寧念之扳著手指，數了兩、三道菜，周氏卻不滿意。「太少了。妳現在可是一個人吃兩個人的飯，得多吃些，再點兩道。咱們自家吃飯，不用給我省著。」

「祖母，聽您說的，我是那種節省的人嗎？兩、三樣是菜色少，可分量一點都不少啊。再者，難道不是我點的菜，祖母就不讓我吃了？」寧念之忙笑著解釋，好說歹說，才勸住了周氏。

吃了午飯，寧念之懶得走動，索性在周氏這裡睡了午覺，起來再去聽管事嬤嬤們回話，然後陪周氏到花園裡轉兩圈。

天色微黑，祖孫倆便回去讓人準備晚飯。等原丁坤和原東良回來後，吃完飯，小夫妻倆才手拉手回陶然居去。

第一百零二章

經過寧念之這一清理，府裡的人少了大半，安靜不少。雖然二房、三房和四房的釘子處理得差不多，但寧念之仍沒放下戒心，吃穿都不經外人的手，唐嬤嬤也每天查看。

到了六月，周氏大壽的日子，周氏不想大辦，但原丁坤現下一心想補償她，非得邀了親朋好友來。原東良擔心會累著寧念之，就和寧念之商量，是不是請些人幫忙。

可這事報到周氏那裡時，就被打回來了，還遷怒到原丁坤頭上。

「你就是看不得我舒服自在！好好的壽辰，咱們自家人吃頓飯不行嗎？清清靜靜的，非得請人來鬧騰，我又不是那三十來歲的人，喜歡看熱鬧。我這年紀，受不住那些吵鬧。就聽我的，不許辦，不然我跟你沒完！今晚你睡書房吧！」

原丁坤的臉色瞬間僵住了，原東良和寧念之是晚輩，不好光明正大地看原丁坤的窘狀，一個抬頭看天、一個低頭看地，兩個人齊齊裝啞巴。

原丁坤用眼角餘光掃過他們夫妻倆，又是好笑、又是生氣、又有些尷尬，摸著鬍子，輕咳一聲趕人。「沒聽見你們祖母的話嗎？都沒點兒眼色。不許辦了，知不知道？回去吧！」

小夫妻倆趕緊起身告辭，出了門，便聽見原丁坤討好的聲音。

「別生氣啊，我就怕妳一個人在家無聊，趁著生辰多鬧騰鬧騰，把妳那些老朋友聚起來，走動走動。既然妳不願意，那就算了，別生氣好不好？書房太冷了……六月？咳，我上了年紀，六月的晚上也是很涼的，書房又陰森森，還是別去了吧……」

寧念之忍不住笑，原東良側頭看她，又看她肚子。「孩子在長大啊。」

「是啊，每天都在長。」四個月，也顯懷了，再過六個月，這世上就要多一個和她血脈相連的親人了。

「不知道是男孩還是女孩，若是男孩……」

寧念之搖搖頭，又開始了。自從她懷孕後，原東良幾乎每天都要念叨一遍，他不嫌煩，她都聽得耳朵要生繭子了。可說了也沒用，提到這事，他就要重新開始念叨，還不如當作沒聽見呢。

府裡人少了，不知道是不是心情的轉變，寧念之竟覺得涼快許多，正好也有些犯懶，原本想去莊子避暑的，索性不去了。

七月，她開始為孩子準備一些小被子、小褥子。

八月，她開始為孩子準備一些小衣服、小褲子、小鞋子。

九月，京城來信，她才想起，算算日子，寧寶珠的孩子應當是四月出生，這都滿百日了！便挑出一些前兩個月做的東西，再加上玉鎖之類的小玩意兒，派人送回京城。

然後，她忽然開始擔心起自己來。肚子是不是太大，會不會吃得太多？萬一生產不容易怎麼辦？可吃得少了，萬一孩子吃不飽又怎麼辦？心情簡直一會兒變一個樣。擔心完了，又開始想，孩子會是什麼樣子，長大了又是什麼樣子？從剛出生的小嬰兒想到孩子長大娶妻生子，比原東良想得還多。

十月，寧念之的身孕已經八個月了，本來之前的懷相挺好的，但不知道怎麼回事，接近臨盆時，卻開始渾身浮腫，整個人看著比往常圓了兩圈，按一下皮膚就會出現個坑，大半天彈不起來。晚上腿還抽筋，翻個身便抽一下，不翻身更要抽，抽得渾身疼，睡都睡不好，吃飯也沒胃口。

原東良心疼得不得了，恨不能將全雲城最好的廚子都請到府裡，只為了讓寧念之多吃兩口飯菜。到了晚上，更是寧念之一有動靜就醒，哪怕是半睡半醒間，也能幫她翻個身；寧念之一呻吟，便熟練地為她揉腿。

寧念之身子不舒服，脾氣也跟著不好，在周氏跟前能忍住，但到了原東良面前，卻是忍不住，完全不講理。

原東良親手餵的飯菜，她不是說鹹，就是說淡，著急起來，甚至能把碗筷砸了。可原東良從來不生氣，笑一笑，換了新的碗筷，重新照顧她。

她不是不後悔，偏偏就是控制不住脾氣，回頭哭了一場。

原東良心疼道：「我看著都覺得懷孕難受，妳肯定更受罪。妳為我受這樣的折磨，如果我還不能包容，豈不是白白擔了相公的名頭？將來怎麼有臉讓孩子喊爹？沒事的，妳不用放在心上，橫豎也就這兩個月。若妳實在覺得對不住我，等出了月子，讓我……」聲音低了下去。

寧念之聽了，抬手拽他耳朵，臉色緋紅如晚霞。「你還想著這事！」

「我忍了十個月，快忍不住了……」

「不許想！」

「好好好，不想不想，那妳再吃幾口？」

如此鬧劇，臨到寧念之生產的日子，幾乎是天天上演了。

很快又是過年，吃完年夜飯，寧念之就開始犯睏，周氏看她端著茶杯、腦袋一點一點，忍不住樂。

「東良，你看著點，別讓念之不小心把腦袋撞在桌子上。」又對原丁坤說：「不然，今晚別守夜了？你我都這把年紀，真守一整夜，可是受不住。」

原丁坤深深覺得，老婆子實在太偏心，去年怎麼就沒想著他們年紀大了，不能熬夜？但寧念之懷的也是他的重孫，嫡子一脈又只剩下原東良，上戰場的人，講究多子多孫，所以，寧念之肚裡的孩子，他也是很看重的，當即點頭。

「那行，今天便不守著了。東良，你帶你媳婦兒回去歇著吧。明兒早上也不用太早，五更左右過來就可以了。」

原東良忙應了聲，行了禮，扶寧念之出門。

小夫妻倆走到門口，本來想讓人抬轎子過來，寧念之卻擺擺手。「就這麼點距離，用不著坐轎子，咱們慢慢走回去就行。眼看都要大年初一，這孩子還不出來，可真是個慢性子。」

四月診出有孕，這都十二月底了，再過兩個時辰就是新的一年，寧念之心裡念叨了幾次，身上還和之前一樣不舒服，但肚子就是沒什麼動靜。

其實不光寧念之著急，原東良也有些擔心，但面上還得保持平靜，來安慰寧念之。

「著急什麼，這孩子有大將之風，穩得住。咱們兩個的兒子，就該是這樣。大夫不也說了嗎？早早晚晚的，就是這幾天的工夫。」

他頓了頓，又道：「說不定是孩子心疼妳，知道這兩天太過忙亂，要等年後再出來呢？妳別著急，放寬心，大夫不是說了嗎？安安穩穩等著便行。著急上火，對身子不好。」

寧念之聞言，笑了聲，摸摸肚子，這兩天確實有些忙亂，後面還有客人要來拜訪呢。周氏年紀大了，不太管這些事，若現在生產，她要坐月子，難免招待不周，還不如過幾天再生。

只是走著走著，寧念之的臉色就忍不住變了。

原東良握著寧念之的右手，這會兒也察覺出來了，寧念之的手越抓越用力，一側頭，就見她臉色發白，動作跟平常不大一樣。

「念之？孩子又鬧妳了？是不是肚子疼？」原東良忙問道。這幾天，寧念之時常這樣不舒服，遂忍不住皺眉。「這臭小子太不聽話，以後長大了，看我教不教訓他！要不，我揹妳吧？」

寧念之忍著疼搖頭。「你揹著我，壓的不還是我的肚子嗎？嘶……」一句話沒說完，便痛得忍不住倒抽一口冷氣。「好像和以前的疼不大一樣……」

原東良也有些慌。「是不是要生了？之前大夫說了，就是這幾天！天哪，我抱妳回去！」一邊說，一邊急慌慌地轉頭吩咐唐嬤嬤。「快，去請老太太，還有穩婆，還有大夫！」

唐嬤嬤有經驗，原東良和寧念之已經慌了，她還是很安穩，一一分派工作。

「聽雪，妳回去帶人燒熱水，收拾產房，把前幾天準備好的剪刀、布條拿出來，擱在熱水裡滾一遍；映雪，妳親手去做雞湯麵，準備參片；秋月，妳去請大夫跟老夫人；春花，妳親自去請穩婆。還有，把給穩婆準備的衣服拿出來，穩婆進產房時，必得換上，明白嗎？」

所有要注意的地方，唐嬤嬤全點出來了。進出產房的人不能隨意攜帶無關東西，身上用的、手上拿的，全都要是府裡準備的。聽雪和映雪對寧念之最忠心，所以一個守在廚房，另一個要守在產房。春花和秋月對寧念之的忠誠雖然比不上這兩個丫鬟，但她們對原府忠誠，所以也能用。

「少夫人，您還能忍住嗎？若能忍，咱們走回去。」唐嬤嬤吩咐完，才轉頭看寧念之。

寧念之疼得快說不出話來了，但猶豫一下，還是白著一張臉，衝唐嬤嬤點點頭，也不倚在原東良身上，只伸手握住他的大掌，慢慢地往前走。

她重活這輩子，有疼愛她的爹娘、有或穩重或機靈的弟弟、有情如同胞的姊妹、有把她當眼珠子疼的相公，還有對她萬分遷就的太婆婆，比世上千千萬萬的女人都要幸福。眼看著，她即將要有自己的孩子了，她是絕不會讓自己出事的，現在疼一點算什麼，只要能順順利利生下孩子就好。

再大的疼痛，會比臨死之前的絕望還難以忍受嗎？

「往我身上靠靠？」原東良看得不忍心，這個女人是他捧在手心裡、放在心窩上的，連她掉一滴眼淚都捨不得，更別說讓她吃苦受罪了。偏偏，生孩子這事沒辦法替代，他只能眼睜睜看著，半點忙都幫不上，一顆心簡直是放在油鍋裡煎著，又痛又難熬，恨不得立刻把那臭小子從寧念之肚子裡拽出來，給他一頓胖揍！

寧念之搖頭，繼續扶著原東良的手往前走。因為太疼，她走得慢，這才走到一半，周氏就趕來了。而原丁坤一個大男人家不好跟著，便去找大夫。

「怎麼樣？現下覺得如何？」周氏一過來，就急忙問道。

寧念之滿頭冷汗，太疼了，牙齒咬得太緊，臉頰忍不住抖動兩下，連搖頭的力氣都沒了，只能勉強往上勾了勾嘴角，但立刻又耷拉下來。沒辦法，不咬緊牙關，怕自己喊出聲來。實在太痛了，兩輩子加起來，她也沒有受過這樣的疼痛。

「實在忍不住，妳就咬我兩口吧。」原東良急得團團轉，又不敢鬆開寧念之的手，跟著出了一腦門的汗。

周氏在一邊安慰。「別著急，生孩子就是這樣，過了這會兒就好了……」

於是，眾人陪著寧念之慢慢走，在穩婆趕到時，總算進了產房。

寧念之被安置在床上，床頭拴著長長的布條，雙手抓著，雙腳蹬在木板上，聽著穩婆的話往下使勁。屋子裡的炭盆生得旺，一會兒工夫，她就渾身是汗了。

原東良本來待在產房裡，卻被穩婆推出去，寧念之也不願讓他見到她這狼狽的樣子，跟著攆他。沒辦法，他只好在產房外的小廳裡轉圈，地板都要被他踩薄了。

周氏被他鬧得眼花撩亂。「你先坐坐，念之的身子好，定會平平安安生下孩子，不用著急。要是坐不住，就去書房翻翻書，看給孩子取什麼名字。」

原東良皺著眉，說道：「之前不是讓祖父準備了幾個男孩子的名字嗎？如果是女孩子，就叫原曉姝，小名笑笑。我和念之只求她日後笑口常開，一輩子歡歡喜喜。」

周氏點頭。「這名字好聽……」

兩個人一邊說話，一邊豎著耳朵聽產房裡的動靜，完全心不在焉，有時候一句話問出來，大半天都得不到一個回應；有時候回答得牛頭不對馬嘴，卻是誰都沒在意。

到了子時，該放鞭炮的下人沒忘記自己的差事，遠處的天空，煙花時不時竄出來閃亮一下，但在這個院子裡，好像只能聽見寧念之的痛呼聲。原東良恨不得扒在門框上往裡面看，卻被唐嬤嬤黑著臉攔住了。

「這孩子好福氣，特意挑了今天，一年裡的頭一天呢，再沒有比今兒更好的日子了。」周氏嘀嘀咕咕地說道，又看大夫。「都這會兒了，不要緊吧？」

大夫摸著鬍子搖頭。「沒事，我聽大少夫人的聲音，還有些力氣，看樣子很順利，大約再過一個時辰左右，就能生出來了。」

周氏聞言，看看旁邊的沙漏，這生辰八字可是要記妥當的。

結果，不到一個時辰，穩婆就在裡面喊道：「恭喜大少爺！大少夫人生了個白白胖胖的小子，有七斤重呢！」

原東良扒在門口，著急地喊：「念之，妳怎麼樣了？妳還好吧？」

穩婆回道：「大少夫人有些累了，一切都好。」

寧念之的聲音雖然虛弱，也跟著清楚地傳出來了。「沒事，不用擔心。我太累，要睡會兒。」

就算寧念之說沒事，原東良還是不放心，特意請大夫進去把脈。

生產之前，寧念之便沒打算請奶娘，想親自餵養，所以大夫沒敢開藥，只說了幾樣適合這會兒的吃食，才拿了紅包走人。

第一百零三章

寧念之一睡就是一整天，再次睜開眼時，已經是晚上了。

屋子裡靜悄悄，桌邊卻坐著人，那背影，太熟悉了。寧念之身上疼得厲害，稍微一動，便忍不住哼出了聲。

原東良聽見，趕緊轉頭，起身走過來。「念之，妳醒了？覺得怎麼樣？疼不疼？餓不餓？渴不渴？」

寧念之忍不住扯著嘴角笑了笑。「疼，餓，渴。」

原東良愁眉苦臉。「我倒是想替妳疼來著，昨兒求了半天神佛，想把妳身上的疼痛轉移到我身上來，神佛卻是不管這些事，妳只能先忍忍了。回頭等妳好了，不管打我還是罵我，只管出氣，我全受著好不好？」

他一邊說，一邊叫人，不久，映雪端來小米粥，裡面臥著六顆雞蛋，看得寧念之忍不住抽了抽嘴角。

原東良忙解釋道：「大夫說，這幾天不能吃有油鹽的東西。雞湯不放鹽，不大好吃，所以，先吃點米粥墊墊肚子，又能養胃、又能養氣。等過兩天，再換別的來吃。」

寧念之不是任性的人，既然大夫說不能吃，就不吃。但她真的太餓了，從生完孩子到現在，滴水未沾、粒米未進，這會兒恨不能直接把原東良手裡的碗給啃了。

可身子稍微往上挪挪，便疼得要命，她沒辦法搶了原東良手裡的碗，只能忍受他慢悠悠的動作。

「孩子呢？」喝完一碗粥，寧念之才問道。

原東良笑道：「不用擔心，穩婆說，妳養得好，這小子生下來就比一般孩子白胖，哭聲震天呢。連祖父都驚訝，說是沒見過哭聲這麼有力氣的孩子，將來長大了，必是個當大將軍、大元帥的料。」

兩人正說著話，就見唐嬤嬤進來，手裡抱著小襁褓。裡面的孩子，長得真不算好看，紅彤彤的。之前聽周氏說，新生的孩子都是皺巴巴的，他家這個倒好，除了紅，就沒別的了。

「小少爺拉了一次，大夫說，能吃奶了。」唐嬤嬤笑咪咪地說道。

寧念之聽著那稱呼，就忍不住笑。「現在相公還是大少爺呢，他倒是混上了小少爺的稱呼。」

原東良也笑，這算是四代同堂了。

「先喊著，等祖父取了名字，再換稱呼。」原東良滿臉慈愛地伸手抱過襁褓，雖然動作有些僵硬，但大致上沒什麼差錯，一看就知道是練習過了。

小孩肚子餓，被換個人抱著還沒能吃上奶，馬上不樂意了，扯著嗓子開始嚎。

剛出生的小孩，雖說力氣足，但那哭聲在寧念之聽來，不過跟貓叫一樣，趕緊心疼地招手。「給我。」

原東良卻沒直接給她，而是把小襁褓放到一邊，伸手將寧念之半抱起來。唐嬤嬤眼明手快，立刻在寧念之身後塞了個大軟枕，讓她能舒舒服服靠著，然後抱起孩子，放進她臂彎裡。

孩子大約是餓狠了，一口吸下去，寧念之胸口一疼，一顆心都快被吸出來，臉色瞬間就白了。

原東良急得就要搶孩子。「哎呀，餵奶這麼疼，妳還是別親自餵了，咱們找奶娘好不好？」

「大少爺別著急，只這麼一次，下次就不疼了。」唐嬤嬤忙說道。

寧念之也點頭。「這會兒不怎麼疼了，你別擔心。這孩子力氣可真大，是像了你。當年，你不過五歲，力氣卻大得一下子能拎起我爹的槍，差點沒嚇我爹一跳。」

原東良挑眉。「妳還記得那會兒的事情？我五歲，妳才幾歲？」

寧念之愣了一下，尷尬地笑。別人看來，不到一歲的小孩當然不記事了，但她可不是真正的小孩啊，甚至連自己出生那天的事情都記得清清楚楚。

但這不能告訴原東良，她只好找理由解釋。「我這不是聽娘說的嗎？她可喜歡嘮叨你小時候的事情了，上次寫信還說呢，你不也看了嗎？」

原東良點頭。「嗯，娘親一向是很疼愛孩子的。對了，妳生了兒子，我回頭得寫信給爹娘報喜。上次爹還在問呢，若不是正好遇上弟弟說親，娘親就要親自來照顧妳了。」

寧念之擺手。「沒這必要，我又不是兩、三歲的小孩子，而且還有祖母呢。」

老人家上了年紀，就喜歡找點事情做。之前，寧念之時不時去找周氏說說話，一來是因為府裡沒別人了，二來是讓周氏有個消遣。若馬欣榮來了，周氏沒事做，說不定要想東想西。

再加上有唐嬤嬤在，雲城也不是沒大夫。從京城來一趟不容易，寧念之不希望馬欣榮跑這一趟，又累、又沒必要。

「我是怕妳心裡不自在呢。」懷孕的人心裡最柔軟，稍微有點不對勁便要多想，之前原東良一句話說得不對，寧念之就能哭半天。沒個親近的人在身邊時時刻刻安慰著，還真是不行。

「不還有你在嗎？」寧念之笑道。

現在生了孩子，她渾身輕鬆，想起懷孕時做的那些事了。大半夜將原東良趕出房，還算輕的。睡到一半，不舒服了，便對原東良又抓又咬，她又不是柔弱女子，就算懷孕後沒練過，那力氣、那身手，也比一般女人強太多，白天一看，原東良身上的青紫痕跡可不少。

想著，寧念之有些羞愧。「辛苦你了，不管我說什麼、做什麼，你都受著。衝著這份容忍，這輩子，只要你不負我，我絕不會負你。」

「那是自然，我定不會辜負妳的。」原東良忙說道，低頭看那臭小子，吃飽了，閉著眼睛睡著了，小嘴張著，剛才還叼在嘴裡的……

寧念之順著那眼神一看，立刻紅了臉，很不自在。

原東良忙抱開孩子。「又不是沒看過，妳身上有哪兒是我沒見過的？」見寧念之羞得不得了，便道：「好好好，我不說了。要不要再喝一碗粥？」

寧念之想了想，還真是有些餓，就點點頭。

喝了兩碗粥，吃下六個雞蛋，加上睡一整天，這會兒寧念之有了精神，嘀嘀咕咕地和原東良說話。

「你看這額頭，將來必定天庭飽滿，是個有福氣的。」

「那是，能投胎做咱們的兒子，可不就是有福氣的？」

「今兒祖母說，這嘴巴和我的簡直一模一樣，我瞧著也是有幾分相似，將來定是個帥氣的小夥子。」

「真的？我怎麼看不出來？」

「我又不會拿這個騙妳。還有這鼻子，祖母說和我的一樣，妳看像嗎？」

小夫妻倆頭一次當爹娘，真是跟全天下的傻爹傻娘一個樣兒，怎麼看、怎麼覺得自家孩子好，這兒長得俊，那兒長得和自己一樣，讚個沒完。

「祖父不是要取名字嗎？可有了？」五官誇過了，甚至連將來的身材都誇獎了，寧念之才換話題。

原東良點點頭。「大名叫原耀輝，小名叫光哥兒。妳覺得如何？」

「耀輝？」寧念之嘴裡念叨了兩遍。「光輝榮耀？」

原東良點頭。「祖父說，這孩子是我們家的小太陽，走到哪兒，光明就到哪兒；去哪裡，哪裡就有榮耀。他是原家的驕傲，繼承原家，發揚光大；傳承恩惠，光宗耀祖。」

寧念之噗哧一聲笑出來。「還有這麼多理兒？是不是太直白了些？」

「祖父說了，直白些好。」原東良無奈地解釋。「他也喜歡含蓄點的名字，可祖父非得覺得這個好，拗不過祖父。反正就一個名字而已，將來孩子不喜歡，找他曾祖父鬧去吧。」

「不過，唸久了，還挺順耳的。」寧念之在嘴裡念叨了幾遍，笑著說道。「咱們這樣的人家，名字直白點也好，免得太小家子氣。不管學文還是學武，這名字都挺合適。」

見寧念之沒意見，原東良便低頭在她額頭上親了親。「既然妳也喜歡，等光哥兒三歲，我和祖父就開祠堂，將耀輝的名字記上去。」

原家的規矩和寧家不一樣，寧家的孩子一出生，看身子好，就會寫到族譜上，而原家則要等到三歲。京城裡，有些人家甚至要等孩子六歲，徹底站穩了，才會記上族譜。

寧念之不是太在意這些，反正只要把孩子照顧好，養得白白胖胖，平平安安就行。不管一歲、三歲，還是五、六歲，難不成不寫到族譜上，原家便不打算認這個孩子不成？

「時候不早，大少爺，您該回去了。」小夫妻倆還打算說些貼心話，唐嬤嬤卻探頭過來提醒道：「雖說大少夫人的身子沒什麼事，但畢竟損耗大，還是得早些休息。」

原東良聽了，雖然捨不得寧念之，但為她的身體著想，還是乖乖出去了。

寧念之要坐月子，孩子洗三時，只能讓周氏主持。

唐嬤嬤抱著孩子出來，親近些的人家便直接湊上前，瞧著孩子一邊睡覺、一邊翹起嘴角，便誇讚道：「一看就知道是俊俏的，長大了定能迷住一群小姑娘，將來不愁娶不到媳婦兒。」

周氏笑得合不攏嘴。「過獎過獎，這孩子是隨了他娘，長得眼睛大、鼻子直的。我也不求他多俊俏，只要身子健健康康就好。」

原家的嫡孫洗三，原平周他們必定得在，就算分家，也照舊是一家人。如果今兒他們不出場，回頭流言就要傳遍整個雲城了。

見周氏眉開眼笑，苗氏那不說酸話會死的毛病又犯了，當即說道：「也是，要健健康康，將來什麼事都好說。不管繼承原家還是自己去考功名，或者娶媳婦生孩子，身子弱了都不行，可別跟他祖父一樣……」

這輩子，周氏最恨的就是別人說原康明身子弱，臉立刻拉下來，眼神如刀，看苗氏跟看個死人一樣，冷冰冰的。苗氏剩下的話便堵在嗓子眼，出不來了。

「若是妳不會說話，現在滾回去學，什麼時候學會了，什麼時候再來。」直到周圍跟著寂靜下來，周氏才出聲。「也不知道老二的親娘是怎麼想的，娶妻娶賢，如果換個人當兒媳，說不定現下老二早就步步高升了。」

說完，她也不搭理苗氏，轉頭問唐嬤嬤：「洗三的人可到了？」

苗氏臉色青青白白，十分難看。周氏這話，就是當著滿堂賓客說她不是賢婦，面子、裡子全沒了，以後還怎麼和這些貴婦人打交道？

羞窘之下，她連周圍人的臉色都不敢看，只恨不得地上有條縫，立刻鑽進去，再不見人。

唐嬤嬤笑道：「回老太太的話，已經進門了，洗三的水和盆子也都準備好。快到吉時了，這會兒就過去吧。」

周氏點點頭，親自抱了孩子過去。

洗三的婆子請的是當初接生的穩婆，圓圓臉，有些胖，但行動十分索利，進門便是滿臉笑容，瞧著氣氛不大對，臉上也沒露出異樣，只上前行禮問安。

「老太太真寵愛小少爺，為了小少爺，竟然提前出來，實在讓老身受寵若驚。老身是個厚臉皮的，就當您來迎我了。」

在大元，穩婆的地位不算低，多是在醫館行走的。有經驗、有口碑的穩婆，甚至是各家夫人、奶奶安胎時必要請的人，走一次可賺不少。

這話將之前尷尬的氣氛糊弄過去了，有婦人指著那穩婆說道：「真是個伶牙俐齒的。今兒老太太一定要厚賞她，看在小少爺平平安安的分上，也得重賞呢。」

周氏笑咪咪地點頭。「那是自然。這是蘇婆子，本事絕好，以後妳們家裡有孕婦，就請她過去。」

眾人當即捧場地說笑一番，眼看到了吉時，蘇婆子先在外面拜了神佛，如接生娘娘、送子娘娘、痘疹娘娘等等，總共十三個，祈求日後孩子平平安安、無病無痛地長大。

然後，她讓人端了水盆進來。銅盆是特地新打的，亮晶晶，裡面放著溫熱的水，小胖孩被脫光衣服放進去。屋裡雖生著炭盆，但忽然沒了衣服，他被凍得一哆嗦，扯著嗓子就哭起來了。

蘇婆子笑道：「嗓門大，將來必定是棟梁之才。」說著，用手撩著盆裡的水，念叨了幾句吉祥話。

再來是添盆。原家在雲城的地位自不用說，能來的人也不是缺錢的，金元寶、銀佛像、玉鎖片，旁邊還放著盤子，能放銀票。一眨眼工夫，盆子裡就滿了。

蘇婆子又拿了桂圓、紅棗之類的果子放進去，拉著小孩的手，在那些果子上面抓了抓，再念叨幾句，就將孩子抱出來了。

唐嬤嬤早拿了大大的布巾在一邊等著，接過孩子便抱到火盆旁，轉一圈擦乾，立刻裹上小棉被，抱進內室去。

有急著抱孫子的老夫人，就到盆裡撈了棗子或桂圓，塞給跟在身邊的兒媳婦，面嫩的小媳婦臉紅紅地用袖子遮著嘴吃下了；也有膽子大的，揚聲笑道：「將來可得生個和小少爺一樣白胖胖的。」逗得眾人哈哈大笑。

周氏也忍不住笑，說道：「那妳得多吃些，明年生個大胖小子，妳婆婆必定把妳當眼珠子疼。」

「現下我婆婆就是拿我當眼珠子疼呢，只怕生了孩子，將來我可成了那燒糊的餅子，吃不下，又捨不得扔，就壞了。」膽大的小媳婦忙挽起自家婆婆的胳膊說道。當婆母的受了誇讚，一張臉都笑成了花。

眾人又笑，氣氛一時間好得不得了。

寧念之聽著前面的動靜，端著米粥嘆氣。

已經第三天了，她的伙食還是米粥，完全沒改變。回頭唐嬤嬤過來，要不要跟她商量，換成別的？總吃米粥，看得都沒胃口了。

「大少夫人，孩子有些餓了。」

正想著，唐嬤嬤抱著孩子進來了。小孩哭累了，窩在襁褓裡嘬嘴，眼睛也睜不開，到寧念之跟前，卻又抽噎起來，可把寧念之給心疼的，忙抬手道：「快給我。」

聽雪忙用溫水洗好毛巾，過來幫寧念之擦了胸口。剛抱穩孩子，他一湊過來，便立刻把乳頭含在嘴裡，小嘴巴一動一動，吸得特別有勁。

「回頭讓廚房多燉些魚湯或雞湯，讓大少夫人補補身子。」唐嬤嬤笑道。她是打算跟著寧念之一輩子的，說句對主子不大尊敬的話，那是將寧念之當成閨女，原耀輝就是外孫子，自然盼著這娘兒倆更好。

她看看寧念之的臉色，又道：「這一口奶、一口血的，大少夫人可不能虛耗了身子。不過，又不能用補藥，是藥三分毒，怕體內積了火，只能用些湯湯水水了。」

寧念之點頭應下。

「這事還得讓唐嬤嬤多操心。府裡的徐娘子雖說是灶上好手，卻不怎麼懂得伺候剛生了孩子的人，要請唐嬤嬤多指點呢。」

唐嬤嬤點頭。「那是自然，大少夫人不用擔心，回頭我就列菜單給徐娘子。」頓了頓，又笑道：「那徐娘子也是個妙人兒，年前還親自帶了只金鐲子來找我，生怕吃食上有什麼疏忽，讓大少夫人不高興。老奴一時大膽，就和她多說了幾句。」

「嬤嬤是為我好，我都知道。以後再有這樣的事情，嬤嬤自己作主就行。」寧念之笑道。她不介意身邊的人收東西，不光唐嬤嬤，就是聽雪、映雪，也時常有人帶東西來請教事情。

能來問的都是聰明人，府裡只剩下這麼幾個主子，男人定然不會過問內宅的事情，周氏又上了年紀，說句難聽的，還能有幾個春秋？不管現在還是將來，這府裡，當家作主的就是寧念之了，不來討好、巴結她，還能去抱哪一個的大腿？

她從不覺得身邊的人收點東西是錯的，只要不瞞著她，讓她心裡有數就行。水至清則無魚，自己穿金戴銀，卻要身邊的人光領那些月例銀子，誰會忠心辦事？

沒有誰天生對人忠心耿耿，先是拉攏，才能征服。

「嬤嬤也知道，不管現在這個還是將來的，我的孩子呢，是打算自己奶的，所以奶娘的位置就要空出來了。」說著，寧念之卻有些為難。「這一歲、兩歲還好，我照顧著，或讓祖母照應就行。可到了三、四歲，哪還能一直躲在我懷裡，是不是？」

聽著這話，唐嬤嬤便生出預感，心裡有點激動。

寧念之繼續道：「這府裡，嬤嬤也知道，我最信任的還是嬤嬤，加上聽雪、映雪兩個。至於念雪跟飛雪夫婦，得在外面替我管著莊子跟鋪子。別的人，我不敢放到光哥兒身邊，所以，我想拜託嬤嬤，日後請妳幫著照管，直接當了光哥兒的教養嬤嬤可好？」

別看是男孩，世家子也是從小就要學各種規矩禮儀，一舉一動都有標準。

唐嬤嬤本就有幾分意動，這輩子，她不會有自己的親生孩子了，看見小孩子便喜歡，能親自照應小少爺，就太好了。且寧念之又把話說到這個分兒上，她連猶豫都沒有，直接點頭應下。

「姑娘能信任我，是我的福氣。姑娘放心，老奴定會照顧好小少爺的。」

直接喊姑娘，就是用以前照應寧念之的情分來發誓了。唐嬤嬤並非雲城人，除了寧念之，她在雲城無親無故，沒了這情分，和普通人沒什麼區別，日後被趕出門，也不會有誰來求情。

寧念之聞言，忙拉住她的手。「嬤嬤不用如此。我知道嬤嬤向來是細心之人，若不信任嬤嬤，又何必說這些話？」

說著，她又打趣地看聽雪。「聽雪和映雪的年紀也不小了，前兩天，我還在想這事，趁著大好年華，嫁得良人，也不枉伺候我一場。繡心和巧心已經能獨當一面，妳們兩個啊，可以放心嫁人了。」

繡心和巧心就是寧念之從京城帶來的二等丫鬟，之前本打算升為一等的，又怕一進門便直接用自己的人占了四個大丫鬟的位置，會讓周氏心裡不喜，這才先提拔春花和秋月。

她不要求春花跟秋月完全忠心，但身邊也得放兩個更信任的人才是。

聽雪臉色紅紅，很是扭捏，寧念之便笑道：「這事不著急，我還得給妳們準備嫁妝呢。妳先和妳映雪姊姊商量，看喜歡什麼樣的，是想嫁給府裡的管事，將來我能就近照應妳們呢；還是想出門，嫁個掌櫃或莊頭；再或者，就是七、八品的武將，我也能作主，將來可成了官夫人。這是一生的事情，一步走錯，一輩子吃苦，得想清楚才是。」

「我知道大少夫人疼我，所以……我不用想，大少夫人作主就是了。」聽雪吭吭哧哧地說道。

寧念之聽了，笑道：「我雖然疼妳，卻不是妳肚裡的蟲子，如何知道妳喜歡什麼樣子的？不用現在決定，給妳們一個月的工夫，想仔細了再回我。」

這挑人不能馬虎，對方品性好，家世不錯，但長相不合眼緣，一看見就煩，當然過不下去；長相好了，品性卻不怎麼樣，更是萬萬不能嫁。

她自己過得好了，便希望身邊的人也過得好。女孩子嫁人，是一輩子的事情，用一句老話說，是投第二次胎，萬不可草率了。

第一百零四章

坐月子難熬，整天湯湯水水，吃食幾乎沒有油鹽。

半個月下來，寧念之開始覺得自己身上全是魚湯味，頭髮油膩膩，渾身上下，除了胸前那一點地方，剩下的都快長毛了。渾身不自在，一直想抓兩把。

過了二十來天，寧念之發現，自己胖了兩圈，肚子上的肉一捏一把。

生完孩子那天，原東良便直接闖進產房，之後麼，也沒什麼忌諱不忌諱了，每天從衙門回來，頭一件事就是來看寧念之。

一開始寧念之是有些猶豫的，不讓他見，生怕過幾天，他就有了新人忘舊人；但見吧，她這邋遢樣子，自己看見都嫌棄，要是讓原東良看見……

但事實證明，寧念之完全多想了，不管她怎麼決定，都攔不住原東良，該來就來，除非寧念之能爬起來站在門口擋著，否則，誰也沒辦法把他攔在門外。

而且，她現在這樣子，原東良照樣能找出一堆話來安慰。

前幾天讚她臉色好，今兒見她揉肚子，跟著捏了捏，又誇這肉長得好。「摸著軟綿綿的很舒服。妳一點都不胖，這樣挺好。真的，我不騙妳，再胖點兒就更好了。」

寧念之白他一眼，拍開他的手。「京城來信了嗎？」

原東良忍不住笑。「從雲城送信到京城，最少得花一個月呢。就算沒收到咱們的信就寫信來，收到信，也得是妳出月子之後的事了。」

「我這不是閒著沒事幹嗎？唐嬤嬤說，坐月子時不能看書、不能做針線、不能想太多，我閒得要把床帳上的繐子給數清楚了。」

寧念之嘆氣，原東良卻偷偷摸摸往外面看了一眼，從懷裡掏出個油紙包。

「我給妳帶了些吃的，不過，唐嬤嬤是為妳好，所以不能多吃，只能吃兩口，知道嗎？」說著，他打開油紙包，放到寧念之嘴邊。

寧念之的口水都要流下來了，香噴噴的紅燒肉啊！若是沒生孩子之前，她看見了，說不定要嫌油膩呢，可現在，這濃郁的香味、這誘人的顏色……

寧念之扒著原東良的胳膊，兩眼放光。「只有兩塊？」

原東良好笑地點頭。「是啊，不能多吃。」

寧念之想抱怨太少了，但美味在眼前，別的事還是先放一邊吧。張嘴正想咬下去，嘴唇都碰到肉塊了，卻忽然頓住，使勁嗅了嗅，艱難地抬頭，目光從肉塊上挪開，擺擺手。

「你快拿走吧。不然，等會兒我就後悔了。」

原東良有些驚訝。「妳不是想吃嗎？」

「可是，我還得餵奶呢，吃了這個，不知道對奶水有沒有影響。」寧念之轉頭盯著牆面，就是不看那兩塊肉。

原東良又心疼、又好笑。「無妨的，就兩塊。實在不行，這兩天別餵奶了。」

「不行！不餵奶，光哥兒吃什麼？咱們家又沒有奶娘。算了，我還是忍一忍吧，也就這麼幾天了，等我出了月子，孩子滿兩、三個月時，便能吃一點了。」寧念之笑道，使勁擺手。「快拿走，不然我要生氣了。」

原東良無奈，又問了一句：「真不吃？那我吃了？」

寧念之點頭。「真不吃。你吃吧。」

剛說完，陰影落下，寧念之剛抬眼，就被原東良親個正著，他嘴裡的肉味喲，別提有多濃郁。

寧念之瞬間猶豫了，是先品嚐品嚐這股肉味呢，還是趕緊享受這親吻？

被親的時候，只想著他嘴裡的肉味，好像不太好啊。但嚐嚐肉味，應該沒關係吧？離餵奶還有一個時辰呢，要不，等會兒她多喝點水？等反應過來，腦袋已經作了決定，她想肉味的時候比較長啊！

寧念之無語了，立刻放棄去想享受哪個，親吻隨時有，肉味可不常有，再猶豫，連那點肉味都沒有了。

原東良對寧念之的了解，簡直能深入到骨髓裡，一眼便看出她臉上的神色是什麼意思，好氣又好笑地戳戳她額頭。

「再忍一個月，很快的。到時候，給妳做紅燒肉、酸菜魚、粉蒸排骨，妳想吃什麼都有。」

寧念之咂咂嘴，又有些喪氣。因為餵奶，只能吃些清淡的，這些菜名，聽聽便算了。

原東良忍不住嘆氣。「不生養，不知父母恩。生孩子之前，只想著生了就好；等生了吧，又想著餵奶長大就好；等長大了，又要考慮啟蒙、上學之類的；再過十來年，又該發愁孩子娶妻生子的事，簡直操心一輩子。」

寧念之想了想，也忍不住笑，可不就是一輩子的事情嗎？直到現在，馬欣榮還是時不時寫信問她過得怎麼樣，一封信都要寫得像一本書那樣厚。

剛開始，因著上輩子的事情，寧念之對馬欣榮雖然親密，但心結仍在，時常恐懼，生怕娘親又會因為什麼事情拋棄她。因此，出嫁時，她其實是鬆了口氣的，這樣，即便以後娘親拋棄她，她還有原東良，會再有親人跟家人。

但生完孩子後，寧念之忽然理解了上輩子馬欣榮做出來的事情。馬欣榮臨走之前，是幫她安排好的，就算回不來，她也能平平安安地長大。後來她去世，也並非因為有人出手害她，一個女孩子，能妨礙到誰？只是出了誰也想不到的意外。

如果原東良在戰場上出事，現在，她定然會作出一樣的選擇。把孩子的事安排好，萬一她回不來，他照樣能長大；可相公就一個，沒了，便再也找不回來了。

尤其夫妻倆情深似海，更是受不住這樣的生死之別。

「大少爺，時辰不早，大少夫人要休息了。」唐嬤嬤從門口探頭進來，一張臉上，連半點笑意沒有。

原東良忍不住扶額，背對著唐嬤嬤，對寧念之做了個齜牙咧嘴的動作——這老太婆，什麼時候才能不礙事！

寧念之憋著笑擺手，時候真不早了，走吧走吧，明兒再見。

一個月總算過去了，原耀輝跟吹了氣一樣，轉眼間，就從紅彤彤的脫毛猴子，變成白白胖胖的圓團子。

周氏稀罕得不行，一天十二個時辰，除了晚上的五個時辰得放到寧念之跟前外，剩下的時候，都是把重孫子抱在自己身邊的。

寧念之對此毫無異議，周氏又不是那種抱走孫子去養，以求達到離間親生母子感情，利用孫子來折磨兒媳的惡婆婆。而且，現在小團子除了吃就是睡，不是拉就是哭，周氏能親自照看，簡直是把小團子當成了心肝寶貝，要不然，才沒那工夫去照看連話都不會說的哭包呢。

再者，白天府裡只剩下周氏和寧念之，現在加上小團子，本來就是要一處吃飯，得了空一起逛園子的。小團子放在周氏那兒，和放在寧念之這兒，完全沒有區別。

出月子，寧念之洗了澡，一桶水不夠，喊春花進來，再換了水，才覺得身上沒那麼髒了。

走出淨房，她一邊讓聽雪伺候著擦頭髮，一邊舊事重提。「之前我說的事，妳和映雪考慮得怎麼樣了？」

聽雪有些害羞，但也知道寧念之是為了她們好，忙說道：「我這性子，大少夫人是知道的，要是出去，不知會被怎麼哄騙呢。所以，我不想出去，請大少夫人在府裡給我挑個人吧，不求長得多英俊，只要人好，以後和大少爺一樣，一心一意對我就行了。」

她頓了頓，又笑道：「映雪姊姊呢，嘻嘻，少夫人可是問對人了，若您親自去問映雪姊姊，映雪姊姊不一定好意思說呢。她喜歡的，就是大少爺身邊的劉鐵柱，大少夫人見過吧？」

寧念之想了一下，忍不住驚愕。「映雪竟是看中了他？」

原東良不在府裡時，會派身邊的人來送信兒，或拿點東西什麼的。他不喜歡用小廝，以前寧博和寧震給的書僮，到了年紀，便直接把人送到軍營裡去。現在他身邊除了親衛，就沒有小廝或書僮了。

這劉鐵柱，就是原東良的親衛之一，別看現在只是個親衛，也是有品級的。以後立了功，五、六品的官階，還不是手到擒來？

只可惜，劉鐵柱的長相不太好，世人皆認為白淨才是美，他卻不光長得黑，還五大三粗，往跟前一站，就跟忽然多了根柱子一樣，別說眼前，就是旁邊的東西，都不一定能看得見了。所以，至今沒能娶上媳婦兒。

「真看中了？」寧念之又問道。

聽雪點點頭。「上次，我可是瞧見映雪姊姊給他送了點心呢。」荷包什麼的，容易落人口舌，吃的就沒有妨礙了。但沒妨礙的同時，也就沒什麼深意了。所以，未必能當真。

寧念之有些猶豫。「萬一妳看錯了呢？」

這一問，聽雪也不太確定了。「那大少夫人回頭再問問映雪姊姊？」

「嗯，這事我心裡有數了。回頭妳們等著準備嫁衣吧。」寧念之笑咪咪地說道，換了衣服，帶聽雪出來。

映雪手裡正拿著一盒藥膏等她們。「大少夫人，這是夫人派人從京城送來的，抹在身上，生產的疤痕很快就能消了。」

寧念之躺在床上，藥膏揉在下身，清清涼涼，大冷天的，有些冷。她憋住笑，閉著眼睛問道：「映雪啊，妳覺得，劉鐵柱這人怎麼樣？若是說親，也不知道會看上什麼樣的人家。」說著，偷偷張開眼瞄了瞄，見映雪先是臉紅一下，又有些無措，心裡就有底了。

自家丫鬟的心思是看出來了，那劉鐵柱那邊，又是什麼意思呢？

「奴婢……奴婢也不知道。」映雪的聲音跟蚊子一樣小。

寧念之打趣道：「若妳瞧不上，回頭我就問別人了。」

「沒有！奴婢……」映雪心慌，要不是手上正忙著，差點把藥膏給扔了，找條地縫鑽進去。但最後，她還是鼓足勇氣道：「但憑大少夫人作主。」

這下子，寧念之心裡更有數了，只等著原東良回來再問問。

這日的晚飯是在聽濤堂裡用的，吃完飯，原東良就帶著寧念之，抱兒子回陶然居。進了屋，他便迫不及待地把兒子塞給跟在後面的唐嬤嬤，然後關上房門。

唐嬤嬤抽了抽嘴角，抱著孩子去了暖房。年輕人嘛，能理解。

房裡，寧念之還沒開口，就被親個正著，想問的話也問不出來，只能仰著脖子承受那激烈的吻，回過神，人已經躺在床上，衣服也被扒開了。

寧念之瞬間想起下身的疤痕，趕緊抬手遮掩。「別瞧，難看呢。」

「不難看，好看著呢。」原東良睜眼說瞎話，不過，這話也有七、八成真心，不好看，卻也不難看。哪怕寧念之毀容，只要還是這個人，他就覺得，她身上的一切都是好的；就算不漂亮，也是可愛。

為了安慰寧念之，他還低頭使勁親了兩口，笑道：「不騙妳，真的不難看。」

然後，他就再也不給寧念之說話的機會了。

小夫妻倆頭一次當爹娘，之前周氏又嚴令分房，所以，原東良還真按照周氏的話，禁了一年的肉。今兒總算能嚐到，那股勁頭，恨不能將寧念之給生吞入腹了。

只可惜，他雖想做個一夜七次郎，偏偏還有個心肝寶貝在呢，才兩次，伴隨著兒子哇哇哇的哭聲，唐嬤嬤就開始敲門了。

寧念之順手把原東良推到一邊，胡亂披了衣服，又用被子裹住身子，這才讓唐嬤嬤進來。

她不敢對上唐嬤嬤的目光，臉色緋紅地抱著孩子餵奶。等唐嬤嬤抱走孩子，原東良還想繼續，寧念之卻是累了，哄著原東良躺下。

「明兒再說，今天累得很了。不許再來，不然我生氣了啊。」

原東良的腦袋在寧念之肩膀上拱了拱，心不甘情不願地哼唧了兩聲。

寧念之打著哈欠道：「對了，我有事問你呢。你身邊那個劉鐵柱，可曾訂親？回頭你問問他。我身邊的映雪，也到了年紀。」

「妳還有力氣問別人的事情？那我們再來一次！」

原東良抬手摟住寧念之，翻個身將人壓住，堵住她喊累的話，總算展現了身為當家男人的雄風。

寧念之累壞了，下半夜唐嬤嬤又抱著孩子過來吃奶，她都沒睜眼，只任由原東良把孩子塞到她懷裡，迷迷糊糊地餵了，便又沈沈睡去。

第一百零五章

第二天，寧念之照舊是快中午了才起床。正好孩子在哭鬧，她趕緊抱著餵奶，又哄了哄，才帶孩子去聽濤堂。

周氏只瞧她臉色就看出來了，忍不住打趣道：「知道你們年輕，可也要悠著點兒，傷了身子就不划算了。」

寧念之臉色紅彤彤。「祖母！」

周氏趕緊擺手。「好了好了，知道妳臉皮薄，不說了。」

兩人說著話，就見寧念之的大丫鬟聽雪急匆匆地進來，笑嘻嘻地行禮道：「老太太，剛收到京城那邊的來信，說是一個月前已經啟程來雲城，算算日子，大約再十來天就能到了！」

周氏一聽，便笑了起來。「真的？那太好了。哎，雲城離京城就是太遠了些，你們大少夫人進門一年多，不曾見過親人，我心裡都替她難過。我再怎麼疼惜她，也不是親娘，現下親家能來，可是掃榻歡迎。對了，有誰來？是親家還是小兄弟們？」

「回老太太的話，是寧家老爺和寧家夫人，還有寧家的幾位少爺們。」聽雪笑咪咪地說道。

光聽這些稱呼，周氏就忍不住笑瞇了眼睛。把自己當原家人才好啊，以後才能一心一意為原家著想。

寧念之也很高興，終於又能再見娘家的親人了。

京城來信是二月中到的，收了信後，寧念之就開始忙碌起來，一邊派人在城門口等著，一邊佈置院子。空院子都鎖起來了，現在得找人打掃，再添置一些擺設。另外，雲城的天氣和京城大不相同，得準備衣服什麼的。

忙忙碌碌的，就到了二月底。日子越發近了，寧念之便越發緊張，也不知道緊張個什麼勁兒，都是自家人，就算一年多沒見，不照樣是一家人嗎？

原東良如此勸解了兩句，寧念之卻搖頭。「不是面對他們緊張，就是很久沒見，不知道爹娘長胖還是變瘦了，弟弟們長高了多少？

「再者，我離家之前，弟弟們還是孩子，現下成了小夥子，安成都在準備訂親的事了。我怕見到他們，反而變得無話可說。」

「無話可說？」原東良挑挑眉。「我還擔心有太多話說不完呢。妳問問他們在京城的生活，他們再問問妳在雲城的生活，看看孩子，和祖父、祖母聚聚，得了空，妳帶著他們在雲城轉轉。爹身上有差事，不可能在雲城停留太久，頂多半個月，說不定還要繞去白水城看看，妳真不用擔心會沒話說。」

寧念之想了想，真是如此，就算很久沒見了，也是親人，說說彼此，再說說各地的變化，即便不說話，面對面互相看著，也完全不用緊張尷尬。

她剛想明白，就見聽雪拎著裙子跑進來。

寧念之抽了抽嘴角。「都是要當新媳婦的人了，還這樣莽莽撞撞，像什麼樣子？穩重些，免得將來被妳相公嫌棄。」

聽雪臉上一紅，嘟嘟囔囔道：「他嫌棄就嫌棄吧，我又不是嫁不出去了。」

原來，寧念之出了月子沒幾天，劉鐵柱便與同袍張宗吉一起上門提親，想求娶的正是映雪和聽雪。

映雪是好說的，本來就和劉鐵柱互相有好感，但聽雪卻死擰著想嫁個管事，將來還能進府伺候寧念之。寧念之覺得嫁給張宗吉，前程會更好些，遂裝聾作啞，任由張宗吉去討好聽雪，大概映雪也勸解了一番，聽雪便慢慢轉了態度。兩個人的親事都是這幾天訂下來的，就等著八月之後，天氣涼爽了，出門嫁人。

「現在是這樣說，回頭人家真嫌棄妳了，可別來我跟前哭啊。」寧念之笑著打趣道。

聽雪撇撇嘴。「他要是嫌棄我，我也嫌棄他。」說著一拍腦袋。「讓大少夫人給帶偏了，奴婢來是有正事的。大少夫人，老爺、夫人還有幾位少爺，再半個時辰就到城門口了！」

「真的?!」寧念之霍地起身，眼睛閃亮亮。「進城了？東良，快快快，咱們去迎迎！」

寧念之起身後，原東良也跟著站起來了，忙點頭道：「嗯，我這就讓人準備馬車。」

寧念之擺手。「不用馬車了，咱們兩個騎馬去。」

原東良立刻搖頭。「不行，妳才出月子沒多久，大夫說了，不能騎馬。如果妳不聽我的話，咱們就不出去了。」擺出沒商量餘地的樣子。

寧念之心急，衡量一番，坐馬車確實慢，可再和原東良糾纏，花費的工夫更多，不如早些出門呢。

於是，她只能點頭。「那坐車吧，趕快點才是。」

「不用擔心，早幾天我就讓人準備了馬車，這會兒去二門，便能直接走。」原東良說道，給聽雪使了眼色。

聽雪忙又拎起裙子出門，等寧念之跟原東良到二院門口，馬車果然已經在等著，兩人坐上車，直接出發。

一路上，寧念之催著車夫，他們到時，寧震和馬欣榮正巧剛到，原家的幾個小廝正行禮問安。

寧念之不等馬車停穩就撲下去，幸好原東良一直關注著她，立刻抬手扶住。

「妳穩著些，人都到跟前了，還急什麼？」

寧震也嚇了一跳，虎著臉道：「東良說得對，都當娘的人了，還這樣莽莽撞撞，像什麼樣子？不許再有下次了，要不然，回頭罰妳蹲馬步。」

寧念之對他做了個鬼臉，寧震這話只是嚇嚇人，從小到大，寧震可是連一指頭都沒碰過她，罰蹲馬步什麼的，那是男孩子才會有的懲罰。

馬欣榮也掀開車簾，伸手道：「念之，快進來，讓我好好瞧瞧妳。是不是又瘦了？這身段怎麼瞧著比在京城時細了不少？可是吃不慣雲城這邊的飯菜？」

「娘，我胖了兩圈呢，以前做的衣服都穿不下了。」寧念之無奈道。坐完月子，她就發現，新婚時的衣服，穿在身上已經有些緊了，還不止緊了一點、兩點。

「我看著倒是瘦了。」馬欣榮照樣心疼。「臉都小了一圈！對了，孩子呢？現在能離開妳身邊？」記得閨女寫信來說，是親自餵養的，還在吃奶呢，能扔下？

「沒事，出門時，他正睡著呢，這會兒趕回去也來得及。」寧念之笑道。

馬欣榮忙招手。「那咱們別在這兒說話了，趕緊回去，萬一孩子醒了，見不到妳，豈不是要哭鬧？」說著又喊原東良：「東良，有什麼話，回去了再說，不要堵在城門口。」

原東良忙應了聲，扶寧念之上馬欣榮的馬車，自己騎馬和寧震等人跟在一邊，顧不上多說話，直接回了府。

回到原家，光哥兒果然睡醒了，寧念之先回房餵他，寧震和馬欣榮則去見原丁坤和周氏。

「你們家老爺子身子還好？」原丁坤摸著鬍子問寧震。「前年見你爹時，還十分精神，臉色特別好，這次怎麼沒過來？既然身上沒了差事，到處走走看看，心情好了，對身子更好呢。」

「多謝老爺子關心，我爹的身子還好，只是，畢竟有些年紀了，這樣日夜奔波，也受不住。」寧震忙說道。「他倒是想來看看念之，畢竟，一眾兒孫裡，也就那麼兩個孫女兒，平時有什麼好東西，都是惦記著她們的。為此，還和我生了一場氣呢。我正發愁，回去了不知道要怎樣才能讓他消氣。」

「哈哈哈哈，老小孩嘛，多費心哄哄就行了。實在不行，回頭讓東良帶你多買點我們這邊的特產給他，算是一番心意。老爺子知道你們這些晚輩心裡有他，就會消氣了。」

「多謝老爺子提點。我啊，想著回頭帶些念之的親筆書信什麼的，也能哄哄我爹了。」寧震笑道。

兩人說著說著，話題就扯到了朝堂。原家雖然遠離京城，但畢竟是臣子，就算不完全清楚京城裡的一舉一動，總得知道大致方向。寧震也是這麼想，說起來便沒什麼隱瞞了。

「今年年初，皇上生了一場病，大皇子心急，便找了理由，在京畿衛裡安插了自己人手。皇上震怒，又不好責備自家兒子，所以我就想著，出門散散心。」

原東良聽了，瞪大眼睛，難怪自家老爹這次也跟著過來，原來是想躲清靜啊。

「去年，太子殿下也成親了，娶的是工部尚書的嫡女，郎才女貌，倒是天生一對。

「三皇子和四皇子結伴打獵，卻中了埋伏，三皇子摔下馬，腿腳出了些問題，這輩子，怕是沒什麼希望了……」

周氏和馬欣榮這邊，則是說些家常閒話，周氏抓著馬欣榮的手，滿臉感激。

「念之真是個有福氣的，進門沒多久，就生了個大胖小子。我越發覺得自己身子不中用了，所以，才盼著在臨死之前，看見東良的子嗣，女孩子也好、男孩子也罷，只要知道東良過得好，就能閉眼了。」

「老太太千萬別說這樣的喪氣話，我瞧您氣色好得很，將來啊，定然能看著光哥兒娶妻生子呢。四代同堂算什麼，咱們要六代同堂！」

「那我可成老妖怪了。」周氏哈哈笑道，又看寧安成。「一轉眼就長大了。親事說好了？下聘的日子定在什麼時候？」

寧安成臉紅紅，佯裝在聽寧震和原丁坤說話。

馬欣榮抿唇笑了一下。「今年年底。等看過念之，從雲城回去，便準備聘禮，上門下聘。孩子也不小了，早點成家，也能早點立業。咱們當老人的，把孩子拉拔大就行，將來日子過得好好壞壞，得看他們自己了。」

「親家這話說得對。」周氏忙點頭。

眾人正說著話，就見寧念之抱著孩子進來了。

一屋子的人全被吸引了目光，寧念之忍不住捏了捏胖團子的小肚子。

「光哥兒，快看，大家都想見見你呢。有禮物收，要不要看看是什麼？」

馬欣榮忍不住笑道：「當娘的人了，怎麼還是這樣頑皮？」又轉頭看周氏。「瞧她這樣，我就知道，平日裡老太太定是十分寵著她，才讓她越發懶散沒規矩了。」

周氏笑道：「我就喜歡她這性子，活潑開朗。現下念之可是我的寶貝開心果呢，一天見不著她，心裡就想得慌，連東良在我跟前都比不上她。」

原東良忙點頭。「這倒是真的。就說吃飯吧，到了時辰，祖母必定是說：『哎呀，念之要吃什麼，咱們得早些吩咐徐娘子做才行。』輪到我了，祖母就改口：『你隨便吃點兒算了，吃飽就好。』」

一番話說完，眾人笑得合不攏嘴，寧家人也真正放心了，見自家閨女臉色紅潤、說話爽快，言行舉止大大方方，若在夫家備受折磨，肯定不是這個樣子。

「娘，看看，這就是光哥兒。」寧念之被打趣得臉紅紅，索性抱著孩子過去，岔開話題，讓眾人看她懷裡的襁褓。

周氏很是得意。「光哥兒很乖巧，就出生那天和洗三哭鬧了兩次，其餘時候都是安安靜靜的。肚子餓了便哼唧兩聲，拉了或尿了，也是這樣，特別好帶。

「你們看見沒有，這額頭，長得像念之，天庭飽滿，將來必定是有福氣的；嘴巴和東良的一個樣，男人嘴大吃四方；還有這鼻子，和我是一模一樣啊。」

「是啊，老夫人不說，我還真沒看出來。」馬欣榮不去反駁周氏這番話，讓老人家高興高興沒什麼，不就是孩子長得像誰嗎？現在還小呢，等長大了，說不定就和外祖母一個樣兒了。

不過，馬欣榮溫順，周氏倒是不好意思了，忙又道：「這耳垂，和妳家寧震真是太像了，妳看看，是不是一個模子印出來的？這樣的大耳垂，將來就是個有出息的，還有這頭髮，也很像妳。」

寧念之和原東良互相看了一眼，前兩天還說光哥兒長得像親爹娘呢，現在卻長得像曾祖母、曾祖父和外祖父、外祖母了，變化真是夠大的。但想想，他們和爹娘都有幾分相似，說不定就是這樣傳下來的呢。

看了外面的天色，周氏忽然一拍額頭，笑咪咪地說道：「瞧我，一看見你們就高興，說起話沒完沒了，竟是疏忽了，你們趕路趕了這麼些天，定是累得很。不如先用晚膳，回頭洗漱，睡一會兒，明兒得空，咱們再聊天？

「院子什麼的，念之在半個月前就準備好了，若缺什麼，你們只管和念之說，不要客氣。念之都嫁給東良了，咱們就是一家人，別說那兩家話，得吃得好、住得好才行，不然，我可不會饒了她。」

寧念之忙做出討饒的樣子來。「老太太千萬別認真了，咱們哄哄我爹娘就是，要不然，我報復到您的心肝兒肉身上去。」

她一邊說，一邊衝光哥兒張牙舞爪，逗得滿屋子的人哈哈大笑。

另一邊，聽雪和映雪比較了解寧家人的口味，徐娘子便偷偷請了她們過去，準備了一大桌京城口味的飯菜。聽見傳膳，就忐忑不安地讓人拎走食盒，提心弔膽地在廚房裡等著，生怕寧家人對飯菜不滿意，回頭大少夫人要處置的就是她了。

沒想到，用完晚膳，丫鬟送回盤碟時，竟還帶了賞賜過來。

「這些是獎賞妳的，老太太和大少夫人說這頓飯做得用心，大少夫人的娘家人也很滿意。只是明兒起，不用做京城的菜式了，按雲城的菜色來，口味對上就行。」

徐娘子廚藝再精，京城菜也定不如京城的廚娘做得好，還不如做自己的拿手菜呢。

徐娘子忙應了聲，看丫鬟們過來打熱水，便淨了手出門，出府回家。

她一邊走，一邊在心裡琢磨，明兒還得找寧念之的貼身丫鬟打聽打聽，看親家老爺和夫人今兒吃了哪些菜，回頭好準備他們喜歡的口味，萬不能怠慢了才是。

第一百零六章

第二天，周氏讓人過來傳話，免了寧念之今天的請安，馬欣榮這才得了機會和自家閨女獨處，忙拉住她的手問話。

「妳過得如何？老夫人明面上對妳挺好的，私底下可曾為難妳？還有，原家之前不還有二房、三房和四房嗎？現在分家了？如何分家的？」

「娘，別著急，聽我慢慢說。」寧念之笑咪咪，讓馬欣榮在自己身邊坐下，拍了拍光哥兒，先將他哄睡了，才說道：「祖母愛屋及烏，對東良十分在意，連帶著也十分疼愛我。自從我進門，就沒吃過苦，不到半個月接了管家權，有什麼事情，祖母都是站在我身邊的。

「吃的用的，多是我自己作主，不合口味了，就讓廚娘換新的。公中庫房的鑰匙也在我手裡。」寧念之把自己的臉湊到馬欣榮跟前。「娘沒看出來嗎？我的臉變成圓的了。」

聽閨女說得輕鬆歡快，馬欣榮滿滿的擔心變成了哭笑不得，伸手捏寧念之的臉頰。

「妳可得注意，生了孩子後，胖一些是可以的，但別胖太多了。年紀輕輕就成了胖婦人，可別讓姑爺嫌棄妳，送回娘家去。

「既然妳過得好，我和妳爹總算可以放心了。」馬欣榮笑道，又看光哥兒。「雖說東良對妳的心思我們都清楚，將來定不會辜負妳，但是，妳遠嫁西疆，我還是盼著妳早日生了兒子，才能站穩腳跟，就是老太太，也得因為重孫子，對妳寬和幾分。」

她想起寧念之幼時的樣子，忍不住道：「光哥兒長得好，性子真是像了妳小時候，從不胡亂哭鬧。妳小時候太好帶了，我和馬嬤嬤就能照顧得來。我頭一次當娘，以為天底下的小孩都一樣，餓了哭兩聲，拉了尿就哼唧兩下。後來生了妳弟弟，還想著也能輕輕鬆鬆帶大呢，沒想到，那是個天魔星，稍有不如意，便能哭得整條街的人都聽見，真怕別人誤會我們虧待了他。

「後來，我只當男孩都這樣，卯足了勁兒，想再生個女兒，和妳當親姊妹，也有個伴，卻可惜了，一輩子只得了妳一個閨女。」

寧念之忙說道：「幸虧娘沒給我添個妹妹，要不然，我不知會怎麼吃醋呢。爹娘身邊，有我這麼個女兒就行，至於姊姊、妹妹什麼的，就算沒有堂妹，也還有手帕交。」

「那怎麼能一樣？」馬欣榮笑著說，頓了頓，又道：「不過，妳說得也有道理，幸好只有妳一個。

「妳是個有福氣的，當初我不願意把妳嫁給東良，就是因為擔心太遠，要是受了委屈，爹娘沒辦法替妳出頭。現下看來，還是夫婿能護得住妳，婆家人都寬和才好。」

馬欣榮開始念叨起來。「妳堂妹在我們眼皮子底下呢，侯府都敢欺負到她頭上來，若非趙家小子還算明理，知道護著寶珠，不然她這輩子怕是沒什麼盼頭了。」

寧念之立刻瞪大眼睛。「寶珠過得很不好？」

在人身上便掉不下來了。寶珠進門前半年，她還顧忌著寧家，只裡裡外外地找藉口，想幫寶珠打理嫁妝。

「寶珠又不是傻的，哪怕是趙頤年的親娘呢，就是趙頤年親自來要都不管用。後來，寶珠懷孕，她婆婆整天想著往趙頤年房裡塞丫鬟。幸好趙頤年挺不錯的，守得住，親自出面找他那拎不清的娘發了話，這才消停。

「但沒想到，當時是消停了，可他娘心裡記恨上寶珠，以為是寶珠攛掇著趙頤年，在外便不肯說寶珠的好話了。」

馬欣榮嘆口氣。「這次寶珠生個女兒，她就來勁了，非得將娘家姪女接過來，給趙頤年納貴妾。我們寧家人還沒死絕呢，哪能讓這種事發生？妳二叔雖然沒本事，但寶珠好歹是他頭一個閨女，所以求到了妳爹頭上，妳爹當即帶著咱們家的一群小子，把趙頤年截到家裡。

「老太太則帶著我去了趙家一趟，雙管齊下，這邊我們恐嚇了趙夫人，那邊趙頤年帶著滿身傷回去，便把趙家的人嚇唬住了。」

寧念之聽了，忙問道：「納妾這事，趙頤年答應嗎？要是他有心納妾，咱們把人給打了，回頭他會不會對寶珠生出心結來？」

「妳當我們傻啊？打人之前，自然是問清楚了。趙頤年倒是個有良心的，堅決不納妾，說是養不起。那傷痕啊，只是做做樣子，又問過大夫，傷在臉面上，看著嚴重，其實養個幾天就能痊癒，身上可是半點沒受傷。只是，我瞧趙夫人那年紀，還有三、四十年好活呢，寶珠的日子要難過了。」

人家說，媳婦熬成婆，能遇上和善的婆婆，是三生有福，多的是慢慢熬著，熬到老人死去，自己才能出頭的。然後，又將當年受過的苦，報復到兒媳身上。世世代代，多數女子，都得承受著這樣的苦難。

所以，女孩子嫁人，相公的品性是頭一等重要，接下來，就是當婆婆的品性了。但凡疼愛女兒的，都不會讓閨女在別人手底下受苦幾十年。

「有趙頤年護著，就算日子過得苦，寶珠也能慢慢熬過去的。」寧念之嘆口氣道。原先打聽趙家的情況時，只知道趙家敗落，趙夫人深居簡出，沒料到竟是這麼樣的人。

最難得是知心人，寧寶珠本來就喜歡趙頤年，又有了孩子，光這兩樣，就能讓她忍耐趙夫人這個惡婆婆。當然，寧念之堅決相信，寧寶珠不是那種坐等挨打的人，現在趙夫人折騰她，將來不知會怎麼報復回去呢。

「好歹寶珠在我們跟前，妳不用太過擔心她了。」馬欣榮笑道，抬手揉了揉她的頭髮。「對了，妳小姑姑的事，妳肯定還不知道呢。」

寧念之眨眨眼，在京城時，她就不怎麼在意寧霏的事，到了雲城，更是沒空打聽，難不成寧霏又鬧出什麼事？不對，寧王府……

寧念之神情一凜，看向馬欣榮，馬欣榮知道自家閨女是個敏銳的，當即點頭道：「之前寧王府那樣對待妳小姑姑，差不多和咱們寧家撕破臉了，後來妳爹才發現，寧王府和大皇子的來往十分頻繁，怕是早已投靠大皇子了。」

皇帝的年紀越來越大，身子也慢慢不好，下面的皇子們便坐不住了。寧王府身為大皇子的支持者，若寧霏乖乖聽話，他們家不是容不下她，甚至，還能將寧家當成退路。偏偏，寧霏是個不饒人的，仗著寧家的勢，恨不得把寧王世子踩到泥土裡。

寧王妃受不了她，寧王也開始有意見。年前，寧霏大約是想明白了孩子的重要，打算把養在寧王妃跟前的兒子抱回去。

寧王妃養了孫子好幾年，那孩子見過寧霏，卻不親近，被抱回去之後，哭鬧了兩天。小孩子知道什麼啊，又被寧王妃養得有些驕縱，一邊要祖母，一邊踢打抱他的寧霏。寧霏從小也是被爹娘當眼珠子養大的，一個不耐煩，手上沒抱穩，孩子就摔下來了。當時，孩子正使勁掙扎，身子往後仰，倒栽蔥落地，立即不省人事。

寧王妃又驚又怒又心疼，喚來太醫後，便火速將寧王和寧王世子請回來，直接把寧霏送到水月庵了。

水月庵在京城是出了名的，只收容大家族裡犯了錯的人，在裡面，不管吃穿還是用度，都得親手勞動去換。好好的人進去，僅半年，再出來就不成人形了。

不過，寧霏身邊還是有那麼一、兩個忠心的下人，硬是闖出去，到寧家報信。

寧王妃也乾脆，既然鬧起來，那兩家商量商量，要麼，寧霏去水月庵，兩家還是姻親，寧家老夫人也能時常看看外孫，要麼，寧家領走寧霏，寫下和離書，從此男婚女嫁各不相關，但孩子是寧王府的，和寧家半點關係都沒有了。

寧家老夫人冷心冷肺，關心之人只有兩個，一個是親閨女寧霏，一個是親兒子寧霄，當即選了第一條路。

馬欣榮原本以為，可憐了小孩子呢，卻沒想到，寧霏不知受了刺激還是怎麼的，竟然性情大變，居然有了悔悟之意。她生怕兒子在寧王府被折磨，沒有寧家撐腰，他又是嫡長子，將來還不知要礙了誰的眼。寧王妃表面看著疼孫子，但若真心喜愛，會把寧王府的繼承人教成驕縱的孩子？

寧霏擔心，她前腳回了寧家，後腳孩子就沒命了，所以，拚著自己去水月庵受罪，又是磕頭、又是哭訴，硬是得了寧博和寧震的承諾——這輩子，只要他們還活著，那孩子就是寧家的外孫，將來哪怕不能繼承寧王府，也能平平安安活到娶妻生子。

聽完這事，寧念之的眉頭就皺起來了。雖說她覺得寧霏是咎由自取，早知今日，何必當初？孩子剛斷奶時，就抱到自己身邊養著，非得拖到這時候。當了娘，不說照看兒子，還一心一意要和寧王世子爭個高低上下。現在好了，母子離心，又被寧王府送到水月庵去。

現在，寧王府沒給休書，寧霏仍是寧王府的世子妃，但一個住在水月庵裡的世子妃，寧王府能容多久？

不過，平心而論，這事寧王府做得不厚道。

「那孩子不過幾歲大，如果沒有人在旁邊攛掇，會哭著鬧著不要親娘？哪怕是兩、三歲的小孩子，骨子裡對母親的孺慕和渴望，還是有的吧？」

馬欣榮點點寧念之的額頭。「這當了娘，果然是不一樣了，一眼就看出來。這事怕是寧王府早有打算了，就算他們想給自己留一條後路，也得讓大皇子那邊相信他們才是。」

寧霏是寧家人，寧家是太子這邊的，自己手下有個太子派的媳婦兒，大皇子心裡沒刺才怪。寧王府大概早有心收拾寧霏，不過是寧霏蠢，自己製造機會撞上去罷了。

「那咱們家就認了？祖母沒鬧騰？」寧念之挑眉問道。

馬欣榮笑了下。「老太太自然不會善罷甘休。妳二叔雖然沒本事，但結交幾個御史還是沒問題的，當即有人上摺子參了寧王府。寧王父子不是什麼好東西，把柄一抓一大把，年前寧王被皇上斥責了，現在還在府裡禁足呢。」

這到底是為了給寧家出口氣，還是給大皇子一個警告，還是別想得太明白了。

不過，水月庵背後是有大靠山的，當初太皇太后親自題了庵名，也送過一、兩個妃嬪進去，所以，要把寧霏帶出來，是不大可能了。寧家能做的，只能往裡面送些銀錢，不讓她過得太苦罷了。

至於寧霏的兒子，寧霏到底是寧博的老來女，又只這麼一個閨女，也不能眼睜睜地看著她的血脈長歪，便特意選了一個小廝跟一個貼身丫鬟送到寧王府。現在孩子還小，不能出門，所以他也做不了更多。

「若是太子殿下登基……」寧念之輕聲說了一句。

馬欣榮拍拍她的手。「妳我心知肚明就是了。這事還說不準呢。」

太子登基，寧霏便能出來，畢竟，寧王府還要靠著寧霏救命呢。到時候，寧王妃就得捧著寧霏；如果太子不能登基，寧家自顧不暇，怕寧霏要在水月庵裡「重病」了。

娘兒倆互看一眼，便默契地換了話題。

馬欣榮又問：「只顧著說京城的事情了，竟是還沒聽妳說，你們這府裡，到底是怎麼分家的？是老太太開口，還是老爺子？」

寧念之挑眉。「是祖父開口的，只是，祖母私底下有沒有說話，我就不知道了。不管怎麼樣，家反正是分了，斷沒有再把他們接回來的道理。」

「若老爺子能早點想明白就好了，不過現在也不晚，要不然，不知道妳和光哥兒要受多少罪呢。」馬欣榮笑道，看見光哥兒咂咂嘴，眼皮子抖動兩下，像是要醒過來的樣子，忙拽了寧念之的手。「是不是要吃奶了？」

寧念之點頭，抱了光哥兒去內室餵奶，回頭讓他軟軟地躺在自己的臂彎裡。「看，這是外祖母。光哥兒沒見過外祖母，現在見見，可要記住外祖母的長相才是。」

馬欣榮笑著搖頭。「淨胡說，孩子才幾個月大，不過能看清楚人影，哪能記住長相了？來，光哥兒，外祖母抱抱。外祖母的心肝寶貝，給外祖母親一個。」

光哥兒不愛哭，被馬欣榮蹭了臉，還咯咯地笑，看得馬欣榮越發喜歡。「等妳弟弟成親了，不知道什麼時候才能給我生個大胖孫子。」

「是年底下聘沒錯吧？」寧念之問道。

馬欣榮點頭。「嗯，那姑娘也上太學的，之前妳不是說見過嗎？妳弟弟喜歡，她看著也喜歡妳弟弟，才訂下來的。這時間啊，過得就是快，我還記得妳小小一團的模樣，現在妳都已經生孩子，妳弟弟也訂親了，先是安成成家，再來是安越，最後是安平，慢慢地，我和妳爹也就老了。」

寧念之沈默了，好一會兒，才把腦袋靠在馬欣榮肩膀上。「娘，您和爹可要老得慢一點，等我和東良去京城，還要在二老跟前盡孝呢。好歹，爹娘也把東良給養大了。」

馬欣榮笑咪咪地點頭。「好好好，都聽妳的。我閨女說的話，那是絕不能不聽的，回頭我就督促妳爹養身子，什麼好吃的、好玩的，都要試試，別那麼累，他不幹的活兒，照樣有別人幹。朝堂上少了他，差事也不會沒人辦了。」

「上次秋闈，安成過了，那安和呢？」寧念之忽然想起這件事，連忙問道。

寧安成功課好，但寧震生怕他小小年紀中舉，對以後的仕途不好，畢竟他們是武將世家，幫不上什麼忙，朝堂上的人可不會因為他年紀小就讓著。不如等兩年，看多了人情世故，有了長進，再進名利場。所以，寧安成是去年才參加秋闈，寧安和也一起。

馬欣榮笑咪咪地點頭。「自是過了，成績中等往上。妳祖父的意思是，兩個人都先等等，待安成娶了親，再說春闈的事。」

皇帝年老，還是別一鼓作氣了，穩紮穩打，等看出局勢再上去。雖說，沒有雪中送炭來得情意重，但寧家不需要再來個從龍之功，只要平平安安就行。

寧念之也點頭贊同，之前要不是皇帝把寧家綁在太子的船上，這會兒寧家根本什麼都不用操心呢。

兩人說著話，眼看到了中午，馬欣榮便道：「往日裡，午膳是在老太太那邊用的吧？今兒索性也別例外，咱們娘兒倆說話，什麼時候不能說？哪裡非得擠在吃飯的時候。老太太看重光哥兒，一上午沒見，怕是心裡想了。」

寧念之聽了，覺得還是自家娘親想得細，便帶著馬欣榮，抱上光哥兒，一起去了聽濤堂。

第一百零七章

馬欣榮猜得還真對，寧念之抱孩子過去時，周氏的表情雖是不大贊同，但嘴角卻笑出了花。

「怎麼沒和親家一起吃飯，又抱著孩子過來了？我又不是那離不得人的，些許空閒都不能給妳。」

「我這是捨不得自己的私房，特意帶我娘來蹭飯的。祖母可要看在光哥兒的分上，多掏幾錠銀子來，讓徐娘子做多多的菜，今兒吃個盡興。」寧念之笑道。

周氏一邊抱了光哥兒，一邊對馬欣榮道：「快看看，這是帶著妳挖我的私房呢。我啊，就喜歡念之這份伶俐勁兒。」

馬欣榮趕緊捧場。「能得老太太歡心，是念之的福氣，既然做了原家婦，自當孝敬您才是，老太太只管受著。如果念之哪兒做得不好，老太太只管打罵，我是半點都不會心疼的。」

「可不許打罵，我這孫媳婦兒好著呢，再沒比她更討人喜歡的了。」周氏忙說道，點了點寧念之。「這雲城，但凡見過念之的，都對她讚不絕口，長得俊、懂禮數，又和善謙虛，人人都服氣。」

「那我就放心了。」馬欣榮說道。「有這樣的太婆婆，再沒人比我閨女更有福氣呢。」

兩個人妳來我往地謙虛一番，寧念之生怕再說下去就天黑了，忙打斷道：「咱們先吃飯吧？對了，祖母，我娘還沒見過咱們家的園子，吃完飯，咱們到園子裡轉轉？」

周氏忙點頭。「對對，先吃飯，吃完了去園子裡轉轉，也消消食。親家啊，到了雲城就別客氣，該吃什麼、該玩什麼，只管說，回頭讓念之帶妳到處逛逛。雲城和京城大不一樣，咱們來一次，可不得看個齊全嗎？回頭也好吹噓吹噓，對人說兩句女婿是如何孝順，這樣我臉上也有光啊，妳說是不是？」

這話逗得馬欣榮忍不住笑。「老太太放心，我不會客氣的，得了空就去逛逛，還得請您多指點幾個好玩、好看的地方呢。」

話雖這麼說，但寧震身上畢竟還有差事，不能在雲城久留，便只在附近轉了轉。原本說能待一個月，卻在十來天之後就開始收拾行李，向原丁坤和周氏告辭了。

寧家人回京那天，原東良和寧念之抱著孩子，依依不捨地送到城門口。本來想送出城的，馬欣榮擔心剛出生的孩子，不能吹冷風，硬是不許他們再往前走。

於是，小夫妻倆抱著孩子站在城門口，看著馬車駛遠，才眼眶紅紅地回轉上車。

「別傷心，等過段時日得了空，我帶妳回京看看。」原東良抬手摸摸寧念之的頭髮，將人攬在懷裡勸道，又揉揉她手裡胖團子的小肚子。「看，兒子也在安慰妳呢。」

小胖團被揉得舒服了，嘴巴一咧，露出大大的笑容來。小孩子的笑容本就是最感染人心的，哪怕寧念之正在傷心，看見兒子的笑容，也忍不住跟著微笑。

但下一瞬，胖團子就開始哼哼唧唧了，扭著脖子，使勁往寧念之懷裡湊。幸好兩個人是在馬車裡，但寧念之也忍不住紅了臉頰。

「沒事，外面看不見，可不能餓著了咱們兒子。」原東良低低地笑道，把身子往外挪了挪。「若是不放心，我幫妳擋著？」

孩子年紀還小，餓不得，哪怕寧念之害羞得要命，也只能躲在原東良身前，微微拉開衣襟餵奶。再次慶幸，夫妻倆是坐馬車出來的。

又過五、六天，離別的傷心就慢慢變淡了。

這天，吃過午飯，寧念之正和周氏商量著到花園裡走走，小丫鬟進來稟報：「老太太，三少夫人來了……」猶豫一下，才有些尷尬地繼續說：「她臉上帶著傷……」

周氏有些吃驚。「帶著傷？」

寧念之也不解。「難道是出門時摔倒了？那應該在家裡養著啊，怎麼出來了？三少夫人的神情如何？」

「有些……難過。」小丫鬟想了一會兒才說道。

其實，豈止有些難過啊，簡直是太難過了。只是，身為丫鬟，不好說主子太難看的一面，所以，小丫鬟只是含含糊糊地說：「大概是太疼了。」

雖然周氏不喜歡二房，但對何氏沒多少怨恨，畢竟，何氏也是個可憐人。眼下人都受傷了，還到自家府門前，必定是有重要的事情。要是見了，說不定又要攤上什麼事；要是不見，又有些心軟。猶豫了一會兒，就看寧念之。

寧念之和何氏打過交道，便點頭說道：「若有難處，能幫的，咱們就幫一下；若是幫不上，咱們直說就是了。」

周氏點頭，小丫鬟忙出去請了何氏進來。

剛進門，周氏和寧念之就驚呆了，小丫鬟剛才的話說得太含蓄啊，這豈止是受了點傷！眼眶紅腫、臉上青紫、嘴唇帶著血、鼻子破皮，外面的衣衫也有些破，若說是走路摔的，或撞到門柱，連三、五歲的小孩都不信。

「三弟妹這是怎麼了？」寧念之先反應過來，忙上前去，打算扶她。

何氏拉住她的手，露出苦笑，然後，撲通一聲跪在周氏跟前。

「祖母，求您為我作主，如果您不幫幫孫媳，孫媳怕是要沒命了。」

周氏也吃了一驚，忙問道：「這是出了什麼事？可是出門遇見了山賊、土匪？不對啊，前陣子，東良才剛砍了一批山賊，應當不會有人有這個膽子，這時候送上門來吧？」

「不是山賊、土匪，卻比他們還要可惡。山賊、土匪要打殺人，還得提防著朝廷兵馬；這人下起手來，卻是毫無顧忌。若非祖母，怕這世上再沒人能懲治了。」

說著，何氏笑了下，只是那笑容出現在那樣一張青青紫紫的臉上，有些駭人。她一邊笑，一邊流下眼淚，看著就讓人心酸。

周氏也不笨，沈默一會兒才問道：「是苗氏動的手？」

「祖母救救我。」何氏沒點頭，也不否認，孝道大於天，她身為兒媳，狀告婆母是為不孝，即便去了衙門，也要先挨一頓板子。明晃晃地告狀，並不是明智之舉。

何氏擦了眼淚，說道：「自從分了家，公爹和婆婆就時常吵架，婆婆心裡難受，我們這些當晚輩的，自是要常常去開解，說幾句玩笑話逗婆婆一樂。只是我向來嘴笨，比不得二嫂得婆母喜歡，一次、兩次的，婆母便只當我不存在了。

「可現在，大約是婆母悶得很了，二嫂也逗不笑婆母，於是，婆母的脾氣更是越發地壞……」壞著壞著，就開始打人了。

小苗氏是苗氏的得意兒媳，又是娘家人，苗氏肯定不會去動小苗氏；原平周呢，她打不過；兩個兒子加上孫子，她也捨不得。思來想去，只能拿何氏出氣了。

「沒分家的時候，孫媳和大嫂走得近了些，婆母就說我賣主求榮……」何氏低聲說道。

周氏有些怒了。「什麼叫賣主求榮？她算是哪門子的主！當真活得膩煩了是不是？真當原家是二房的不成？」

「孫媳不求別的，只求祖母讓孫媳在這兒住兩天，好養養身上的傷。不然，孫媳出門，丟的還是原家的臉。」

何氏動了動臉頰，立刻吃痛，抬手捂了一下，隨即趕緊放開，膝行到周氏跟前，抬手想抱周氏的腿，卻又膽怯地縮回手。

「我什麼都能做，幫祖母端茶倒水、捶背捏肩，只求祖母給我個安身的地方。」

就算扯到原家，何氏也不敢說得太深，生怕適得其反，反而讓周氏厭惡她。

何氏這樣子，著實有些可憐，她的娘家沒辦法給她出力，又沒有孩子。這一身的傷，要說出去，十有八九會被苗氏用髒水潑回來。現在唯一能幫她的，就是周氏了。

偏偏周氏對二房厭惡至極，二房的事情，是能不碰就不碰。往日裡何氏還在原府時，有些木訥，礙著苗氏那老妖婆，從未巴結、討好過周氏，這會兒上門求助，心裡是十分忐忑的。

如果她是周氏，怕也不會為一個不算親近的孫媳出面。

想著，何氏忍不住去看寧念之。能在周氏跟前說得上話的，只有這位大嫂了。寧念之剛進門，就被周氏捧在手心裡，現在又生了兒子，怕是她說今兒要龍髓，周氏也會想法子給她弄了來。

寧念之聽了，垂下眼簾。周氏對她至親至真，她和何氏不過是稍有來往，為了何氏去勉強周氏，她是做不出來的。

「祖母？」過了好半天，周氏一直沒開口，何氏有些焦急地喚了一聲。

周氏搖頭道：「我這兒用不著妳伺候。我若是留下妳，妳婆母怕是會找上門。」

她倒是不怕苗氏找人，就怕苗氏藉著這件事，把其他人送過來。她好不容易才讓老頭子分家，將其他幾房趕出去，現在帶回來一個人，就可能會有第二個、第三個、第四個，慢慢地，二房說不定就搬回來，那她豈不是白費了力氣？

見何氏臉上露出失望表情，周氏又說道：「不過，我倒是能給妳找個地方養養傷，再讓人到你們府裡找妳公爹問問話。到底是老夫老妻了，這樣吵吵鬧鬧，像什麼樣子？」

雖說和所求的不一樣，但只要能暫時離了苗氏，何氏就很高興了，忙點頭應下。

寧念之這才彎腰把人給扶起來。「妳只管安心養著身子，吃的、穿的、用的，若是缺了，讓人來和我說一聲。實在不行……」

頓了頓，寧念之卻是沒說下去。要是換了她，說什麼都要和離。苗氏打她的事，肯定不是頭一次了，可她卻不向自家相公求救，非得來找周氏，可見那男人也是靠不住的。非但靠不住，說不定，他還百般地勸她忍讓。

若是捨不得嫁妝呢？但嫁妝和性命比起來，自然是性命更重要。銀子沒了還能賺，命沒了去哪兒找？再者，沒了嫁妝，不過是日子過得苦些，又不到乞討要飯的地步，怎麼就受不住了？

可何氏寧願到周氏跟前求助，也不願意提出和離，這性子，寧念之實在不喜歡。原先只以為她太過敏感與悲傷，現在卻覺得，她太懦弱了些。這樣的人，幸好沒孩子，不然，怕要連累孩子跟著挨打。

於是，周氏選了個公中買的小院子，因著太小，所以當初分家時，二房他們都沒看上，現下正好給何氏用。何氏身邊帶著丫鬟，寧念之只派人買了油鹽醬醋茶跟吃食送去就行了。

隨後，周氏派人去原平周府裡，特意傳了話，免得苗氏藉口何氏不歸，再打何氏一頓。

晚上，原丁坤回來，周氏對他詳細說了這件事。

原丁坤又驚又怒。「我原以為她是脾氣不好，性子有些驕縱，卻沒想到，竟然還出手打人！那何氏，就算娘家落魄了，也是她兒媳，她做出這樣的事情來，原家的臉面往哪兒放?!」

何氏長什麼樣子，原丁坤都快想不起來了，但苗氏這樣的舉動，著實可惱可恨。

原丁坤氣得睡不著，在屋子裡轉了幾圈，回頭說道：「不行，明兒我得和老二說說這事。那苗氏好歹也是名門望族出來的，怎麼生成這樣的性子?實在不行，送回苗家去，由苗家的人管教！」

他嘀咕了兩句，又湊到周氏跟前，討好地幫周氏揉捏胳膊。

「明兒妳派了身邊的嬤嬤去傳個話?畢竟，後宅的事情，我不好過問太多，老二這邊我能說兩句，但苗氏那邊……」

周氏沒好氣地瞪他一眼。「我就知道，你是要找我出面的。算了，誰讓我當初眼瞎嫁了你呢?」

的。

廖嬤嬤已經出府，周氏身邊的人換成平嬤嬤，比廖嬤嬤年輕將近二十歲，也是個會說話的。

隔天，周氏派了平嬤嬤去原平周府裡，回來後，她繪聲繪色地告訴周氏和寧念之。「二夫人臉上也有巴掌印，不知道是不是二老爺打的。見了老奴，二夫人那臉色差的啊，不過還是恭恭敬敬應了，說以後必定會聽老太太的話。」

不過，苗氏到底只是敷衍，若何氏不想挨打，就得自己立起來。周氏能幫一次、兩次，難不成還能幫她一輩子？苗氏的年紀，可是比周氏小多了。

過了三天，原繼祖親自去小院子，又是賠罪、又是送禮物的，總算把何氏給請回去了。

第一百零八章

可不到半個月，何氏又上門了。上次那麼淒慘，好歹沒鬧，這次卻是哭著來的。何氏才剛開始哭訴，那邊門房就來通傳，說是苗氏過來了。

總不能這會兒再將何氏趕出去，周氏沈默一會兒，讓人把苗氏請進來。

苗氏一進門，就大聲為自己辯駁。「老太太，您可不能相信這小娼婦的話，我身為長輩，不能讓她這當兒媳的立個規矩嗎？別人家的兒媳婦都能伺候婆母，咱們家的伺候一、兩天，就要死要活了。

「她身上的傷，可不是我動手的。老太太，您一向明理，您看，我今年都快五十了，年老體衰，何氏才二十多歲，正是年輕力壯，我一個老婆子能打得過年輕人？我只是數落她兩句，她受不住，自己往臉上抓，然後就跑出來了。

「什麼？臉上傷痕不嚴重，身上有傷？那可不是我動手的，小夫妻倆在房裡有什麼事情，我這個當婆婆的難道要過問？我還要臉呢。繼祖，你自己和你祖母說，那何氏身上的傷痕，是不是你弄的？」

原繼祖有些尷尬，但仍是上前行禮。「因著這點事情驚動祖母，累得祖母為我操心，孫兒實在不孝，還請祖母原諒。」

他說著，衝何氏拱拱手。「慧兒，有什麼事情，咱們回去再說？別鬧了，我給妳賠罪，妳原諒我一次好不好？」

這話說得有水準，寧念之臉上忍不住露出譏誚來。

何氏面色煞白，嘴唇哆嗦，手指抖了半天，卻是一句話都說不出來。夫妻間的閨房事，是能隨隨便便說的嗎？尤其開口的還是自家男人，真是把她的臉面扔在地上踩了。

隨即，她絕望了，原繼祖說出這樣的話，她再說身上的傷痕是被人打的，也不會有人相信。

不等周氏說話，何氏便木然地起身，衝周氏行個禮，一言不發，轉身就朝外面走去。

苗氏完全不覺得尷尬，嗓門挺大。「我可沒老太太的好福氣，有孝順溫柔的兒媳。我這兒媳，就是心氣太高，回去還得好好磨磨才是。如果老太太沒什麼事情，我們先走了，不用送啊。」

反正已經撕破臉，苗氏就挑著周氏的傷疤戳，原康明那媳婦兒是溫柔了，卻讓周氏中年喪子，疼了半輩子。

周氏又氣又怒，也顧不上何氏了，連聲喊著人來掃地，必要將苗氏站過的地方掃下一層才行。

好半天，她又嘆口氣。「我是日子過得好，越發沈不住氣了，不就是讓她說兩句嗎？那兩個是討債鬼，討完債就走了，幸好他們還有良心，給我留下東良。」

寧念之安慰了周氏幾句。「二嬸向來不著調，怕是上次也被二叔責罵了。她過得不順心，自然希望身邊的人個個過得不好，祖母若是和她生氣，才是中了她的詭計呢。對了，這會兒光哥兒怕是醒了，不如去看看？」

周氏忙道：「哎呀，都這時候了，光哥兒肯定肚子餓。妳快去餵孩子，然後抱孩子過來。」

寧念之進了內室，光哥兒還沒醒，小拳頭握在嘴邊，睡相十分可愛。寧念之怕他晚上走了睏，輕捏他的小拳頭，不停地喊光哥兒，將人給弄醒。

小孩被叫醒了，有些不高興，哼哼唧唧地想哭。

寧念之忙抱起他，輕輕搖晃地哄著，又解開衣襟餵奶。有得吃了，光哥兒就停了哼唧，含住乳頭，開始使勁地吸起來。

等寧念之餵飽光哥兒，就抱著他去找周氏。

周氏逗弄著光哥兒，忽然說道：「這事啊，還是得何氏自己立起來，靠別人是靠不住的。她年輕，有什麼坎過不去呢？」

寧念之笑了笑，沒說話，她最看不起性子懦弱的人。若何氏依然如此，她的那點同情，怕是要慢慢被消磨殆盡。

後來，何氏又來過幾次，周氏能把苗氏攔在外面一、兩次，卻不能永遠將苗氏攔在外面。加上原繼祖在，苗氏有恃無恐，越發囂張，當著周氏的面，手指都快戳到何氏的臉上去了。

何氏越來越消瘦，從原先的胖瘦適中，不過兩個月工夫，就變成風一吹就倒。一張臉也越發木然，甚至連之前常見的小心翼翼表情都消失了，眼睛也空洞無神，不仔細看，就是個活死人、空殼子。

晚上，寧念之和原東良提起，感嘆不已。「若她自己能立起來，日子也好過點兒。偏偏她現在好像嚇怕了，連咱們府裡都不敢來了。」

原東良挑眉問道：「她多久沒來過了？」

寧念之仔細算了算。「半個多月了，以前三、五天就要來一回的。要我說，原繼祖也不是什麼好東西，明知道妻子受難，卻視而不見，甚至助紂為虐，幫著苗氏隱瞞。自以為孝順了，其實不過是窩囊而已。」

原東良哈哈大笑。「娘子這話說得有道理，男子漢大丈夫，上能孝敬長輩，下能照看晚輩，中間也得護著妻子才行。媳婦兒與他同甘共苦，為他生兒育女，吃苦受罪，若連她都護不住，就枉為男人了。妳放心，妳家男人呢，是個頂天立地的，將來必定不會讓妳受委屈。」

寧念之聽了，使勁捏他一把。「說三弟妹的事呢，你又扯開話題。難不成對我好，不是你應當做的？還要放在嘴上說，是要我給你表表功勞嗎？」

「那倒不用，我就是想讓妳獎勵個親親。」原東良不要臉地將臉頰湊過來。

寧念之敷衍地在他臉上親一口，又煩惱起來。「這段日子，光哥兒長牙呢，吃奶的時候，咬得我疼死了。」

原東良皺眉。「那不如斷奶了？」

「才六個月，急什麼？別人家的孩子，兩、三歲還吃奶呢。」寧念之忙說道。

原東良嘆口氣。「我總覺得，自從有了孩子，妳心裡最重要的人就變成他了。以前妳會擔心我的吃穿，現在卻是句句不離他。妳變心了。」

寧念之抽了抽嘴角，忍不住拿抱枕拍他一下。「那也是你兒子。」

「哎，就因為他是我兒子，所以連揍他一頓都得想盡辦法，著實太苦惱了。早知道，我們就晚些生孩子。」原東良一邊說，一邊伸出賊手往寧念之腰上纏。「或者，咱們再生個女兒？像妳一樣的。這樣，將來就是妳吃閨女的醋，我就不用再吃咱們兒子的醋。好不好？咱們再生一個？」問著，就把寧念之壓在身下。

「別……好癢，燈還沒熄呢！」

「別管燈了，專心些。」

日子過得飛快，轉眼間，光哥兒滿八個月了。

「快看，光哥兒會爬了！」周氏正陪著小團子玩，特別高興，對寧念之招手。「咱們光哥兒就是聰明，才八個月就會爬。回頭妳吩咐廚房的人給他準備些好吃的，好讓身子長得更結實些。」

寧念之忍不住笑。「祖母，這個還用您說啊，現在廚房多數時候都在給光哥兒準備吃的，什麼雞蛋羹、水果羹、肉羹，哪樣都沒少，不用擔心他會餓肚子。」

周氏聽了，笑咪咪地說道：「我不過是多囑咐一句。現下光哥兒會爬了，再過兩個月，就該學說話，日子過得可真快……」

話沒說完，小丫鬟便急匆匆地過來了。

「二老爺府裡來人，奴婢瞧著，好像是來……」瞧了瞧周氏，才有些忐忑地說：「來報喪的。」

周氏立刻愣住。「妳說什麼？」

「二老爺府裡來人了，穿著孝服，跟來的三少爺也是一身麻布。」這次，小丫鬟說得挺順溜的。

周氏聞言，沒空細問了，趕緊讓人叫原繼祖進來。

原繼祖臉上呆呆的，眼神渙散，半天都沒能看出眼神盯在哪兒。而前面領路的小廝一進門，就撲通跪下。

「老太太，我們夫人和大少夫人去世了。」

過了一會兒，寧念之才反應過來，這大少夫人說的不是她，而是二房的小苗氏。以前沒分家時，自然是有排行的，可分了家，小苗氏就成他們府裡的大少夫人了，何氏也不是三少夫人，應當是二少夫人。

苗氏和小苗氏，死了？

周氏也很吃驚，五天前，這對婆媳還趾高氣揚地來原家要人，把何氏帶走。兩人滿臉倨傲，好像在何氏的事情上占了便宜，就是打敗周氏，將周氏踩在腳底下。

才幾天工夫，這兩個人就死了？

「怎麼回事？」幸好周氏一向不喜歡這婆媳倆，雖然很震驚，卻很快就反應過來，皺眉問道。「前些天不還好好的嗎？若是病了，之前怎麼半點消息也沒有？」

小廝見原繼祖還是一臉茫然的樣子，無奈地繼續替他說話。「並非急病。夫人和大少夫人聽說城西最近來了個神算，算命特別準，就打算去看看，今兒一早坐了馬車出門。

「沒想到，剛出城，拉車的馬兒就瘋了，城西那邊多是山，馬車撞上山壁，將夫人和大少夫人甩出來，腦袋砸在石頭上，當場就歿了……」

寧念之忍不住張大嘴，這是多背的運氣啊，從馬車上摔下來，還正好撞在石頭上。難不成，真是老天爺看這婆媳倆作惡多端，忍不下去，出手了？

「她們出門沒帶著人嗎？」周氏問道。

小廝點頭。「自然帶著的，只是夫人和大少夫人要一起說說話，就兩個人坐了一輛車子，丫鬟、婆子跟在後面，拉另一輛車的馬兒好端端的，並沒出事。」

出去一群人，死的只有兩個主子，換了誰，都要在心裡嘀咕，莫不是壞事做多，遭報應了？

「可曾通知你們老爺了？現下府裡是誰在主持大局？」周氏又問道。

原繼祖終於反應過來，面上帶著悲痛之色，上前行禮。「祖母，我已經派人去給父親跟哥哥送信，想來很快就能到家。我這次來，是有件事想求祖母。」

周氏點點頭，原繼祖看了寧念之一眼，說道：「祖母和大嫂都知道，何氏很懦弱，一向沒什麼主見，這會兒家裡發生了那樣的事情，怕她撐不住，還請祖母作主，求大嫂幫忙，到我們府裡主持大局。」

周氏有些猶豫，她不願意寧念之插手這些事，但何氏又立不起來……

沒等周氏想到拒絕的理由，就聽寧念之說道：「三弟，若是能，我定會幫你，只是，二嬸到底是長輩，我不敢插手她的身後事。再者，我這年紀，不曾經歷喪事，更不曾著手辦過，如果辦砸了，倒是不美。不如這樣，你去問問三嬸或四嬸？她們是長輩，或許見過，定能讓二嬸入土為安。」

「是啊，你大嫂到底年輕，讓她管管家還行，這喪事太大了些，怕她辦砸了。」周氏接道。

原繼祖是真心孝順自家娘親，也知道娘親不喜歡寧念之，只是覺得這位大嫂管家的本事挺好，這才求上門。

但寧念之推辭的理由也挺有道理，原繼祖想了一會兒，就點頭了。「祖母和大嫂說得有道理，那我去找三嬸問問。明兒發喪，還請……」話沒說完，眼淚便嘩啦啦流下了。

周氏忙道：「你放心，人死為大，我會讓你大哥大嫂過去給你娘上炷香。哎，年紀輕輕，怎麼就出了這事呢？真是……我老婆子還活著呢，她們兩個就……」很是唏噓了一番。

送走了原繼祖，周氏又對寧念之說道：「真是世事無常。前幾天，她們倆還得意洋洋地過來，今兒就出了這樣的事情，也太突然些。不過，說句難聽的，她們一走，何氏倒是輕鬆了不少。」

她頓了頓，又嘆氣。「這兩個撒手走了，倒是輕鬆。老二那性子，都是當祖父的人，應當不會續弦了，可承宗還年輕，必得再娶，衛陽日後不好過了。」

原衛陽是小苗氏的獨苗，落到後娘手裡，能有什麼好日子？

「好端端的，卻忽然驚了馬，也該是她們的命數了。」周氏感嘆幾句，叮囑寧念之。「回頭妳出門，可要讓人多檢查馬車幾次，萬不能疏忽了。為了孩子，得長長久久地活著才是。」

寧念之應了，又安慰周氏幾句，陪她吃了飯，才抱著光哥兒回陶然居。

周氏是長輩，自然不用參加苗氏跟小苗氏的喪禮。寧念之是晚輩，第二天一早，換上素淨的衣服，就帶著光哥兒，一起去了原平周府裡。

門外已經掛上白燈籠，也貼上白對聯。大門敞開，有穿著白色衣服的下人跪在門口，有人進來就行禮，帶著人往靈堂去。

大堂裡放著兩口棺材。按照規矩，應該先辦長輩的喪事，再辦晚輩的，但苗氏婆媳算是橫死，得儘早入土，才不會化作厲鬼，索性一起辦了，只是棺材一左一右地擺著。

原承宗、原繼祖，以及何氏跪在左邊的棺材旁，原衛陽則跪在右邊棺材旁。二房嫁出去的嫡女也回來了，一把鼻涕、一把淚地哭號，肚子大得讓人心驚膽戰，身後嬤嬤的眼光時刻不離她的肚子，生怕裡面的小主子出什麼意外。

見寧念之進來，何氏行了禮，起身去拿一把香，點燃後遞給寧念之。寧念之上前拜了拜，唐嬤嬤也抱著光哥兒作個揖，算是行禮了。

「願二嬸早登極樂，無病無痛，下輩子盡享榮華富貴。」寧念之嘀咕兩句，又轉身對原平周行了個跪禮。「二叔還請保重身子，二嬸定不願因著自己的緣故，讓您傷心難過。」

原平周沈默一下，點點頭。「姪媳婦有心了。」

接著，寧念之給小苗氏上香。原衛陽才六歲，正是懵懂的時候，娘親過世，他是一知半解的。再者，他是奶娘帶大的，有時候，小苗氏一天也不會見他一次，所以臉上倒是沒多少難過。

可靈堂的氣氛不是很好，他惶恐了，見寧念之過來，縮了縮身子，被身後的奶娘推了下，這才想起自己要做的事，趕緊搖搖擺擺地起身，遞香給寧念之。

「以後要好好唸書，知道嗎？」寧念之拜完小苗氏，摸著原衛陽的腦袋，沈默半天，才說出這麼一句話來。人家有親爹在，就算她看著他可憐，也輪不到她說話。

寧念之出了靈堂，就看見趙氏和董氏。不知道原繼祖是怎麼打算的，兩人竟都管了事，不過一個只管吩咐，一個只管帳本。

見寧念之出來，趙氏忙道：「吃了午飯再走，正好提點提點我們，看有哪兒做得不對。」

董氏也和往日不太一樣，臉色好了不少，精神更是不同，比以往開朗，到底以前就是這性子呢，還是分家之後，上面沒婆婆壓著，舒暢了？寧念之不想追究，反正已經分家，好了就多親近親近，不好便躲著點，又不是什麼大事。

她寒暄幾句，和趙氏她們道別，就帶著孩子離開了。

第一百零九章

苗氏婆媳的喪事一共辦了五天，下葬那天還要吃白飯，這次寧念之沒有帶著孩子，自己過去。

她剛回來，原平周就上門了，還帶著原衛陽。

因原丁坤也在，周氏不好直接說不見，只能把人給請進來。

原平周一進門就行了大禮。「不孝子給爹和母親請安。不孝子一把年紀了，還讓二老跟著操心，實在沒臉見人，還請二老原諒不孝子。」

到底是親兒子，之前原丁坤狠心分了家，心裡本就存了幾分愧疚，此刻見兒子鬍子拉碴、人也瘦了一圈的樣子，忍不住嘆氣。「是你媳婦兒沒福氣，好不容易到了享兒孫福的時候，卻……」

原平周眼眶通紅，沈默一會兒，忽然轉向周氏，使勁磕了幾個頭。

「母親，這次兒子過來，是有事相求的。」

周氏看原丁坤，原丁坤臉上也有些困惑。

原平周繼續說道：「縱使苗氏有千般不好、萬般不好，但總歸為兒子養育了子女，兒子也到了這把年紀，就不再續弦。承宗大了，那府裡早晚要讓他當家作主，所以，只等日後再給承宗聘個名門淑女就好。

「只是，現下府裡沒人照看，何氏的性子又是那樣，我們三個大男人早出晚歸，沒人照看衛陽。但他畢竟是我們府裡的嫡長孫，萬一被奴才教壞，我也對不住苗氏，所以想著，暫且把衛陽放到母親身邊，也不求母親照顧，只要能吃飽穿暖就行。」

周氏聽了，眉頭立刻皺了起來，原平周忙又道：「我知道，母親上了年紀，怕是沒什麼精力照顧孩子，若姪媳婦有空……」

周氏的臉頰抽動了兩下，這是打定主意要把孩子塞到自家來？可他圖什麼啊，以後這孫子和他離心，豈不是白白送了一個孩子給他們？

再者，原家都分家了，大半家業早交到原東良手裡。等原衛陽長大，至少得十來年吧？如果這孩子有個萬一……難道，二房又生出什麼歪主意？

於是，周氏開口道：「按說，你們府裡沒了女主子，我應當幫一把的。可就像你說的，我上了年紀，精神不濟，念之那孩子雖然年輕，卻有光哥兒要照看，光哥兒從小跟著她，連唐嬤嬤都只是偶爾看顧，萬不能離開她身邊。」最後幾句，是對原丁坤解釋的。

原丁坤摸著鬍子點頭，這倒是真的，老的老、忙的忙，怕是真抽不出空來。可老二那府裡，也確實沒人照顧。

「老二願意為苗氏守著，那是苗氏的福氣，可大老爺們，身邊哪能沒個伺候的人？不如這樣，我挑個賢慧的，灌了藥給老二送去，一來能伺候老二，二來照看孩子。老爺子，你說怎麼樣？」

原丁坤聽了，眼睛一亮，馬上點頭。「這主意不錯，回頭妳得好好挑個人，別選那內裡藏奸的才是。衛陽年紀還小，萬萬不能讓人帶上了歪路。」

周氏心裡不屑，面上卻還是和善。「灌了藥，沒了私心，自然就會一心一意地照顧衛陽了。」

原平周張嘴想說什麼，周氏忙又道：「你對苗氏一番心意，可她現在畢竟過世了，就算你替她守著，她在地底下，也是不知道的，還不如得了空，多多照拂她娘家人呢。再有，就是照看好你們的兒孫，這樣她泉下有知，才更感激你。」

雖然原丁坤知道周氏不願意照看原衛陽，卻也覺得這番話有道理，當即點頭了。

原平周沒辦法，只好帶孩子回去，順便推辭了周氏幫他找人的事。周氏找的人，是一定能照看孩子，但說不定會多做點什麼，他可不放心。

處理完原平周的事，周氏便打著看重孫子的名頭，去陶然居找寧念之說話。

「他當我傻呢，無緣無故就將孩子送過來，若是我不要，那孩子可憐巴巴的，回頭該往外說我冷心冷血了；若是答應，我才不相信那府裡連個照看孩子的人都沒有。小苗氏雖不是什麼好人，但她身邊定然有那麼一、兩個忠心的吧。

「再者，衛陽都六歲了，也該挪到前院去唸書。後宅女人的手伸得再長，前院還不是爺兒們的地盤嗎？」

寧念之忙點頭，不是她們把人想太壞，而是人真的有那麼壞。苗氏和小苗氏的所作所為，難道原平周真的半點都不知情嗎？

若說苗氏是壞人，那原平周就是比她壞十倍的壞人了。

原平周的話，最好一句都不要相信。

過了幾天，原東良從衙門回來，沈默一下，對寧念之說道：「苗氏和小苗氏的死因，是有些奇怪的。」

寧念之瞪大了眼睛，那樣子就像是好奇的小貓。

原東良忍不住抬手摸她一把，才說道：「二嬸那人向來惜命，出門之前，不可能不檢查馬車。馬兒到了半路，怎麼會無緣無故地發瘋？」

寧念之抿唇。「說不定是半路餓了，吃到什麼了？」

原東良笑了。「妳自己也是管家的太太，我問妳，若是妳找馬車夫，會不會找那種隨意讓馬兒在半路吃東西的人？苗氏不聰明，但也不是傻的。在妳進門前，或者說，在祖母振作起來之前，苗氏都是這府裡的管家太太，就算管得沒妳好，但也不是一點本事都沒有的。」

無規矩不成方圓，管家這回事，不是今兒列個菜單、明兒準備個衣服就行了，家裡的下人們是什麼規矩，也是當家夫人要管的事。隨隨便便就讓馬兒吃東西的，絕對當不上車夫。

就算分家了，苗氏也不會隨意找個車夫駕馬車。偏偏，別人的馬兒都沒事，只有苗氏和小苗氏的馬兒發了瘋，這也太奇怪些。

不過，這些不是原東良懷疑苗氏和小苗氏死因的理由。

苗氏身邊伺候的人，一口咬定，這事定是有人搗鬼。

何氏娘家的弟弟，曾出門一段時間。

那車夫，忽然得了一筆橫財。

巧合太多，原東良心裡就有了懷疑。

寧念之抿抿唇，看原東良。「所以，你的意思是，這件事是何氏做的？那個懦弱膽小、被打個半死、卻不敢為自己出頭的何氏，想辦法殺死了苗氏和小苗氏？」

「這一切都是我的猜測，沒有證據。」原東良不負責任地一攤手，笑咪咪地抱著寧念之親了一口。「如果娘子想知道，回頭我找人查一查，應當不難查出來。雁過留聲，只要是何氏做的，絕對有痕跡。」

寧念之猶豫一下，開口道：「算了，還是別查了。」

原東良愣了愣，忍不住搖頭。「妳啊，就是太心軟了。這事我能想到，二叔不可能想不到，不過是時間早晚而已。妳以為現在救何氏一命，她便能逃過懲罰嗎？殺人是要償命的。再者，何氏無權無勢的，就算沒有苗氏和小苗氏的事，怕也活不了多久。」

寧念之皺眉，心思一轉，隨即明白了原東良的意思。

原家已經分家，原承宗還好，將來能繼承原平周的一切。但原繼祖是次子，若父母疼愛，能分四成就不錯了。

然後呢？抱著四成家產庸庸碌碌，一輩子再也達不到自家大哥的地位，升官發財只能成空，他能接受嗎？可親爹娘幫不上忙，他也不能謀害親大哥，只能另外尋一條路了。

最快捷、最方便的，就是找一門得力的姻親。趁著原丁坤還在，趁著原平周還沒分家，就算找不到小苗氏這樣出身的，也定然比何氏強。

何氏有什麼？沒有夠力的娘家、沒有嫁妝，連孩子都沒有，原繼祖更不用因為孩子而猶豫，所以，何氏必死無疑。

寧念之忍不住嘆氣。「一夜夫妻百日恩，好歹也是共患難過的，卻是不能同享福，原繼祖若真這樣打算，那可是豬狗不如了。難怪，苗氏和小苗氏折磨何氏時，他只做出孝順的樣子，對何氏不聞不問，其實是巴不得何氏被打死吧？可惜何氏命硬，就是死不了。」

「媳婦兒，妳放心，原繼祖畜生不如，我和他可是完全不一樣。不管以後怎麼樣，妳都是我最最珍貴的寶貝，誰敢碰妳一根指頭，我就把那人給剁了。」

原東良忙舉起手發誓，寧念之沒好氣地將那隻大掌給拽下來。

「行了，知道你和他不一樣。現在苗氏歿了，何氏應當不會被休棄出門吧？」

周氏定然不願意出面管這些，沒有長輩張羅親事，何氏就能多活幾年吧？

「天真。」原東良撇撇嘴。「祖母不願意出面，但三嬸和四嬸說不定很願意當這媒人。

就算三嬸、四嬸不肯，原家族人如此多，還擔心找不到長輩？就是因為出了苗氏和小苗氏的事，何氏才更是活不了多久呢。」

之前原平周沒反應過來，這會兒怕是已經發現少了銀子，現在先按兵不動，一來守孝，博個情深的名聲；二來，正好物色將來的媳婦兒人選；三來，苗氏和小苗氏的事，總要給苗家一個說法，何氏可不就是最適合的揹黑鍋人選？估計她活不過三個月了。

寧念之嘆口氣，不知道該怎麼說了。她同情何氏，又怒其不爭，現下更是心驚，兩條人命啊，居然幾天工夫就了結了。哪怕她知道苗氏和小苗氏罪有應得，是因果報應，這份從容，還是讓人恐懼。

原東良是大男人家，只覺得何氏太蠢，為了兩個仇人，搭上自己的性命，實在不值得。至於多餘的同情，是沒有的，日子過成什麼樣子，都是自己做作出的選擇，好了壞了，不能怨怪別人。就何氏那性子，他都奇怪她能活到現在。

他剛打算安慰寧念之兩句，可還沒張口，就見聽雪拎著裙子，急匆匆地衝進來。

「大少爺，二老爺府裡失火了！」

她跑得氣喘吁吁，話都說不清楚，寧念之好半天才反應過來。「什麼？」

「二老爺府裡失火了，那邊小廝過來報信，想求大少爺帶人去滅火。」聽雪深吸一口氣，又重複一遍。

原東良立即起身，連衣服都來不及換，一邊走，一邊對寧念之說：「我得先去看看。若妳害怕，就和祖母待在一起。」

他並不是為了原平周，而是滅火這事歸他們管。要是再出人命，他和知府的考績就別想往上了。

寧念之哎了聲，話沒出口，原東良便跑得不見人影了。

聽雪小心翼翼地問：「大少夫人，咱們要不要去找老太太？」

寧念之沒好氣。「去什麼啊，東良去就行了。這都什麼時候了，祖父和祖母定然歇下，咱們好意思去找祖母嗎？祖父見了，會恨不得將我扔出去的。」

見寧念之還有心情開玩笑，聽雪鬆了口氣，笑嘻嘻地給她倒茶。「大少夫人不用太擔心，憑大少爺的本事，別說這麼一點點小火了，就是燒了一條街，大少爺也定能撲滅的。」

寧念之噗哧一聲笑出來。「妳當他會下雨還是下雪？他有再大的本事，不還得靠人打水撲火嗎？」說著又皺眉。「好端端的，怎麼會忽然起火了呢？」

聽雪搖頭。「奴婢也不知道。」

寧念之也搖頭，吩咐她端水來，洗漱後，就到床上躺下了。

原本，寧念之想等著原東良回來，沒想到，閉上眼沒多久，便睡著了。

大約是臨睡之前想得太多，她竟夢見了何氏。當年她剛嫁進來，何氏雖然靦覥，卻時常有笑容，跟朵百合花一樣……再後來，有人遮擋了陽光，有人斷了水和肥，那百合花便慢慢枯萎了。

寧念之正惋惜著，猛然聽見一陣哭聲，立即坐起來，好半天才反應過來，不是夢裡何氏哀哀悽悽的啜泣，而是自家大胖小子中氣十足的哭號。

寧念之揉揉臉，向外問道：「唐嬤嬤，可是光哥兒餓了？」

唐嬤嬤忙抱孩子進來。「是啊，今兒不願意吃米湯了，非得來這兒找大少夫人。都說母子連心，這是知道您今兒不開心了，所以想來鬧騰鬧騰吧。」

聽雪進來點蠟燭，寧念之笑咪咪地抬手接過胖小子，戳了戳他肥嘟嘟的臉頰。

「寶貝，娘親最喜歡你了。」

話沒說完，就聽外面傳來原東良的聲音。「那可不成，他排第二就行了，妳最喜歡的只能是我。」

唐嬤嬤憋笑，寧念之忍不住扶額，有這樣的夫君，可真不用擔心日後也落得跟何氏一樣的下場。再者，她也不是何氏那種逆來順受的性子，實在想太多了。

原平周府裡的大火，因原東良去得及時，速速派人打水來救，府裡下人也驚醒得早，雖有人受傷，但沒出幾條人命。只是，一根橫梁砸下來，原平周成了癡呆，原繼祖變成殘廢。放火的人是何氏，她死在了這場大火裡。臨死之前，她把謀殺苗氏和小苗氏的事寫下來，讓自己的丫鬟把信交給原東良。

信上說，二房從男人到女人，無一不是盼著她死，連她自己的相公也如此，又時常慘遭毒打，後來被原平周發現她謀害苗氏婆媳的證據，於是，就沒了生的念頭。

但臨死之前，也得報個仇，拉個墊背的，所以就放了火。

對這結局，寧念之有些無語。若死了，還能乾乾脆脆，可半死不活的，就難說了。原平周還好，也算享受過榮華富貴，原繼祖卻連個孩子都還沒有呢。

何氏為了報復，賠上自己的性命，實在太傻了點。螻蟻尚且偷生，更何況是人？

原平周他們沒死，活著更受罪。

至於以後，寧念之不想問，原東良也就沒說了。

第一百一十章

沒了二房在前面蹦躂，三房和四房瞬間消停下來。

二房實在太慘，死的死、傷的傷，現在闔府上下，只有原承宗是個全人，呃，再加上原衛陽，他還太小，只能算半個。

原丁坤不是冷血冷情的，不然，當年為了家宅安寧，就不該把原東良找回去。寧家把原東良養得很好，他不用惦記著孫子吃不好、穿不好、受人欺負什麼的；原家這邊呢，已經定下繼承人，若是貿然換掉，必出禍亂。為家族著想，讓原東良繼續待在寧家，才是最適當的選擇。

可他為了差點哭瞎眼睛的周氏，為了過世的兒子跟兒媳，親自上了寧家，好話說盡，做出各種讓步，把原東良帶回來。

雖然原平周一家子分出去了，但還是親兒子。當年原康明過世後，原丁坤曾有意無意地說過，原家要讓原平周繼承。現在鬧成這樣，原丁坤也有些愧疚。說好了要給原平周，卻又收回來，給了個毛頭小子。若他被人這樣戲耍，也定然不會甘心，怨憤難平。

對著自家夫人，原丁坤當然說不出話，畢竟，周氏向來厭惡二房。

可他晚上翻來覆去地睡不著，白天也少見笑顏，周氏又不是傻的，豈會看不出來？

讓她把二房接回來，那是絕對不可能的。好不容易趕出去，看他們可憐，又將人弄回來，萬一以後再出什麼事，後悔都來不及。

於是，周氏找寧念之商量了一番，當即便作了決定。

這日晚上，原丁坤又翻來覆去地睡不著，周氏就發話了。

「現在老二府上沒個能管事的女人，之前他來，說衛陽沒人照看，我還說要找個姨娘送過去呢，現下這樣，怕是不會有合適的姑娘了。老二成了那樣子，進門能圖個啥？

「所以呢，我左思右想，還是給承宗挑個媳婦兒吧。承宗是個重情義的，想給小苗氏守著，可他到底是大男人家，哪能把兒女私情看得最重要？哪怕不是為了衛陽，就是為那府裡，也得儘快娶個媳婦兒進門才是。」

原丁坤的眼睛立刻亮了。「妳說這話，可是有了人選？」

「嗯，之前承宗說要等等，一來想給小苗氏守幾年，二來是怕委屈了衛陽。頭一個，我說過了，男子漢大丈夫，哪能這樣婆婆媽媽；第二個，咱們只要找個會對衛陽好的，不就行了嗎？小苗氏家裡，可有庶妹？只要那庶女有姨娘、兄弟，能拿捏得住，便算是好人選了。」

原丁坤沈吟道：「就怕那繼室生了孩子……」

哪怕之前是當真喜歡原衛陽，有了親生孩子，哪能不為自己的孩子著想？

「到她生孩子的時候，衛陽早過了七歲，已經搬去外院，只要承宗有本事，那女人能將手伸得那麼長？」周氏挑眉，又說道：「衛陽可是嫡長子，日後你得了空，時常讓他過來，指點指點功課，再派個小廝跟著，總能照應周全的。」

原丁坤正想點頭，又頓住了。「這辦法雖然好，但苗家的女人，我再不敢讓她們進門了，還有更妥當的辦法嗎？」

「不選苗家的，選別家也行。」周氏想了想，說道：「只是得多打聽打聽，承宗還有母孝在身呢。」

原丁坤聽了，欲言又止，周氏一眼就瞧出他的意思，不太情願地說了。「怕是承宗心裡對我有些誤會，我挑中的人，他未必看得中。而且還有繼祖呢，繼祖膝下連個孩子都沒有。不如這樣，回頭我將合適的姑娘畫像裝訂成冊，家世相貌什麼的，你自己和承宗說？」

原丁坤聽了，有些無奈，卻知道周氏說的是實情，想了下就點頭。「那成，回頭我問問承宗，看他喜歡什麼樣的姑娘。這次不能再縱著他了，小苗氏那樣的，咱們家可要不起。」

放下一樁心事，老倆口便慢慢睡著了。

裝訂冊子這種事，其實很簡單，只要找個官媒吩咐一聲，不超過三天，他們就能將整個雲城合適的姑娘都報出來，若有需要，連畫像都能準備好。

但周氏的命令卻是包括雲城附近城鎮的姑娘，而且越多越好。

官媒送來冊子後，周氏轉頭就塞給了原丁坤。

原丁坤有些不知所措，他完全沒有當媒婆的經驗啊，但去找原承宗說了一、兩次，臉皮就變厚了，索性把軍營裡的事情全推給原東良，每天只抱著冊子去找原承宗或原繼祖。

這倒讓原東良撿了個大便宜，徹底坐穩了原家繼承人的位置。不對，應該說，是徹底當穩了原家的領頭人。原丁坤的威信還在，但原東良在軍營中，也有了說一不二的資格。

又是一年春天，光哥兒兩歲時，寧念之再次懷孕了。

周氏樂得合不攏嘴，一邊摟著光哥兒，一邊指揮身邊的人。「快快快，給你們大少夫人換了茶水，以後可不能喝這個。還有吃的、穿的，也得準備起來……」

寧念之哭笑不得。「吃的就算了，這穿的要準備什麼？前些年的衣服還在呢，只懷著光哥兒時穿過幾次，還是新的，不用再另外準備了。」

周氏搖頭。「哪能不準備啊，那些衣服都放了兩年，就算沒有變得皺巴巴，花色和樣式也不流行了。咱們這樣的人家，又不是沒錢，能做新的，何必穿舊的？回頭等孩子生出來，可要責怪妳了，懷哥哥時都能穿新衣服，為什麼懷他就不行？可不能厚此薄彼。」

這都能扯到偏心上頭？寧念之無語了。不過想想，做幾身衣服不費什麼，一個月換四件，不過是十足料子的事，就不推辭了，大大方方地叫繡娘過來量身。

吃了午飯，周氏又和寧念之商量。「趁著月分還淺，咱們去上炷香，求佛祖保佑，不管男孩還是女孩，只求妳跟孩子身子健健康康……」

話沒說完，就見原丁坤領著原東良進來。

周氏很驚訝。「這才什麼時候，你們怎麼就回來了？」

「皇上駕崩了。」原丁坤坐下來，嘆口氣。

周氏和寧念之驚呆。「駕崩？不是好端端的嗎？」

原丁坤擺擺手。「上個月，寧家來信，就說皇上身子……咳，現在有些麻煩，皇上去得突然，傳位的聖旨尚未寫下。京城裡，怕是要亂了。」

寧念之的臉色瞬間白了，周氏使勁咳嗽一聲，瞪了原丁坤一眼。

原丁坤還有些茫然，原東良趕緊上前安撫寧念之。「不要擔心，爹手裡有人，不管是誰，都要先拉攏爹才是……」

周氏打斷他的話。「你媳婦兒又有了身孕，不能受驚嚇！」

原東良這才反應過來，想伸手摸摸寧念之的肚子，可當著長輩的面，不好做這樣親密的動作。又見寧念之臉色不好，便更加賣力地安慰道：「上次爹寫信來時，已經預料到這些情況，必定會有對策，真的不用擔心。」

有時，寧震會寫信告訴原東良一些朝堂上的事情，大概是男人們對媳婦兒以外的人都不會說什麼軟話，那種信寫得枯燥，寧念之不怎麼看，自然就不知道其中的內容了。

「爹真的早有預料？」聽原東良這樣說，寧念之忙仰頭看他。

原東良使勁點頭。「那是自然，我什麼時候騙過妳？若是不信，我這就去把爹的信拿過來給妳看？」不等寧念之點頭，便轉身要出門。

原東良的書房，是從不許別人進去的，就是打掃整理，也必得有主子在場才行。找信這樣的事，只能他親自去了。

沒等他跨步，寧念之就忙說道：「不用去了，我信你還不行嗎？之前皇上未曾對太子殿下表示不滿，既然皇上駕崩，那必定是他即位。京城會亂起來，難不成是有皇子造反了？」

「太子殿下雖然名正言順，但畢竟還不是皇上。」原丁坤摸著鬍子說道。「之前其他皇子鬥得有些厲害，皇上大概是想縱著他們，讓他們露出馬腳，好為太子殿下理清前路。卻沒想到，皇上去得突然……」

那些人被養大了胃口，自然不甘心等太子上位後，去當個閒散王爺，乾脆趁著太子還沒登基，來個先下手為強。如果太子死了，或殘廢了，自然就失去繼承皇位的資格。

當天下之主，這誘惑大得能讓人弒父，更不要說殘害兄弟了。就是尋常百姓家，也有為家產謀害手足的；皇家爭的可不是幾兩銀子，而是整個天下。

那種坐在龍椅上，全天下的人都得來拜、個個恭謹聽話、唯有他說了算的滋味，誰心裡不渴望？再說，皇帝可沒留下遺旨，這皇位是誰的，還說不準呢。

太子這邊雖然有清流以及正統的支持，可其他皇子也不是沒外家的，誰手裡不多多少少有能用的人？就是破船還有三兩釘呢。盯著從龍之功的人家可不少，爬不上太子這艘船，上了別人的船，得了從龍之功，更有成就。

「爹的本事，妳還不知道嗎？再者，皇上心裡屬意太子殿下，必留有暗手，又有皇后娘娘在，這幾乎是板上釘釘的事了，妳實在不用擔心。」

原東良笑道，捏了捏寧念之的掌心。「妳吃好、喝好、養好身子，爹娘才能放心妳。再過幾個月，給我生個白白胖胖的兒子，到時候爹娘得空，說不定能來看咱們呢。」

雖然寧念之還是不放心，但也知道自家爹爹的本事，勉強按下焦急，每日逼著自己睡覺、逼著自己吃飯。但一閒下來，腦子裡就會忍不住想東想西。畢竟，謀反這事不到最後一刻，誰也說不準最後的結局，哪怕到了太子登基的時候，也說不定還會有變故。

寧家和太子是一條船上的，太子若是出事，寧家也沒活路了。

過了一個月，京城那邊的消息便快馬加鞭地送過來。

皇位之事，已經塵埃落定。先皇臨終之前，縱著其他皇子，是想讓他們暴露更多的底，同時做了應對之法。首先保護太子的安全，然後布置人手，準備來個一網打盡。

太子手上雖無兵權，但領兵的人都是先皇特意挑選的，聽了先皇的命令，只忠於太子。

後來，大皇子在靈堂上鬧騰，說先皇臨終之前定然是對太子不滿意，才沒留下聖旨。他是長子，理當繼承皇位。

二皇子不樂意了，細數先皇之前在朝堂上對大皇子的各種不滿，力求扳倒大皇子，那他就是名義上的長子了。

三皇子兩邊煽風，以求場面更混亂，自己好渾水摸魚。

在這三個人沒注意之下，膽大包天的四皇子挾持了靈堂上的一眾妃嬪，不，現在是太后和太妃，誰不聽話，就砍死誰的親娘。

這會兒，就是展現太后娘娘本事的時候了。

穩居后位幾十年，還把太子教導得十分出色，太后娘娘可不是吃素的，先用言語擾亂四皇子的注意，然後有嬤嬤英勇地撲過去撞倒他，侍衛們隨即出手，四皇子就一命嗚呼了。

這事不光收拾了四皇子，也震懾了其他吵吵嚷嚷的皇子。很明顯，宮裡的宮女跟嬤嬤服從太后娘娘，侍衛們又是太子的人，想挾持誰，都是十分不明智的。

幾位皇子見狀，立刻打了退堂鼓，想先回去，另想妥當辦法。

可大好局面，太子怎麼可能錯過機會？馬上讓寧震帶人包圍皇宮，七天之內不許任何人進去，然後，等先皇的頭七一過，立刻登基。

幸好皇宮裡的糧食夠多，不然，那麼多皇子皇孫，還有女眷，以及朝廷命官、誥命夫人，真有可能會餓死幾個。

太子一登基，其他有歪心思的人就沒了藉口。

但這事還不算完，皇子們造反的想法沒打消呢。於是，新皇登基，又是一連串的手段，先是囚禁大皇子，然後接二皇子和三皇子的嫡子女入宮，作為人質，最後用先皇的喪事辦得不妥當為藉口，拉下一批人，換上他的人手。

又過了十來天，這事才算塵埃落定。

寧念之看完寧家的來信，總算吁了口氣，轉頭對旁邊的原東良說：「只要寧家沒事就行。說起來，寧家沒事，太子殿下即位，寧王府豈不是要遭殃了？」

原東良不在意地擺擺手。「遭什麼殃啊，妳又不是不知道，有寧家祖母在，勢必要保住小姑姑的那條血脈。小姑姑倒是好運氣，這次怕是要從水月庵出來了。但願她是真的醒悟，不然，以後可沒這麼好的運氣了。

「反正這是別人家的事，不用追究太深。」原東良笑道，摸了摸寧念之的肚子。「現下覺得如何了？」

如今，寧念之已經懷孕四個月了，低頭看了看那隻大手，搖搖頭。「沒什麼感覺，和以前一樣，有時候沒注意，都快忘記自己還懷著孩子呢。這個孩子，可比光哥兒省事多了。」

光哥兒正好進門，聽見自家娘親說到自己，立刻晃悠著小胖身子湊過來，扒著寧念之的大腿抬頭看。小胖子的眉眼像極了寧念之，但別的地方，幾乎和原東良一模一樣，周氏疼得跟什麼似的，恨不得一早醒來就要看見他。

這會兒，光哥兒眨巴著大眼睛，奶聲奶氣地問寧念之：「娘叫我做什麼？」

「光哥兒剛才去做什麼了？」原東良在寧念之身後出聲。

光哥兒嚇了一跳，連忙收回放在寧念之膝蓋上的小胖手，做出嚴肅的樣子來。

「沒做什麼，就去……看看花開了沒，開花了，摘給娘親。」

長輩疼愛孩子，自然捨不得管教，寧念之雖能狠心，卻架不住周氏哀怨的眼光。於是，管教孩子的事情，就落到原東良身上，原東良是很能下得了手的。

年前，因著光哥兒吃飯時沒規矩，原東良把他狠狠揍了一頓。從此之後，小胖子就很怕原東良，一瞧見原東良繃著臉，便趕緊規規矩矩地站好。

站了一會兒，小胖子偷偷摸摸地看原東良，見他臉上帶著笑，就鬆了口氣，挪到原東良跟前，伸手要他抱。

「爹，騎大馬？」

原東良抬手把小胖子抱起來，放在自己肩膀上，在屋裡轉圈。

寧念之忍不住笑道：「往日還說我和祖母對光哥兒太寵溺了，你自己也好不到哪兒去。你去外面問問，看誰家當爹的會把孩子放在肩膀上轉悠？」

原東良撇撇嘴。「也就是那些高門大戶瞎講究。妳不是經常上街？沒瞧見那普通人家，當爹的都是將孩子放在自己肩膀上。父子天倫有什麼見不得人的？還不能大大方方展示出來，得遮遮掩掩，有意思嗎？」

光哥兒聽不懂，抱著原東良的腦袋哈哈地笑，還伸出小胖手點點點。「爹爹，那兒那兒。」

原東良走到博古架前，光哥兒伸手碰了平常碰不到的東西，又是一陣笑。雖然寧念之不太明白這種高興是打哪兒來的，但看見他笑，臉上也忍不住跟著露出笑容。

原東良又道：「希望這次是個小女孩，能長得像妳一樣漂亮。到時候別說是坐在肩膀上了，讓我馱著她在地上爬都行。」

寧念之白他一眼。「胡說什麼呢，有你這樣寵孩子的嗎？」

「怎麼沒有啊，咱們怎麼開心，就怎麼過，不用看別人家是什麼規矩。這些規矩、禮儀什麼的，也就是給外人看而已……」

他的話沒說完，就聽到門口有人咳嗽，轉頭見唐嬤嬤繃著臉站在那兒。

「大少爺，大少夫人有了身孕，您看，您什麼時候搬出書房？」

原東良尷尬地陪笑。「那個……剛才我可不是在說嬤嬤，嬤嬤和那些人不一樣，嬤嬤有真本事，不是那種死板固執的。規矩這種東西，在外人面前表現就行了，對自家人，就不用太在意。嬤嬤妳說，是不是這個理？」

唐嬤嬤聽了，眼裡閃過笑意，見好就收。雖說自家姑娘把她當成長輩看，但她畢竟是下人，不好真落了大少爺的面子。

她對寧念之行了禮，笑道：「三夫人派了嬤嬤來，說是聽聞大少夫人有喜，送些補身子的東西。已經去過老太太那邊，現在來給您請安。」

寧念之忙讓人進房，來的是趙氏身邊得用的嬤嬤，一張圓臉笑咪咪的，一見到她就道賀，又說：「瞧大少夫人這臉色、走路的姿勢，這次必定還是個小少爺。」

原東良的臉一下子臭了，那嬤嬤有些摸不著頭腦，寧念之忍笑問道：「怎麼從走路的姿勢看出來？」

嬤嬤忙道：「若懷的是女孩，走路時會擺胳膊；若是男孩，肚子往下墜，走路時便會托著肚子。」

寧念之對這些話是不大相信的，還有人說，若懷女孩子，孕婦會更漂亮呢。當初……好吧，她懷著光哥兒時，後幾個月全身浮腫，確實是不好看。

「借妳吉言了。」寧念之笑道。

嬤嬤擺擺手。「這些都是老話，和奴婢可沒多大關係，就是今兒奴婢不說，明兒也有人說的，奴婢不過是討個嘴巧。我們夫人得知大少夫人有了身子，本想親自來看看，只是不湊巧，前兩天府裡大少爺出門時，不小心摔了一跤，我們夫人擔憂上火，臉上長了個疙瘩，不好出門，還請大少夫人見諒。」

「我一個晚輩，哪能勞動三嬸親自上門？堂弟摔得嚴重嗎？還有三嬸，可曾看了大夫？我這幾天沒出門，竟是不知道出了這樣的事情，應該親自去看看的。」

嬤嬤道：「不嚴重，現在大少夫人身子重，千萬別出門，不然啊，我們夫人更是著急擔心。大少爺不過是扭了腳，大夫說，養一個月就好了；夫人臉上的疙瘩，則要養半個月。到時候，我們夫人能出門了，必會親自來看大少夫人。」

「回頭妳和三嬸說說，我心裡也惦記著她呢，放寬了心，好好養著才是。」

接著，嬤嬤送上了帶來的禮物，有適合孕婦用的養胎藥跟點心，還有一些胭脂水粉。

「這是我們夫人特意買的，適合孕婦用。如果大少夫人出門，就能用一點兒。」

寧念之謝了趙氏的好意，又讓聽雪去廚房端了些徐娘子拿手的湯水當回禮。雖說這禮有些隨意，但正是這隨意，才能讓趙氏開心。越是隨意，越是說明將她當自己人看。如果回個同等價值的禮物，那她可是連哭都沒地方哭了。

第二天，董氏也送來慶賀的禮物。

和趙氏的不一樣，她準備的是親手做的百子帳，繡得栩栩如生，那些孩子坐臥嬉鬧，讓人看了，恨不得立刻換上，睡覺前看看，睡醒後看看，說不定就能生個一樣可愛的小孩兒。

之後，周氏怕累著了寧念之，除了親近的人家，不管誰來送禮，都只讓唐嬤嬤接待。

上次寧念之懷光哥兒時，可沒這麼大的陣仗，這次忽然多了好些人探望，她本來還疑惑著，後來聖旨到，才算是明白了——

新皇登基，哪怕雲城離得遠，也受了影響。寧家立下大功，原東良又是寧家的女婿，這些人要麼是想打探消息，要麼是想討好寧念之。

這聖旨正是提拔原東良的，官階從正三品升到了正二品。之前原丁坤把軍中事情交給原東良，是原家家主的傳遞；現在，是朝廷的認可。哪怕這會兒原丁坤想改口，也沒用了。

現在，原東良是朝廷親封的二品鎮西將軍，這地位，日後誰也動搖不了。

第一百一十一章

一轉眼就是大半年，十月懷胎，八月十五晚上，剛吃了月餅，寧念之就開始陣痛了。

原東良照樣緊張到不行，聽著寧念之壓抑的喊痛聲，幾乎都要控制不住自己，衝進產房。

但周氏和唐嬤嬤守著，到底沒讓他得逞。

大概因為是第二胎，生產時順利得多，不到一個時辰，孩子就生下來了。

隨著孩子的哭聲，穩婆在產房裡喜氣洋洋地喊道：「恭喜老太太、恭喜大少爺，大少夫人又生了個胖小子！」

原東良有些鬱悶，但想想，兒子也好，兒子多了，將來更能好好保護妹妹嘛，便伸著脖子往裡面看。

「我媳婦兒呢？念之怎麼樣了？怎麼沒聽見她的聲音？」

穩婆忙道：「大少夫人有些累了，正在休息。」又說道：「小少爺好福氣，十五還沒過完呢，趕著八月十五生的，以後定是不愁吃穿，是個享福的命。」

周氏喜得合不攏嘴，一個勁兒說賞，給穩婆和大夫各包一百兩的紅包，可把這兩個人高興透了，賀喜的話更是一籮筐、一籮筐地往外倒。

原東良不耐煩聽這些，趁著唐嬤嬤不注意，偷偷溜進產房。

他先看床上的寧念之，穩婆已經收拾過了，但還是有些狼狽，臉色發白，緊緊閉著眼睛，看著很是虛弱。

原東良摸著她的頭髮，低聲道：「生孩子這樣痛苦，不如以後不生了？哎，可我們還沒女兒呢，那就再生一個？可萬一還不是閨女呢？」

寧念之聽不見，他嘀咕半天，才轉頭看旁邊放著的襁褓，嘖嘖了兩聲，比光哥兒當年還醜，不知道長大了會像誰？想伸手摸摸，又怕驚著孩子，萬一哭起來，不還要吵醒寧念之嗎？所以，猶豫了一會兒，還是沒伸出手。

「但願這孩子以後長得英俊些，將來好娶媳婦兒。太醜了，怕是說不了親呢。」原東良喃喃道。

唐嬤嬤端著水盆進來，見原東良坐在床邊，張張嘴，又閉上了。

算了，反正生光哥兒那時，這人也沒什麼避諱，現在要他出去，怕他還找機會進來，就讓他在一邊待著吧。

有了經驗，這次寧念之坐月子，不像上回那樣無聊了。再加上光哥兒時不時來湊個趣，時間便過得挺快的。新得的孩子被取名為原耀明，小名就隨意了些，直接叫明哥兒。

明哥兒被養得好，滿月時抱出來，白白胖胖的，看著就讓人想咬兩口。因著還是國孝之內，滿月禮沒敢大辦，只請了親近的人家吃一頓筵席。

過完年，除去國孝跟母孝，原承宗和原繼祖的婚事，也定下來了。

周氏不大願意管這件事，姑娘是原丁坤挑的。寧念之是晚輩，也不好插手，就請了趙氏和董氏主持，從下聘到婚禮，全程負責。

成親那天，寧念之跟著原東良去吃了筵席，然後按照習俗，在新房裡陪新娘子坐了一會兒。

原承宗的新媳婦兒叫吳明珠，她爹是原丁坤以前的下屬，五品的將軍。因為將來前程算是捏在原丁坤手裡，所以不用擔心她會對原衛陽不好。

吳明珠大約十七、八歲，長得只能算是中等，但氣質溫和，說話慢條斯理，看著是個心善的。

寧念之挑著明面上的事情，跟她說了一下。「得了空，妳就去我們那邊給祖父、祖母請安。祖母是個喜歡熱鬧的，妳過來，她肯定高興。」

兩人正說著話，忽然聽見外面有吵鬧聲。吳明珠到底是新進門的，連原承宗身邊服侍的人都還不認識呢，便有些猶豫和疑惑地看寧念之。

寧念之趕緊起身。「說不定是那群小子們喝多了，這會兒在鬧騰呢。我去看看。」

她帶了繡心出門，就見門口有兩個婆子正在攔原衛陽，原衛陽帶著兩個丫鬟，非得要往新房裡闖。

原衛陽看見寧念之，立刻頓住動作，一眨眼，眼圈就紅了。

「大伯母……」

「這是怎麼了？」大約是當了娘，寧念之對上孩子，便心軟得很，忙過去拉住他。「怎麼這會兒過來了？可是有什麼事要找大伯母？」

「她們都說，我爹娶了新媳婦兒，不要我了。我想來看看。」

原衛陽才八歲，說實話，親娘的死，對他沒多大影響。原承宗雖說是男人家，不那麼細心，但原衛陽現在說話索利，想告狀什麼的，完全沒問題，府裡的下人沒人敢慢待了他。所以，他還是圓滾滾的，這會兒做出可憐的樣子，看著就讓人憐愛幾分。

寧念之把他拉到自己身邊，揉了揉他的腦袋。「誰說這話的？可見那人是見不得你好。你爹娶了新媳婦兒，以後你就多個娘親，怎麼會是你爹不要你了呢？以前你爹說過，打算為你親娘守著的，要不是為了照顧你，哪願意娶新媳婦兒啊。」

寧念之頓了頓，又笑著問他：「你想想，自從你祖母和你娘過世，你們府裡是不是亂了很多？」

原承宗和原繼祖是不會管家的。採買上的事情，只要知道大致的數，讓帳房守好就行，可還有各種人情往來，還有下人們的衣服跟月例，他們兩個哪會弄這些，三不五時就要請趙氏或董氏上門幫忙，

寧念之知道的事，原衛陽自然也知道，這會兒聽她說起，就低著頭不說話。

「是不是有人和你說，新媳婦兒進門了，以後會生小弟弟，爹爹就只喜歡小弟弟，不喜歡你了？」寧念之笑著問道。

原衛陽點頭，聲音低低的。「我沒了娘，要是再沒了爹……」

「不會的，你可是嫡長子呢，以後只要你聽話，好好讀書，好好練武，你爹一定是最喜歡你的。若是你爹對你不好，可以找祖父啊，祖父肯定會為你出頭。」

七、八歲的小孩容易出事，可十四、五歲，就算定下來了。

原丁坤那身子，再活個七、八年沒問題。到時候哪怕原承宗真被攛掇得不喜歡這個長子了，原丁坤也能給原衛陽一份家產，讓他單獨出來過。

接著，寧念之挑眉說道：「攛掇你來的人，才是對你不懷好意。你想想，今兒是你爹的好日子，你來鬧場，若我沒出現，其他人是不是該看見了？在外人面前讓你爹沒面子，你爹還會喜歡你嗎？」

這件事，寧念之根本不用問，只在心裡轉一轉就明白了。

之前，苗家人藉口苗氏和小苗氏都不在了，生怕有人虐待原衛陽，就把小苗氏的嬤嬤硬塞給他。

新夫人進門，很可能會拿小苗氏留下的人開刀，這些刁奴是攛掇著小主子先出頭，然後試探新夫人的態度呢。

有苗氏和小苗氏這樣的人在，寧念之不覺得苗家會有什麼好人，毫不愧疚地把苗家人給黑了。

「如果你爹生氣了，會不會打你？新娘親不高興了，以後是不是看見你就煩？這樣一來，爹娘還會喜歡你嗎？」

原衛陽不傻，七、八歲的孩子只是有些天真而已，便抿抿唇，點頭應道：「大伯母說的，我都知道了，是我太魯莽了些。大伯娘，以後有什麼事情，我能去找妳和大伯嗎？」

「當然能。」寧念之點頭應道，塞了塊玉珮給他。「拿著。什麼時候有空了，就去給你曾祖父、曾祖母請個安，多討老人家歡心。自己也要好好唸書，將來有出息，這樣你爹才會更喜歡你。」

安慰了小孩，寧念之看時辰差不多，又到新房裡轉了圈，照顧一下新娘子。然後，原東良就讓人來叫她，夫妻倆一起去吃喜酒了。

至於原繼祖的親事，是有些波折的。

雖然都是續弦，但原承宗是長子，能繼承家產。原繼祖卻是次子，又斷了雙腿，不良於行之後，脾氣有些壞。太好的姑娘看不上他；太差的，原丁坤也看不上。

自從原東良全面接管軍營後，原丁坤就把為原繼祖娶新媳婦兒的事當成了最重要的任務。

雲城沒出嫁的姑娘，他比周氏和寧念之都了解，誰家姑娘長得俊、誰家姑娘品性好、誰家姑娘脾氣大、誰家姑娘文采好，如數家珍。

但再怎麼好，也架不住人家不同意，或者原繼祖不喜歡啊。

一來二去的，眼看原承宗的繼室都生了孩子，拖了兩年多，原繼祖總算認命，應下原丁坤看好的親事，娶了個商戶女。

但這個商戶女跟何氏可不一樣，何氏溫柔小意，懼怕原家的權勢，最後變得懦弱膽小；這姑娘卻是從小沒了娘，要應付狠毒的繼母，又要拉拔年幼的弟弟，心志堅強得很，性子也有些潑辣。成親不到一個月，就打發了原繼祖房裡的兩個丫鬟。

原繼祖生氣，可惜不良於行，連打架都打不過女人，要罵人，嘴巴也不索利，只好忍了。

然後，忍著忍著，成了習慣，兩個人就這麼過下去了。

第一百一十二章

光陰荏苒，轉眼間，光哥兒六歲了。

這日，原丁坤、周氏，以及原東良和寧念之，四個長輩坐在一起，討論起光哥兒上學的事。

原丁坤認為，反正他在家也是閒著，可以幫忙教導。

周氏認為，原丁坤打仗是行，但詩書方面差了點，得請個先生回來。

寧念之覺得，光哥兒總在自家打轉不太像話，家裡也沒有適齡的小夥伴，不如出去上學。原東良則是無條件支持媳婦兒。

周氏卻不願意。「誰知道外面都是些什麼人呢，萬一碰著、磕著我家寶貝怎麼辦？請個先生在家，這樣光哥兒不管餓了還是渴了，丫鬟可以立即送上茶水跟點心。光哥兒正在長身子呢，書院裡上課可是不許吃東西的，要是因為這樣，以後長不高，怎麼辦？」

寧念之哭笑不得。「沒規矩怎麼行？先生上課，若光哥兒停下來吃點心或喝水，怎能專心學習？還是出去好，一來能交到朋友，將來長大了，也有幾個好兄弟。

「二來，也磨磨他這性子。咱們拿他當寶貝看，可出了咱們家，誰知道他是誰？若養成小霸王的性子，將來去了京城，豈不是到處得罪人？」

「對啊，祖母，聽念之的吧。」原東良忙說道。

周氏瞪他一眼，剩下的話，原東良就不敢說了。

原丁坤嘆氣。「要我說，先生不用請，學院也不用去……」

周氏給他個白眼。

寧念之不接話，原東良輕咳一聲，說道：「嗯，兵法什麼的，我相信祖父是最強的。但啟蒙這種事，還是交給專門的先生吧。」

四個人爭論不下，索性叫了光哥兒來，問他要怎麼唸書。

光哥兒白白胖胖的，眼睛特別像寧念之，又大又漂亮，聽著周氏問話，便靠在她身邊撒嬌。

「我很想和曾祖母在一起啊，要是一放學便能看見曾祖母，就太好了。可我又想長大了有本事，將來能保護曾祖母。人家不都說嚴師出高徒嗎？我要是在家唸書，曾祖母肯定捨不得我吃苦，先生也不敢下狠手管教我。」

周氏哭笑不得。「難為你小小年紀，還能想出這麼些理由，不就是嫌家裡沒人陪你玩？算了算了，既然你想出去上學，就去吧。」

說著，她轉頭看寧念之。「孩子要出去上學，這車夫還有書僮，可要精心挑選，最重要的是穩當，知道嗎？」

寧念之忙笑道：「祖母不用擔心，我回頭定會仔細挑的。只是，這事得和明哥兒說說，怕他小孩子鬧騰，捨不得他哥哥。」

兄弟倆只差三歲，從明哥兒會走路起，就黏著光哥兒。光哥兒去上學，沒人陪明哥兒玩耍，他定然是不願意的。

「這有什麼，把明哥兒送到我這裡，我陪他玩耍。」周氏忙說道。

原丁坤撇嘴。「妳這身子，照顧半天就能累趴了。」

照看小孩子不是光盯著他便行，要回答他各種各樣的問話，要跟著他到處轉悠。周氏年紀大了，還真有些應付不來。

可她應付不來和別人說她不行是兩回事，原丁坤越是這麼說，周氏越是要證明自己了。

「我身子好著呢，你別給我澆冷水，我必定能照顧好明哥兒。」

「那我先謝謝祖母了。」寧念之笑道。

周氏擺擺手。「沒事。說起來，明哥兒也三歲了，你們打算什麼時候再要一個？」

現在寧念之臉皮厚了，但孩子在呢，便趕緊把光哥兒塞到周氏懷裡。

「祖母，都有光哥兒和明哥兒了，還不夠您照看啊。」

「孩子是越多越好嘛，光哥兒自己說，想不想再要個小弟弟？」周氏笑咪咪地問道。

光哥兒搖頭，看寧念之。「我想要個小妹妹，娘給我生妹妹吧。」

原東良摸摸下巴，也看寧念之的肚子。好啊，和寧念之一樣好看的女孩。回頭努力努力，一定得生個女兒才行。

說了一會兒話，把光哥兒和明哥兒留在周氏這邊，原東良就帶寧念之回了陶然居。

剛進門，原東良就想抱住人，寧念之趕緊把他推開。

「大白天的，做什麼呢？快坐好。今兒一早，京城那邊不是來信了嗎？說了些什麼，我還沒來得及看呢。」

「四件事。爹又升官了；安成媳婦兒又有了；安越要娶媳婦了；寶珠的兒子，周歲時抓了官印，將來必是有大出息的。」原東良頓了頓，又道：「但二嬸的身子，怕是……」

寧念之愣了愣，忍不住嘆氣。「二嬸支撐這麼些年，也算不容易了。如今，寶珠生了兒子，總算在趙家站穩腳跟；安和哥哥有了自己的女兒，又不用操心前途；小弟自有安和哥哥照看，二嬸這口氣就洩出來了。」

李敏淑的身子本來就不好，只是強撐著一口氣，要等著兒女們有出息。現在，這一口氣洩下去，身子就垮了。

「生死有命，二嬸自己都能看得開，妳也別太傷心了。」原東良安慰道。

寧念之拍他一下。「現在二嬸還沒過世，別說這喪氣話，說不定能遇到什麼轉機呢？信拿來，我自己看。」

原東良伸手，從抽屜裡拿出一封信，見寧念之要起身到旁邊去看，趕緊把人箍到懷裡，非得讓她坐在自己腿上。

寧念之無奈。「都成親幾年了，你也不嫌膩。」

「就是成親五、六十年也不嫌膩，一輩子都這樣才好呢。」原東良笑道，把腦袋擱在寧念之的肩膀上。寧念之看信，他看寧念之。

信和以往一樣，寫得特別厚。先是說了寧博的情況，他年紀越發大了，現在不太喜歡到處跑，就在家裡種種花草、逗逗重孫子。

然後是趙氏。因奪嫡的事情，寧王府想把寧霏接回家，做個退路。但寧霏總算是看出來了，寧王府沒個好人，便求了寧震作主，要跟寧王世子和離。

最後，寧震用自己的功勞換了寧霏帶著孩子離開寧王府。這也是太子即位後，明明寧震有大功，卻只是領了些賞賜，並未升官加爵的原因。

但寧震這麼做，並非全為了寧霏，寧霏只是個很好的藉口而已。一來讓新皇知道，對家人心軟的人，都不會脫離了掌控；二來，免得功高震主。

當然，寧家一直是太子黨，新皇不會虧待寧震，雖然未曾升官，但爵位又能往後傳三代了。

現在寧霏跟著趙氏過，時常吃齋唸佛，整個人安靜下來。至於孩子，寧家也不缺一個人的口糧。再者，當初寧霏的嫁妝可是十分豐厚，娘兒倆不是白吃白喝的。

接著，信上又說了大房的事情。寧震和馬欣榮的身子都很好，寧安成即將有第二個孩子，寧安越也要成親了，說的是兵部尚書的嫡長女，相看過，是彼此喜歡的。至於寧安平，馬欣榮正在挑人，估計再兩年，便要訂親。

二房還是那樣，寧霄不太管事，但上了年紀，不像以前那樣寵愛姨娘。自從寧安和成親後，二房的事情就歸兒媳婦管，李敏淑放手放得爽快，只管養身子了。

總的來說，一切都很好。

寧念之笑咪咪地把信紙摺好，塞回信封裡，然後裝進盒子裡收起來，轉頭看原東良。

「咱們什麼時候得空，也回京看看。這都七年了，不知道京城現在變成什麼樣子了。」

「大概是越來越熱鬧。」原東良笑道。「皇上聖明，性子又十分和善，連雲城都比以往繁華許多呢，京城肯定更加不同。」

「如果妳想回去看看，等我將這邊的事情安排妥當，再過個兩、三年，就能騰出手來。」他想了想，又說道：「妳可不許一個人去，把我丟在這裡。」

寧念之忍不住笑。「放心吧，不會丟下你的。」

「咱們什麼時候能有個女兒呢？」原東良摸著寧念之的肚子問道。

寧念之瞪他一眼。「才兩個兒子，你就嫌多了？人家都恨不得能有十七、八個兒子呢。」

原東良很認真地看著寧念之。「妳生孩子太痛了，能少生幾個，就少生幾個。等再生個女兒，咱們就把原家扔給光哥兒，然後帶著女兒到處走走。先回京城看看，再去北疆，然後去江南。妳不是一直想去江南瞧瞧嗎？」

寧念之挑眉。「這話若是讓光哥兒聽見，定會到祖母那裡告狀的。」

「讓他去。臭小子總是黏著妳，我早看他不順眼了，正好能找理由揍他一頓。」原東良笑道。

說曹操曹操到，門外響起光哥兒的聲音。「我一定要告訴祖母，讓祖母先揍你一頓！」

原東良扶額，寧念之忍不住哈哈笑起來。

進門的小胖子有些摸不著頭腦，但看著爹娘，也忍不住跟著笑了。

陽光正暖，歲月靜好，這一刻的幸福，將長長久久地陪伴他們。

感謝上天，讓他們在二十幾年前，有了命中注定的相遇。

——全書完

番外　原家三兄弟的小心願

我叫原耀輝，小名光哥兒，今年十二歲。有一對非常恩愛的父母。

嗯，恩愛到什麼程度呢？有時候我覺得，我和弟弟們都是多餘的。尤其是爹爹，最見不得我們膩著娘親，但凡發現，十有八九會被扔出去。要不是長得像，我都覺得他是後爹了。

我娘這樣的美人，嫁給我爹這樣的糙漢子，實在可惜了。當然，我爹也不是沒有好處的，雖說我不太喜歡他，但不能昧著良心說話，光是他十年如一日地寵愛我娘，其他的就都不重要了。

我娘說過，男人不管成就有多高、出息有多大，首先得護得住妻兒才行。

我爹長得俊，我娘長得美；我爹高大英武，我娘搖曳生姿；我爹頂天立地，我娘溫柔賢慧；我爹……書到用時方恨少，對不住，實在想不出別的詞了。

反正，我爹娘就是天底下最好的爹娘。和堂兄堂弟比起來，我實在太幸福了，所以，多的就不說，免得他們嫉妒我。

我還有兩個弟弟，一個叫原耀明，一個叫原耀亮。三弟不太喜歡自己的名字，覺得太難聽，但我覺得還行，反正這名字不是我的。

二弟今年九歲，長得圓滾滾的，不知道是像誰。爹娘都說，和我小時候一模一樣，可我怎麼不記得了呢？像我這樣聰明的人，四歲之後的事情，不應該印象深刻嗎？既然我不記得，那肯定是爹娘說錯了，我不可能長這麼胖啊。

以前呢，二弟最喜歡的人，除了爹娘，就是我了。但自從三弟出生後，他最喜歡的人就變成了三弟。當然，我也喜歡三弟，但這和二弟喜歡誰沒關係。

算了，太複雜，我就是說了，你們也不明白。我娘說，這叫吃醋。但我想了想，我娘說得不太對，吃醋不是夫妻之間的事嗎？我和二弟是兄弟，最多就是有些失落，畢竟，原先我可是二弟心裡的大英雄呢，現在忽然變成了不太重要的人，有點難接受啊。

我喜歡練武，二弟也喜歡。將來呢，我一定會和爹一樣，成為雲城的大英雄。

三弟喜歡看書，我不知道那些歪歪扭扭的字有什麼好看的，先生一讓我背書，我就頭疼。要是三弟的年紀再大些就好了，這樣先生佈置了功課，便能讓三弟幫幫忙。

說起來，我好像還沒介紹我三弟。我三弟今年七歲，長得不是圓滾滾的，而是有點瘦。娘說，這是因為懷著三弟時沒吃飽飯，所以三弟才沒能胖起來。

我想不明白了，怎麼會吃不飽呢？家裡又不是沒銀子。後來才知道，娘親懷著三弟時，一開始不知道有了身子，和爹爹帶我們兄弟去了京城，趕路太累，身子有些虧損，三弟生下來時才有些弱。

但我們家可是財大氣粗，在雲城說原家第一，就沒人敢出來爭。回來之後，補呀補呀補的，雖然三弟看著瘦弱，但身子還是挺好。三弟喜歡看書，那壞點子一個接一個的，等我將來當將軍，一定要讓他給我當軍師才行。

現在我娘又懷孕了，也不知道是弟弟還是妹妹，不過我盼著是個妹妹，因為我已經有兩個弟弟，不需要再多了。我爹也一直盼著有個閨女，從我娘一懷孕，他就開始準備，女孩子穿的小裙子、女孩子戴的小首飾、女孩子用的小玩意兒，堆滿了一間屋子。

若這次還不是閨女，我看我爹得瘋。

我叫原耀明，是原家的老二，上面有個哥哥，下面有個弟弟。

從前一直聽人說，最被看重的是老大，最受寵愛的是老么，中間是沒人管的。我曾經覺得自己爹不疼、娘不愛，但後來，我發現，爹娘對我們都是一樣的。

你說我是怎麼發現的？這還不簡單，我們兄弟三個，吃飯時，飯菜完全是一模一樣啊，只有分量不一樣，那是因為年紀不同，肚子大小不同。還有穿的衣服，也都是一樣的，大哥做新衣服，我們也跟著做。其他東西，大哥有的，我們也有，幾乎全是一模一樣的。

就是晚飯之前，爹考校學問，問題也是一樣多的。

不過，對於這一點，我覺得十分不公平。因為大哥比我們大，唸書的日子比我們長，考校學問，應該問得比我們多才是。

但我想了想，若真是這樣，那我被問的次數就要比三弟多了，不太划算，所以，就沒有抗議了。不過，抗議也沒用，我爹只聽我娘的話，別人說的都是耳邊風。若我去告狀，離開我娘身邊，他就該給我板子了。為了我的身子，還是忍著吧。

對於我大哥，我想說的是，我很喜歡大哥，因為從小只有他帶著我玩。我從小就決定，以後要跟著大哥，將來還是這樣。

對於我弟弟，哎，小孩子年紀小嘛，自然是要多照顧的。爹娘也說了，我們當哥哥的，得帶著弟弟玩才行。當年大哥都能照看我，現在我為什麼不能照看三弟呢？過幾年，等三弟長大了，也一定像我喜歡大哥那樣喜歡我。

現在我娘又懷孕了，不知道是弟弟還是妹妹，不過我盼著是個妹妹。因為我有哥哥也有弟弟，就缺姊姊妹妹。姊姊是不用想了，沒戲了，妹妹還是能期盼一下的。

佛祖保佑啊，這次一定要讓我爹得償心願，要不然，他買的那些東西就白費掉，再過幾年可不流行了。

我叫原耀亮，是原家的老三，上面有兩個哥哥。

我原本是原家最小的一個，但過幾天就不是了。不說這個，先說說我的兩個哥哥吧。

老大原耀輝，一聽這名字就知道，這是嫡長子，以後要繼承原家的，不光要繼承，還得發揚。大哥身上的擔子比較重，我以後一定要努力唸書，將來才能幫得上他的忙。就是幫不上，學多了也沒什麼壞處，技多不壓身嘛。將來萬一大哥娶個壞女人，大嫂要把我們趕出去，我學得好，也不至於過得太落魄。

不過，有爹娘在，大哥應該沒什麼機會娶壞女人回來。

至於二哥，練武不如大哥好，學文不如我，將來能做點什麼呢？真是有些發愁，想來想去，只能讓他跟著大哥了。好在大哥重情重義，將來定能照看好他。唔，若是大哥不願意照看，那只能我自己上了。哎，誰讓二哥對我好呢，將來我也得對他好才行。嗯，也得對大哥好，大哥是個好大哥。

我想快點長大，就不用被爹爹考校學問了。每天都問那麼幾題，翻來覆去的，他問上一題時，我已經能猜出下一題是什麼了。這樣的考校，實在太無趣了點，我寧願省下工夫多看書。

我有個小秘密，或者，也不能說是秘密，因為爹娘和大哥、二哥都知道。那就是，我最崇拜的人，其實是我大舅。我大舅可是狀元郎呢，當年春闈，文驚天下。我若能有他的三分本事就好了，不說狀元，中個探花也行啊。

我娘說，當探花得長得好看，所以，以後大哥、二哥去習武時，我就不去了。要想長得俊，皮膚得白，黑乎乎的，誰能看出來你長得俊不俊啊？

我以後的目標，就是和大舅一樣。娘說，達成這個目標得多看書，回頭得讓爹爹多給我買些書才行。

現在我娘又懷孕了，也不知道是弟弟還是妹妹，不過，我希望是個妹妹。弟弟太鬧騰了，妹妹的話，就會文靜許多，這樣我讀書時，就不會有人硬來拖著我去習武。爹娘說過，當哥哥的要照顧下面的弟弟妹妹，我可不想照顧像皮猴一樣的弟弟，實在太累了。

當然，最重要的是，我爹盼閨女盼得眼睛都綠了，身為爹娘的孝順兒子，當然是以爹娘期盼為重的。

寧念之看著手裡的三張紙，忍不住哈哈笑。「這是誰出的主意？竟還寫了大白話，先生看見，難道不打手板嗎？」

原東良探頭看了一眼，伸手接過那幾張紙，也笑了。「前些日子，妳不是說，等以後出門了，要寫個遊記嗎？那幾個小子大約是記在心裡了。」

「這和遊記有什麼關係？」寧念之笑著問道，點了點那些紙。「就是遊記，也沒有寫成這樣的。是不是你又說了什麼？」

「前些日子，我嫌他們太鬧騰，給他們看了幾本英雄傳。」

被媳婦兒戳穿，原東良老實認罪，訕笑著湊過來，摟著寧念之親了下。

「老大那性子，妳又不是不知道，從不耐煩寫什麼之乎者也的文章，寫成這樣是肯定的。至於老二，從來是跟著老大走，老大這樣寫了，他還能換個寫法？」

輪到老三，就不用說了，前面兩個已經寫成這樣，加上他心思細膩，從不在兩個哥哥跟前賣弄學識，跟著寫了大白話，也不是想不到的。

「倒是挺有意思。」寧念之想了想，笑道：「以後他們長大了，再回頭看這些東西，露出來的表情一定很有趣。咱們保存下來，日後給他們看，也給他們的兒孫看。」

原東良撇撇嘴。「光哥兒都十二歲了，還算沒長大啊？已經不是小孩了。再過兩、三年，就該說親；再過兩、三年，便要抱孩子。到時候，妳我就是當祖父、祖母的人了。」

寧念之愣了下，隨即眼圈就紅了。「也是，再過兩、三年，光哥兒就該娶媳婦兒了。以前我覺得那些當婆婆的都是惡人，現在自己要當婆婆，忽然就理解她們看兒媳不順眼的心情了。」

原東良看見媳婦兒紅了眼睛，立刻慌了，繞著寧念之轉圈。「妳別傷心，咱們兒子那德行，妳還不知道嗎？別說十四、五歲，就是十七、八歲，都不一定肯成親呢。若是妳捨不得，那等他二十五、六歲，再給他娶媳婦兒。」

寧念之生氣了。「什麼二十五、六歲，我兒子又不是有毛病，非得拖到那時候！拖到那麼大，好閨女都沒了，到時候誰給你生孫子去！」

原東良快摸不著頭腦了，早了不高興，晚了也不高興啊？但這段時日，寧念之的脾氣本來就變得快，他算是有了經驗，趕緊哄道：「妳說了算，妳看什麼時候合適，就什麼時候辦，全聽妳的。」

寧念之瞪他。「全都我去辦，那要你這個爹有什麼用？就是個吃白飯的！」

「妳只管吩咐，然後我去辦啊。妳坐在屋裡，一邊說，一邊喝茶，好好歇著，跑腿什麼的，全交給我。」原東良笑道。

寧念之不滿意。「你是把我當豬養嗎？」

「自然不是，我家娘子天下第一美，誰都比不上！」原東良諂媚道，慢慢引著寧念之岔開話題。「最近天晴了，咱們什麼時候到外面轉轉？茶花節要到了，有好看的，咱們多買兩盆？」

寧念之有些心動，但又犯懶，想了一會兒，嘆口氣。「眼看就快生了，自然不能這時候出門。生完孩子還得坐月子，一個月後，茶花節早就過了。」

原東良一拍腦袋。「我竟沒想到這個！那回頭我找知府商量，將茶花節延後一個月，等妳出了月子再辦？」

寧念之噗哧一聲笑出來。「你當自己是……咳，這事傳出去，你以後別見人了，等著被老百姓罵吧。」

「不就是被罵兩句嗎？只要妳開心，打一頓都行。」原東良厚著臉皮說道，看寧念之笑得開心，忍不住跟著笑。

外面的唐嬤嬤聽見他們說話，忍不住搓了搓胳膊。都十幾年了，這夫妻倆還是這樣黏黏糊糊，也算是少見了。再抬手揉揉自己的臉，皺紋多了，她現在也是將近五十的人了。

原東良又換了話頭。「過幾天，我給妳買兩隻畫眉鳥，掛在堂前，得了空就出來瞧瞧。」

寧念之搖搖頭。「畫眉鳥也就長得好看些，叫聲好聽而已。我寧願要兩隻鸚鵡，還能教牠說說話，打發時間。」

「行，給妳買鸚鵡，買最漂亮的。」原東良笑著應道，說著說著，就聽不見回話了。低頭一看，寧念之閉上眼睛，睡得正香甜，臉頰紅潤潤的，像是顆大蘋果。

原東良沒忍住，咬了一口，見寧念之皺眉，趕緊坐好，發現人沒醒，便鬆了口氣。

別人都是越活越老，媳婦兒……咳，也上了年紀，但越發好看了，臉頰像白玉一樣，細細看還有瑩光。醫書上說了，日子過得越順心，人越是不容易老，以後可得讓媳婦兒順心如意才是。

原東良摟著寧念之，在軟榻上坐了一會兒，感覺胳膊有些累了。畢竟，寧念之肚子裡還有一個呢，又不能壓著肚子，猶豫一下，還是決定把人抱上床。

他拉了被子，幫寧念之蓋好，正打算也小睡一會兒，就聽見外面有腳步聲，還有壓低的說話聲。

「你確定是爹拿走了？」

「確定，咱們得趕緊拿回來才行，要不然，讓爹娘看了，還不得笑話死咱們？」這是老三的聲音。

老二有些猶豫。「萬一找不到，爹可不會輕易饒過咱們的。」

「不就是挨打嗎？趕緊喊娘就行了。」老大毫不在意，拍胸脯保證。「你們兩個在這兒等著，我去幫你們拿。我是大哥，得照看弟弟，全聽我的，明白嗎？」

原東良起身，彎腰穿鞋子。

外面還在說話，老三挺謹慎，提醒老大。「這會兒，娘已經睡著了，爹要麼是去了書房，要麼正陪著娘親午睡，你只要輕手輕腳地進去，將那幾張紙拿出來就行了。我知道娘親一向喜歡把重要的信，還有畫冊之類的東西藏在哪兒，就是床頭的箱子，大哥也知道的。」

老大也壓低聲音說話。「知道是知道，萬一鎖上了呢？」

「沒事，你先去看看，要是鎖上，鑰匙應該在梳妝盒裡，找出來就好。關鍵是，不能讓爹娘抓住你。」老三說道。那東西寫得實在太丟人了，他怎麼就跟著兩個哥哥犯傻了？

「如果被抓住呢？」有人問道。

老三自然地說道：「要是被抓住，就說你想找根簪子看看，回頭給妹妹先準備起來。」說完，老三才發現問話的人不是大哥，也不是二哥，聲音好像是頭頂上傳來的。一仰頭，就瞧見自家親爹正站在窗下，居高臨下地看他們，那嘴角的笑容，實在太熟悉了，但凡他揍人之前，都是這樣笑的。

三個小子全嚇了一跳，轉身就跑。

老大顧著兩個弟弟，一手拽一個；老二跑得也快，沒扯後腿；偏偏老三不愛習武，就是個小累贅，還沒跑到院子門口，老二和老三便被拽住了。

「跑什麼跑?!」

老大講義氣，忙停下來。「爹，是我出的主意，您要打就打我吧，快放下弟弟。」

「你出的主意？」原東良挑眉。

老三搶著說道：「是我，大哥才想不出這樣的辦法呢。爹，您快放我下來，要不然我喊娘了啊，驚醒娘親，到時候可是您自己心疼。」

原東良哭笑不得，小小年紀就這麼滑頭，將來長大了還得了？

老二也不甘示弱，兄弟三個嘰嘰喳喳地搶著認罪。

原東良見狀，捏了捏小兒子的臉頰。「爹也沒說你們做錯了啊。這樣吧，這兩天，爹閒著，出個考題考考你們？」

既然三個兄弟對考校功課這事都有些小怨言，不如換個方法試試。

「我把你們三個寫的東西放在書房，然後派兵守著，你們自己想辦法進去，不管強攻還是智取，只要拿到東西，就算你們贏；若是沒拿到，就算我贏。你們覺得如何？」原東良笑著問道。

老大最喜歡這類的事了，立刻笑起來。「這還不簡單！那我們贏了，可有什麼好處？若是輸了，爹會不會懲罰我們？」

「既然要賭輸贏，肯定得有賞有罰。如果你們贏了，可以對爹提一個要求，當然，得是爹力所能及的範圍內；如果你們輸了，也得答應爹一個條件才行。」

原東良剛說完，就見老大轉頭問兩個弟弟：「你們覺得如何？」

初生之犢不怕虎，三個小孩點頭應下，又和原東良擊掌做了約定。

父子四人正打算商量什麼時候開始，原東良卻忽然動了動耳朵，側頭聽了聽，轉身就往內室走，一邊走，一邊喊道：「快請唐嬤嬤過來！」

內室裡，寧念之抱著肚子喊疼。「我……怕是要生了。穩婆請了嗎？快，扶我去產房。」

原東良大踏步進房，扶寧念之出來，又吩咐跟在身後的老大。「快領弟弟們去前面書房，等你娘生了再回來。」

他說完，不再理會三個小子，直接攙寧念之去了產房。

三兄弟想在產房守著，卻沒能如願，被原丁坤派人給抓走了。

三個小子坐在書房抓耳撓腮，時不時就要往門口看看，嘀嘀咕咕說個不停。

「不知道生了沒有？娘的身子向來好，這次定然能平平安安生下小妹妹的。」

「說不定是個小弟弟。」

「你別烏鴉嘴，要讓爹知道，還得揍你。肯定是妹妹。」

「哎，都快一個時辰了，要不然，咱們溜過去瞧瞧？」

老三出了主意，其他兩個一愣，隨即點頭，反正原丁坤也沒盯著他們看，溜出去挺簡單的。

於是，趁著原丁坤去淨房，三兄弟便溜走了，生怕被人逮到，還得避開丫鬟跟婆子們。

他們剛摸到產房所在的院子，還沒進門，就聽見裡面的穩婆喊道：「恭喜大少爺，大少夫人生了大胖小子！」

兄弟三個站在門口，你看看我、我看看你，這會兒是進去，還是不進去呢？爹會不會已經氣瘋了？

最後，兄弟四個到底有沒有妹妹呢？喔，這是秘密。其實，就算沒有妹妹，他們一家也已經很幸福了，不是嗎？

——全篇完

流浪貓狗介紹所

為流浪貓狗加油 和貓寶貝 狗寶貝 廝守終生(一定要終生喔！)的幸福機會

對人來說，貓寶貝狗寶貝只是生活的一部分，但妳(你)對牠們來說，卻是生活的全部，領養前請一定要考慮清楚——

▲ 極品玳瑁貓　小玉

性　　別：女生
品　　種：米克斯
年　　紀：約4個月
個　　性：活潑調皮
特　　徵：額頭有菱形花色
健康狀況：尚未施打預防針，眼睛和呼吸道感染已治癒，
　　　　　並已驅蟲除蚤
目前住所：新北市淡水地區

第273期 推薦寵物情人

『小玉』的故事：

七月下旬，中途住家的社區保全在鐵蓋下的狹小空間內，發現了3隻近乎脫水的小幼貓，保全因工作性質無法餵養，只能拜託中途幫忙照看。

由於母貓是隻不到6個月大的小媽媽，本身營養不良，導致沒有足夠的奶水可以養育小貓，再加上小貓們的健康狀況也不佳，中途只好緊急接手救援。中途先將小貓帶去醫院驅蟲除蚤，並針對眼睛及呼吸道感染的問題做妥善治療，同時也幫母貓完成結紮。

在中途耐心和愛心的照料下，3隻小貓從奄奄一息，長成可以自行吃罐頭、飼料，到使用貓砂；如今更是健康活潑又調皮，每每看到牠們耍萌撒嬌的模樣，再大的辛苦勞累都會消失。目前小玉的兩個兄弟已找到新把拔、馬麻，只有玳瑁花色的小玉還沒有新家。玳瑁貓乍看花色很雜亂，其實更突顯其罕見與獨特性，而且根據很多養過玳瑁貓的貓奴說，玳瑁貓個性溫馴穩定、特別貼心，尤其小玉是女生，又多了份乖巧，可說是難得一見的極品喔！

雖然認為小玉不易送養，但因中途家裡已有4貓4狗，實在無法給小玉全部的關愛，所以還是想給她一個機會，希望牠也能幸運的遇到獨具慧眼的把拔、馬麻，得到充分的愛及更多照顧。如果你也喜歡獨具一格的貓、願意把小玉視為「家人」，同時也有心理準備她將會陪伴你十多年，歡迎來信cece0813@gmail.com（王小姐），主旨請註明「我想認養小玉」；或致電0918-021-185。

認養資格：

1. 不關籠養、不放養門外。
2. 需經全家人同意。
3. 最好有養貓經驗（沒有經驗，但有耐心也歡迎）。
4. 能妥善照顧，絕不讓貓咪因疏忽而失蹤。

來信請說明：

a. 個人基本資料：姓名、性別、年齡、家庭狀況、職業與經濟來源等。
b. 想認養小玉的理由。
c. 過去養寵物的經驗，及簡介一下您的飼養環境。
d. 若未來有當兵、結婚、懷孕、畢業、出國或搬家等計劃，將如何安置小玉？

文創風 468

福妻無雙 4 完

國家圖書館出版品預行編目資料

福妻無雙 / 暖日晴雲著. --
初版. -- 臺北市 : 狗屋, 2016.11
冊 ; 公分. --(文創風)
ISBN 978-986-328-657-8(第4冊:平裝). --

857.7 105017559

著作者 暖日晴雲
編輯 安愉
校對 黃薇霓 周貝桂
發行所 狗屋出版社有限公司
地址 台北市104中山區龍江路71巷15號1樓
電話 02-2776-5889～0
發行字號 局版台業字845號
法律顧問 蕭雄淋律師
總經銷 知遠文化事業有限公司
電話 02-2664-8800
初版 2016年11月
國際書碼 ISBN-13 978-986-328-657-8
原著書名 《重生之改命》，由北京晉江原創網絡科技有限公司授權出版

定價250元
狗屋劃撥帳號：19001626
網址：love.doghouse.com.tw E-mail：love@doghouse.com.tw